Zur Autorin:
Karla Haertel ist 1948 in Brandenburg an der Havel geboren.
Sie absolvierte ein Studium als Grundschullehrerin in Kyritz..
Lebt mit ihrer Familie in Kloster Lehnin.
Sie ist verheiratet, hat drei Kinder und fünf Enkelkinder.
Seit einigen Jahren ist sie im Vorruhestand.
Dieses Buch ist ihr Debüt.
Kurzgeschichten sind im Entstehen.

Die Deutsche Nationalbibliothek verzeichnet diese Publikation in der Deutschen Nationalbibliothek, bibliografische Daten sind im Internet unter
http:// dnb.d-nb.de abrufbar.

Karla Haertel

Abenteuer auf der ATLANTIS

Erzählt nach Tagebuchaufzeichnungen

Prolog

Vierzig Jahre DDR. Mauer und Stacheldraht. Im sozialistischen Ausland ist man als Tourist Mensch zweiter Klasse. Im Inland nicht anders. An der Autobahn Schilder: „Ende für DDR – KFZ". Über dem Ostseestrand suchen grelle Scheinwerfer Republikflüchtige. Leute sagen heute: „Uns hat diese Enge nichts ausgemacht." Aber wir – mein Mann und ich - wir sehnten uns nach Freiheit und erlebten den Mauerfall als Erlösung und unbeschreiblich große Freude.

Endlich wandern wir in den Alpen, mit Tränen in den Augen. Ich darf einen Gletscher besteigen und seinen Eispanzer mit den Händen berühren.

Ein anderes Mal stehen wir an der Nordsee und bestaunen mit Ehrfurcht die gewaltigen Kräfte des Mondes, mit denen dieser plötzlich das Wasser verschwinden lässt. Wie hat sich die Welt vor uns aufgetan!

Erwartungsvoll sitzen wir im Bus nach Griechenland. Wo beginnt die südliche Vegetation? Wie sieht das Land aus, wo die Gummibäume nicht nur in Blumentöpfen wachsen und der Oleander in solchen kümmerlich dahinvegetiert? Endlich Palmen! Richtig große Palmen mit weit ausladenden Fächern. Und Oleander, rosa und weiß blühend, säumen prachtvoll die Straßen.

Sehr gern würden wir einmal eine Wüste sehen. Also sparen wir unser Geld und leisten uns eine Autorundreise durch Westamerika, mit anschließendem Badespaß auf Hawaii. Diese herrlichen Landschaften! Grand Canyon, Wüste Nevada, Vulkankrater auf Maui ... Ich drücke glücklich einen harzigen Riesentannenzapfen an meine Brust. Das ferne und jetzt so nahe Amerika!!!

Später in Mexiko lernen wir einen üppigen, tropischen Regenwald kennen. Wieder geht einer meiner Lebensträume in Erfüllung. Abermals sind wir am Pazifik. Wie verlockend ist doch das Meer in seiner grenzenlosen Weite!

Und weil unser Drang nach Abenteuern, der uns in die freie, weite Welt zieht, noch immer nicht gestillt ist, verschreiben wir uns mit ganzem Herzen dem Wassersport.

Noch ziemlich unerfahren, doch zuversichtlich und mutig wagen wir uns mit unserem Boot auf das Mittelmeer, und schließlich auch auf den Atlantik. Ständig stellen sich unverhoffte, spannende Ereignisse ein. Wir müssen zahlreiche, nervenaufreibende Situationen durchstehen. Der wunderbare Himmel und das unendliche Meer mit seinen unberechenbaren Wellen faszinieren uns ebenso, wie sie uns zu außerordentlichen Kraftanstrengungen herausfordern. Deshalb werden diese Törns zu einem wagemutigen, fantastischen und unvergesslichen Abenteuer.

Mit meinen authentischen Aufzeichnungen möchte ich meine Leser nicht nur unterhalten, sondern sie ermutigen, mal aus dem tristen Alltag auszubrechen, um Unbekanntes zu erleben. Hat man aussichtslos scheinende Situationen gemeistert und ist man bereit, Strapazen und partnerschaftliche Konflikte auf sich zu nehmen - erst dann machen einen am Ende die Erinnerungen an eine intensiv erlebte Zeit, an eben das wirkliche Leben – glücklich.

Prüfungen

Es ist November. Der Himmel ist mit dicken, tief hängenden Wolken bedeckt, die über dem Klostersee unaufhörlich Wasser ausschütten. Da jagt man keinen Hund vor die Tür.
Aber, mein Mann Freddy und ich, vierundfünfzig und einundfünfzig Jahre alt, besteigen ein kleines Motorboot. Heute wollen wir uns praktische Fahrfertigkeiten für die Prüfung zum Sportbootführerschein „Binnen" aneignen. Unser junger, sympathischer Lehrer ist in der Woche ein Student. So muss er unbedingt diesen Samstag mit dem scheußlichen Wetter nutzen, uns das praktische Fahren beizubringen, denn in einer Woche sollen die Prüfungen sein.
Während der Regen allmählich durch die Kleidung dringt, üben wir das Wenden in einem schmalen Kanal, auf dem See das Aufstoppen und das „Mann über Bord"- Manöver. Jeder bekommt die knappe Zeit von fünfzehn Minuten. Der Lehrer fröstelt wie wir, wischt sich laufend den Regen aus dem Gesicht. Ob er wirklich mit uns zufrieden ist, als er meint: „Klappt doch prima! Ihr habt schon jetzt die Prüfung bestanden."? Dabei lächelt er vor sich hin. Mir kommt in den Sinn, dass er womöglich denken könnte: Was die Alten alles noch so wollen ? Wir sind jedenfalls froh über seine aufmunternde Art und darüber, dass wir gekonnt anlegen und endlich ins Auto flüchten können. Dieser kurze Augenblick auf dem Wasser, das Steuern des Bootes, macht uns beide so glücklich und zuversichtlich, dass wir total überzeugt sind, das richtige Hobby gefunden zu haben. Unser Traum, auf große Fahrt gehen zu können, ist näher gerückt.

Prüfungssamstag. Wir treffen uns mit anderen Prüflingen im Segelverein. Das gemütlich warme Vereinszimmer kann uns nicht darüber hinwegtrösten, dass es nun ernst wird.Wie ein Schulkind sitze ich am Tisch, etwas zittrig und voller Spannung. Ich bin wahrlich kein Prüfungsmensch und hatte mir nach der Autoprüfung geschworen: Nie wieder eine Prüfung! Hast ja viel gelernt, sage ich mir aber und will so die Erregung verscheuchen. Mein Freddy dagegen nimmt es leichter. „Ist doch nicht lebenswichtig", raunt er mir zu und berührt mit seiner Hand zärtlich meine Schulter. Das tut gut, und ich zwinkere ihm dankbar zu.

Dann betritt der Prüfer den Raum. Seine dienstbeflissene, mürrische Miene, sein strenger Blick untermauern seine Worte: „Bootsführer sein verlangt Wissen und Können! Wer hier betrügt, verlässt den Raum!" Niemand wagt es, an seinen letzten Worten zu zweifeln. So sitzen alle äußerst konzentriert über den Fragebögen. Nachdem er die Prüfungsbögen sofort kontrolliert hat, ruft er unsere beiden Namen auf und nuschelt: „Bestanden." Jedoch, er hat es auf drei Jugendliche abgesehen. Mit Häme sagt er zu ihnen: „Durchgefallen!"

Nun geht es an den See. Der Tag ist grau und nasskalt. „Wenigstens regnet es nicht", sage ich zu Freddy und versuche, meine innere Spannung zu lösen. Der Mund ist wie ausgetrocknet. Meine Beine schlottern. Der Prüfer fordert uns unwirsch auf, in das Prüfungsboot zu steigen. Mich will er zuerst prüfen. Also lege ich ab, fahre auf den See hinaus und spüre, wie ich innerlich immer ruhiger, gelassener werde. Sein versteinertes Gesicht verändert sich um keine Falte, als er die Kommandos gibt. Aber ich spüre, dass mir alle Manöver gut gelingen. Zufrieden und mit einem kleinen Glücksgefühl gebe ich das Steuer an Freddy weiter. Er kann seine Erregung gut überspielen und macht sich lässig ans Vorführen. Als er den über Bord gegangenen „Mann" retten soll, klappt es nicht so richtig. Der Prüfer mit dem frostigen Gemüt gibt ihm noch eine Chance. Freddy schwitzt jetzt ein wenig und kämpft gegen den Wind, der ihn immer wieder von dem zu bergenden Rettungsring abtreibt. Schließlich gelingt ihm auch dieses Manöver. Der Prüfer, inzwischen das Gesicht zur Faust geballt, sagt zu mir: „Gehen sie ans Steuer und legen sie an!" Ich nehme Kurs auf den Steg. Bloß nicht gegen ihn krachen! Sehr vorsichtig fahre ich seitwärts an den Steg. Aufstoppen! Das Boot steht. Es schwankt auf den leichten Wellen. Der Wind drückt es vom Steg weg. Ich greife den Steg mit der rechten Hand und ziehe das Boot sicher heran. Erleichtert atme ich auf. Es hat alles prima geklappt, frohlocke ich innerlich.

Nun ist Freddy mit dem Anlegemanöver dran. Auch er macht die Sache recht gut.. Doch der Prüfer guckt so ärgerlich. Was will der eigentlich? Meint er vielleicht, wir sollten den Radeffekt ausnutzen? Tatsächlich.

Großzügig dürfen wir das Anlegen noch einmal vorführen – mit Radeffekt. Und das klappt bei uns beiden gut – meinen wir. Beim Aussteigen sagt er schroff zu meinem Mann: „Sie machen die Prüfung noch mal!" Ich überlege: Na ja, bei dem „Mann über Bord"- Manöver hat sich Freddy wirklich etwas dumm angestellt. Trotzdem tut er mir jetzt leid. Noch während ich so Freddy bedaure, dreht sich der Prüfer zu mir um und faucht mich an: „Sie auch!" Das trifft mich wie ein Hieb mit der Keule. Ich bin total perplex und verlange von ihm eine Begründung. Dieser Zausel dreht sich aber um und lässt mich kommentarlos stehen. Ich hinterher in den Vereinsraum, will ihn zur Rede stellen. Erstmals verändern sich seine Gesichtszüge, aber nur zu einem zynischen Grinsen, als er mein Nichtbestanden zu rechtfertigen versucht. „Frauen haben es immer schwerer. Ist genetisch." Das empört mich: „Na sagen sie mal..." doch da ergreift Freddy meinen rechten Unterarm, zieht mich von diesem Kerl weg und beruhigt mich: „Komm, lass ihn. Mit solch einem legt man sich nicht an!"

Meine Ehre ist gekränkt. Noch Tage darauf bin ich wütend über solche ungerechtfertigte Schmach. „Was machen wir nun mit einem halben Bootsführerschein?" frage ich Freddy mit großem Groll im Bauch und fügte fest entschlossen hinzu: „Bei dem Heini mache ich keine Prüfung nach!" Freddy versteht mich und schließt sich meiner Meinung an.

Tage vergehen, ohne dass wir recht wissen, wie es mit unserer Ausbildung weitergehen soll. Freddy verfällt seiner Midlifecrisis. Des Öfteren ist er depressiv und somit schwer zu ertragen. Mein sonst so aktiver Mann macht keine Pläne mehr, er lebt freudlos in den Tag hinein. Ein Hobby brauchen wir! Das ist mir plötzlich ganz klar. „Komm! Lass uns weitermachen! Wir kümmern uns um einen neuen Lehrgang!" fordere ich ihn auf. Dabei spreche ich das Wir sehr bewusst aus, weil ich eigentlich auch schon resignieren wollte. Wenn nur er als Mann den Bootsführerschein besitzt, dachte ich mir, reicht das doch und ich bin fein raus, habe nicht den Lern- und Prüfungsstress, und wir sparen meine Kosten. „Ja, willst du denn noch?" fragt er mich skeptisch. „Merkst du denn nicht, dass wir wieder mehr Freude in unserem Leben brauchen, mal wieder einen neuen Kick?" gebe ich zu bedenken.

Da trifft es sich, dass unser Schwiegersohn, der ebenfalls von einem Boot träumt, gerade den Lehrgang für „See" in Bremen absolviert. Er rät uns, ebenfalls einen solchen Lehrgang zu besuchen. Haben wir diesen bestanden, so meint er, erwerben wir gleichzeitig den Führerschein „Binnen", weil wir ja nur noch den praktischen Teil nachzuholen haben. Sein Vorschlag klingt wie eine hübsche Sinfonie in den Ohren meines Mannes. „Damit können wir dann Binnengewässer und die See befahren!" jubelt er. Ich bin ebenfalls erleichtert über diese Lösung.

Wir haben wieder ein gemeinsames Ziel, das ist wichtig. Irgendwie bin ich auch ganz stolz, etwas über Nautik und Navigation lernen zu können. Ich als Frau werde auf dem Meer ein Boot steuern dürfen! Das sind für mich fantastische Aussichten. Leicht aufkommende Skepsis, den Lernanforderungen vielleicht nicht gerecht werden zu können, verdränge ich mit dem Gedanken, dass ich mit viel Fleiß schon immer meine Ziele erreichen konnte. Und das dazugehörige Glück, na das wird es diesmal für mich geben.

Also fahren wir nun jeden Dienstag nach Berlin zu einem Lehrgang für den Bootsführerschein „See." Da wir das Lehrbuch und die Prüfungsfragen von unserem Schwiegersohn übernehmen durften, hatte ich die Möglichkeit genutzt, schon mal vorweg zu lernen. In unserem kleinen Schulungsraum in Berlin Charlottenburg entpuppe ich mich nun als Musterschülerin. Freddy sieht das mit dem Lernen nicht ganz so eng. Wenn aber unsere hochseeerfahrenen Ausbilder Verona und Piko von ihren Seeabenteuern berichten, gerät mein Freddy sofort ins Schwärmen. „Na aber," schwört er, „es geht gleich auf die Ostsee!" Ich belächele ihn und denke bei mir, eben ein großer Junge, soweit bin ich noch lange nicht. Doch will ich ihm seine Träume nicht nehmen und lege mich ins Zeug für die bevorstehende Prüfung.

Alles ist so neu und aufregend. Die Nautik hat es in sich. Ungeschickt hantieren wir mit zwei Dreiecken und dem Zirkel auf Seekarten, um Kurse zu bestimmen. Aber bald geht mir das flott von der Hand. Wir lernen nach einer Formel den rechtweisenden Kurs zu errechnen. Wieder und wieder frage ich mich: Woraus ergibt sich der zu steuernde Magnetkompasskurs? Missweisung gleich minus zwei Grad, Ablenkung gleich plus vier Grad. Tagelang, nächtelang, durchschwirren meinen Kopf nur noch Begriffe wie Seemeilen, Knoten, Minuten, Peilung, Koppeln, Ablenkung. Sogar während der Autofahrten büffele ich auf dem Beifahrersitz Regeln, Zeichen, Begriffe. Mein Mann sieht auch diesmal der Prüfung ohne Bangen und ziemlich gelassen entgegen.. Hin und wieder spöttelt er: „Mein Gott, du bist ja ein richtiger Streber! Wirst noch das Traumschiff steuern!" Ich lasse mich nicht beirren und übe die sechshundert Fragen nebst Antworten von vorn nach hinten, von hinten nach vorn..

Endlich! Zur Prüfung werden wir in das altehrwürdige Rathaus von Berlin-Charlottenburg bestellt. Etwa sechzig Prüflinge fiebern vor der ehrwürdigen Tür des Prüfungssaales dem Ereignis entgegen. Viele gehen unruhig auf und ab, ihre Stirn in nachdenkliche Falten gelegt, das Gesicht ins Lehrbuch gesteckt. Mir fällt auf, dass viele, viele Männer unter den Prüflingen sind und wenig Frauen. Ist die Seefahrt doch eine Männerdomäne? Bin ich hier eigentlich richtig?

Jeder von uns muss allein an einem Tisch sitzen. Weil voraussichtlich bei solchem Prüfungsstress meine Hände schweißnass werden, lege ich mir vorsichtshalber ein Löschblatt zurecht. Sofort eilt ein Prüfungsaufseher herbei und fährt mich an: „Das Löschblatt verschwindet vom Tisch! Alles, was dem Betrug dienen könnte, muss vom Tisch!" Sein energischer Tonfall erstickt meinen aufkommenden Widerspruch. Ich will ein Zellstofftaschentuch neben mein Blatt legen. Da faucht der von der Seefahrtsbehörde Hamburg: „Weg damit! Ist nicht erlaubt!" Ich gehorche. Anschließend muss ich spüren, dass er mich auf dem Kieker hat. Er weicht nicht von meiner Seite, als ich mich nun gespannt auf die Prüfungsfragen stürze. Obwohl mir die Fragen sehr vertraut sind, zittert meine rechte Hand beim Schreiben. Es ist ziemlich kalt in dem großen Saal. Ich schwitze nicht, ich friere. Kaum werde ich ruhiger. Der Kugelschreiber fliegt über das Blatt. Mein angestautes Wissen drängt förmlich auf das Papier. Das wird keiner lesen können, befürchte ich und zwinge meine Schreibhand zur Ruhe. Die Hauptsache, es flutscht. Ich bin zufrieden. Die Antworten fallen mir leicht. Unablässig schaut mir der Prüfer über die Schulter. Der will mich beim Mogeln ertappen, sage ich mir und frohlocke, weil ich das nicht nötig habe. Auch die nautischen Berechnungen machen mir keine Probleme. Es ist geschafft. Erleichtert gebe ich meine Prüfungszettel ab und gehe auf den Flur hinaus. Freddy ist auch fertig und kommt mit.

Wir warten mit anderen auf das Prüfungsergebnis. Wieder ein nervöses Getrappel auf dem Flur. Es wirkt schon grotesk, wie erwachsene Leute ihre Anspannung zu beherrschen versuchen.

Die große, reich verzierte Tür geht auf, der Prüfer erscheint und ruft etliche Namen auf. Auch mein Freddy wird genannt. Die genannten Personen werden herein gebeten. Wir anderen gucken uns fragend an. Nach einer Weile kommen die Aufgerufenen wieder heraus. Ihre Gesichter lassen erahnen, was mir Freddy etwas geknickt gesteht: „Bin durchgefallen. Hatte einen blöden Fehler in der nautischen Berechnung." Er tut mir sehr leid. Trotzdem muss ich ihm sagen: „Na, mein Lieber, hast ja auch zu wenig geübt." Ich erinnere ihn, wie lax er beim Üben der Nautik war. „Aber ich hatte mir vorher die Punkte ausgerechnet, die ich zum Bestehen brauchen würde", erklärt er mir. Später auf hoher See wollte er sich wohl ganz auf mein nautisches Können verlassen? „Jedoch, die Ironie des Schicksals wollte es, dass die theoretischen Fragen und der nautische Teil gesondert bewertet wurden. Vergeblich hatte ich noch versucht, mich herauszureden, bei der soeben erfolgten Nachprüfung." „Ja wie denn?" frage ich. Er berichtet mir weiter: „Ich gab vor, dass für mich die Schrift zu klein sei. Ich könne sie mit meiner Brille nicht lesen. Stell dir vor, da haben sie mir Seekarten in einem größeren Maßstab vorgelegt. Darauf habe ich dann aber auch die Dreiecke ziemlich konfus, ratlos und ungeschickt herumgeschoben, bis ich zugeben musste, dass ich es nicht kann, die nautische Aufgabe lösen."

12

Naja, sein Austricksmanöver war geplatzt.

Nun werden die aufgerufen, die bestanden haben. Ich bin dabei! Mein Herz jubelt! Ich bin diese Paukerei los! Die theoretische Prüfung in der Tasche kann ich jetzt endlich meine Freizeit genießen!

In den nächsten Tagen übt Freddy nun viel eifriger die Kursbestimmung. Schließlich besteht auch er die Prüfung und kommt völlig aufgekratzt nach Hause. Ein wenig angeberisch klingt es schon, als er mit spitzbübischem Lächeln verkündet: „Ich war der Beste, hatte volle Punktzahl. Und stell dir vor, der Reinhard May war auch dabei. Und er hatte zehn Fehlerpunkte." In seiner Freude und wohl in weiser Voraussicht hatte mein vorsorglicher Mann dort gleich nach der bestandenen Prüfung für die Rettung Schiffbrüchiger zehn Mark gespendet..

Auf der Krummen Lanke in Berlin haben wir nun die praktische Ausbildung auf einem kleinen Motorboot. Mir ist anfangs zwar nicht ganz einleuchtend, wie man auf der Krummen Lanke, so mitten in der Großstadt, den Bootsführerschein „See" machen kann. Ist die Lanke vielleicht zu krumm? Aber unsere Ausbilderin Verona beteuert: „Was man auf einem drei Meter langen Boot hier gelernt hat, kann man auch auf einer zwanzig Meter langen Yacht auf dem Meer anwenden.!" Wieder üben wir alle bekannten Manöver. Diesmal lernen wir außerdem noch das Fahren nach Kompass und das Peilen. Verona macht mit uns einen ausgesprochen guten Unterricht. Man spürt ihren Ehrgeiz, jeden mit Erfolg durch die praktische Prüfung bringen zu wollen. Unermüdlich trainiert sie speziell mit uns das Anlegen mit Radeffekt und das „Mann über Bord"- Manöver.

Wieder an einem Sonnabend ist es dann soweit. In einem Motorboot fahren wir Prüflinge, Verona und der Prüfer über den Wannsee. Verona zwinkert mir zu und gibt mir Zuversicht und Selbstvertrauen. Trotzdem bin ich stark erregt, als ich als Erste anlegen muss. Das klappt fast professionell. Dann muss ich Knoten knüpfen. Verdammt! Der Palstek will mir bei meinen klammen Fingern nicht so recht gelingen! Der Prüfer schmunzelt vor sich hin und bittet mich, ihm diesen und jenen anderen Knoten noch zu zeigen. Das gelingt mir sehr gut. Er ist zufrieden. Schließlich muss ich das Boot auf den See hinaussteuern. Dort soll ich das „Mann über Bord"- Manöver demonstrieren. Verona hält den Rettungsring absichtlich etwas länger in die Höhe, bevor sie ihn ins Wasser wirft. So kann ich genau mein Manöver durchdenken und folgerichtig durchführen. „Ausgezeichnet!" lobt mich der Prüfer. Ich bin erlöst. Auch Freddy erledigt alle Manöver mit sicherer Hand. Auf der Fahrt zum Anlegesteg verkündet Verona mit sichtlichem Stolz: „Alle haben bestanden. Gratuliere!"

Mit den frisch ausgestellten Führerscheinen „Binnen" und „See" in der Tasche sind wir beide überglücklich, als hätten wir auf der Seniorenakademie den Doktortitel erworben. Völlig losgelöst von all dem Lehrgangs-und Prüfungsdruck fahren wir nach Berlin-Spandau. Hand in Hand schlendern wir durch die Straßen. Ich glaube, vor Glückseligkeit zu schweben. Dann bleibe ich stehen, werfe spontan meine Arme um Freddys Hals und triumphiere: „Mein Schatz, alle Weltmeere stehen uns jetzt offen! Ich bin so glücklich!" Freddy strahlt über´s ganze Gesicht. In einem gemütlichen Café essen wir ein leckeres Frühstück und schmieden Pläne. Das Seeabenteuer kann beginnen. Was für ein Boot wollen wir uns kaufen?

Bootskauf

Es soll ein Motorboot sein, das mit Diesel fährt und zwei getrennte Schlafkajüten hat, wegen des Schnarchens. So hat es mein Freddy festgelegt. An ein Segelboot denkt er nicht, zu meiner Enttäuschung. Ich war schon als Kind fasziniert von weißen Segeln im blauen Sommerhimmel. In Gedanken höre ich noch das Flattern der Segel und das beruhigende Plätschern des Wassers, wie ich es als Kind erlebt hatte. Diese schönen Erinnerungen verdanke ich meinem Vater, denn er ist ein begeisterter Segler, der sich als Tischler seine H-Jollen und einen Fünfzehnquadratmeterjollenkreuzer baute. Mit Freddy diskutiere ich über meinen Wusch nach einem Segelboot. Er bleibt hart, hat schließlich mit mir die Prüfungen für ein Motorboot gemacht. Was nicht ist, kann ja noch werden, denke ich mir.

Die Realität zwingt uns, den finanziellen Rahmen der Bootsanschaffung festzulegen. Freddys „Hobby" ist nun das Durchforsten von Annoncen, das er mit völliger Hingabe betreibt. Dazu gehören dann auch diverse Besichtigungen, zu denen er mich mitnimmt. Eine Entscheidung treffen wir zunächst nicht.

Am Steinhuder Meer, in Niedersachsen, bietet jemand ein Boot an, das Freddys Vorstellungen entspricht. Es ist eine MAREX 77 HOLIDAY. Unsere Tochter wohnt in Niedersachsen, deshalb verbinden wir die Bootsbesichtigung mit einem Familientreffen. Tochter und Schwiegersohn rücken im Hafen mit unseren zwei kleinen Enkeltöchtern an, mit Jacqueline – zwei Jahre alt - und der halbjährigen Kira, außerdem mit einem großen Picknickkorb. Die Freude ist groß. Jedenfalls auf unserer Seite. Was meint der Bootseigner zu unserer Großfamilie? Er ist ein älterer, freundlicher Mann, der uns alle gern aufs Boot nimmt und es uns auf dem Mittellandkanal vorführt. Dabei zeigt er uns die Fahrtechnik. Wir Erwachsenen halten nacheinander stolz das Steuerrad in den Händen. Welch ein Spaß! Das Boot reagiert ausgezeichnet. Die Männer probieren die Gangschaltung. Ich indessen inspiziere die Einrichtung mit weiblichem Blick. Im Salon sind sämtliche Türen mit Intarsienarbeiten geschmückt. Alles sieht sehr gepflegt aus. Die

Polster, der Kühlschrank . . . Und außerdem, sämtliches Zubehör, vom Marinegeschirr bis zur Fliegenklatsche, befindet sich an Bord. Der Eigentümer registriert meinen abschätzenden Blick und erklärt mir: „Das können sie alles haben! Alles, was sie hier auf diesem Boot sehen, bleibt drauf. Ich muss leider das Boot verkaufen, weil meine Frau schon lange so einen starken Husten hat. Sie reagiert wahrscheinlich allergisch auf den Dieselmotor. Was sollen wir noch mit dem ganzen Zubehör?" Einesteils freue ich mich über diese Großzügigkeit. Andererseits betrübt mich das Schicksal dieser Leute, die sich von dem lieb gewonnenen Boot trennen müssen. Auch ich werde einmal in eine ähnliche Situation geraten, denke ich mir.

Der schöne Nachmittag geht zu Ende, ohne dass mein Mann auf den Preis zu sprechen kommt. Ich flüstere ihm zu: „Was willst du nun eigentlich? Dieses Boot entspricht genau deinen Vorstellungen." Er zuckt mit den Schultern. „Versuch du doch mal, mit ihm über den Preis zu reden!" Wie bin ich erstaunt, als er mir das Verhandeln überlässt! Habe doch in so was gar keine Übung! Ich versuche es. Der nette Bootseigner kommt mir finanziell entgegen. Die MAREX mit dem vielsagendem Namen „MUSCHI III" gehört uns.

An einem herrlichen Maiwochenende wird unsere Motoryacht auf einem Trailer nach Glindow gebracht, damit sie dort in die heimischen Gewässer gesetzt werden kann. Die ehemaligen Besitzer begleiten den Transport, den unser Freund Ole mit seinem großen Jeep bewerkstelligt. Er bugsiert den Trailer samt Boot geschickt rückwärts ins Wasser. Ich spüre die Erregung des älteren Ehepaares. Immer wieder läuft der alte Käpt'n von links nach rechts, gestikuliert und gibt korrekte Anweisungen, bis die MAREX endlich friedlich auf den leichten Wellen des Sees schaukelt. Alle atmen wir erleichtert auf. Dem Ole wird anerkennend auf die Schulter geklopft. Er hat das Boot nicht nur sicher ins Wasser gesetzt, sondern es trotz seiner Überbreite von achtundzwanzig Zentimetern auf den Straßen getrailert. Das hätte Ärger geben können. Beim Erblicken eines Polizeiautos auf der Autobahn stockte mir manchmal der Atem.

Dann fährt uns der alte Käpt'n das Boot einige Kilometer über die Havel zum neuen Heimathafen. Dort erwartet uns die neugierige Verwandtschaft mit „Seemann Ahoi!" und mit Sekt. Nach einem Begrüßungsschluck, nach Begutachtung unserer MAREX und nach einer spritzigen Runde über den See verabschieden wir die Gucker schnell und widmen uns den fachmännischen Erklärungen des alten Käpt'n. Freddy, der neue Skipper, erfährt technische Dinge, während mich die Frau im Gebrauch meiner neuen Küchenutensilien unterweist. Man spürt deutlich, wie schwer beiden der Abschied von ihrer MUSCHI III fällt. Da habe ich eine Idee. Und ich lade sie ein, eine Nacht bei uns im Haus unsere Gäste zu sein, damit wir am morgigen Tag noch einmal gemeinsam auf den Schwielowsee fahren können.

Anderntags schippern wie bei herrlichem Sonnenschein über den See. Mein Freddy steht am Steuer. Seine Augen blitzen. Sein Gesicht sieht auf einmal so jugendlich aus. Er kann mal so richtig Gas geben, fährt Kurven, zieht Kreise, so dass der Bug über die eigenen Wellen springt. Das Wasser spritzt. Wir halten uns an den Seitenwänden fest. Er ist glücklich. Plötzlich piept das Echolot. „Flachstelle!" Sofort springt der alte Käpt´n hoch, ergreift den Gashebel und stellt den Leerlauf ein. „Verdammt! Aufsetzen dürfen wir nicht!" warnt er. Ohne Wellenantrieb gleitet das Boot weiter. Wir sitzen nicht fest. Erleichtert, aber mit mahnenden Wort sagt der Käpt´n: „Also da müssen sie gut aufpassen! Grundberührung kann die Schraube kosten!" Plötzlich ein leises Schurren. Es bedeutet, dass wir über Sandboden rutschen. Wir sehen uns mit großen Augen an. Das Echolot piepst nur kurz und verstummt wieder. Vorsichtig gibt Freddy ein wenig Gas. Wir setzen unsere Fahrt fort.

Während wir bald wieder gemütlich dahintuckern, bekommt Freddy den Ölwechsel erklärt. Ich werde in der Pantry im Umgang mit dem Kocher bei unruhiger See vertraut gemacht. Auf einmal taucht ein Motorboot mit jungen, fröhlichen Leuten auf und hält Kurs genau auf uns zu.. Kurz vor uns dreht es scharf nach links ab, zieht einen Kreis und nähert sich uns in langsamer Fahrt. Ein besonders kecker Bursche ruft uns zu: „He, was habt ihr denn für einen tollen Namen? Wo ist denn die Muschi?" Auf dem Kahn der jungen Leute wird schallend gelacht. Da erwidert Freddy: „Bist wohl scharf uff ´ne Muschi, was? Oder seid ihr nur neidisch?" Die Antwort kommt prompt: „Wenn die so alt ist wie ihr? Nee, danke!" Noch einmal ein lautes Gekicher, dann drehen sie johlend ab. Ich kenne meinen Mann und weiß, dass ihm der Bootsname peinlich ist. Er war eben deutlich sichtbar errötet. Aber auch dem alten Käpt´n ist der Vorfall sichtlich unangenehm. Wie ein sich entschuldigendes Kind rechtfertigt er sich, indem er sich verlegen am Hinterkopf kratzt: „Muschi ist der Kosename meiner Frau. Aber ich habe nicht die dritte Frau, sondern das dritte Boot", fügt er eilig hinzu. Nun lachen auch wir.

Jetzt erst bekommen wir mit, dass der Speedgeber nicht funktioniert. Beim leichten Aufsetzen wurde das Rädchen mit Sand verschmutzt. So zeigt uns der alte Käpt`n noch, wie man das Malheur beheben kann: Rädchen ausbauen, vorsichtig und gründlich vom Sand säubern, wieder einsetzen. Leider müssen wir bald unsere schöne Lehrfahrt beenden und uns endgültig von den ehemaligen Bootseignern verabschieden. Natürlich müssen wir ihnen das Versprechen geben, ihre Marex, ihre MUSCHI III, ebenso liebevoll und pfleglich zu behandeln, wie sie es gewohnt war. Mir ist gar nicht wohl, wenn ich daran denke, dass wir nun jedes Malheur allein beheben müssen, wo doch Freddy absolut keine Freude an technischer Bastelei hat.

Der Familienrat tagt. Namensvorschläge werden viele gemacht. Unser Sohn will natürlich einen richtig coolen Namen: „Nussschalenflitzer, Bounty oder wenigstens Titanic", schlägt er vor. Aber diesmal setze ich mich durch. Unsere MAREX 77 HOLYDAY soll künftig mit dem geheimnisträchtigen Namen ATLANTIS in See stechen.

Sogar in schlaflosen Nächten kreisen unsere Gedanken nur noch um unser kleines Schiffchen. Es ist zehn Jahre alt, 7,68 m lang und 2,78 m breit, hat einen Salon, Vorderkajüte und vor allem eine Achterkajüte, die unbedingt Freddy in Beschlag nehmen will. „Darin kann ich ungestört schnarchen", meint er. Alles komfortabel eingerichtet. In der Plicht befinden sich Küchenteil und Sitzecke. Darüber ist eine abnehmbare Persenning gespannt. Am Heck kann man sich auf einer mit weißem Leder überzogenen, gepolsterten Sonnenliegefläche bequem hinlümmeln. Ein 100 PS-Dieselmotor erlaubt eine Geschwindigkeit von 9 bis 11 Knoten. Log und Lot, Funkanlage inklusiv.

Mit unserem Traumschiff verleben wir einen herrlichen Sommer auf den Binnengewässern. Freddy und ich verschmelzen zu einer Crew. Bei Anlegemanövern stehe ich stets wacker und umsichtig am Steuer, während Freddy mit seiner Kraft und Geschicklichkeit an der Bugspitze das Boot ohne Beulen und Schrammen an jeden Steg bugsiert.

Der Törn zur Ostsee

Der Winter ist lang. Da hat man viel Zeit, Pläne zu schmieden. Wir bereiten uns darauf vor, mit dem Boot auf der Elbe entlang an die Ostsee zu fahren. Bootskarten werden besorgt. Mit dem Finger darauf wird die Strecke mehrmals abgefahren. Diesmal kommt uns der Winter sooo unendlich lang vor. Von Tag zu Tag wächst unsere Sehnsucht nach dem Geruch von Seewasser, nach dem lauten Geschnatter der Enten und dem Zwitschern der Vögel.

Endlich sind Sommerferien! Doch vor dem Vergnügen steht die Arbeit: Packen, Schleppen, Kramen und dabei tüchtig schwitzen. Es ist geschafft. In abenteuerlicher Erwartung starten Freddy, ich und unser Sohn Ramon unsere Reise in Werder, fahren auf der Havel durch Brandenburg und werden auf dem Breitlingsee von meinem Vater, der dort in seinem Segelboot auf uns gewartet hat, verabschiedet.

Unsere Fahrt geht zunächst weiter. Enttäuscht stellen wir fest, dass die Schleuse in Bahnitz vorläufig geschlossen ist. Deshalb müssen wir die Route ändern. Also steuern wir die Wusterwitzer Schleuse an. Inzwischen ist es 19.02 Uhr. Nun ist diese Schleuse auch geschlossen. Kein Problem, sagen wir uns. Der erste Tagestörn endet auf dem Plauer See. Unser fünf-zehnjähriger Ramon zieht ein finsteres Gesicht wie tausend Gewitterwol-ken, nicht weil unsere Fahrt heute schon hier endet, sondern weil er den extra für ihn gekauften Fernseher dauernd in Empfangsrichtung drehen muss, denn der Wind wiegt das Boot hin und her und in alle Himmelsrich-tungen. Während Freddy laut schimpfend die stechwütigen Mücken und Gnitzen verscheucht, genieße ich die herrliche Abendatmosphäre auf dem von der untergehenden Sonne rötlich gefärbten See.

Mit großen Schleppern geht es am Morgen durch die Schleuse und weiter auf dem Elbe- Havel- Kanal. Ramon versucht sich als Steuermann. Er macht es ganz gut, finde ich. Freddy dagegen muss ihn ständig belegen mit: „Du musst mehr backbord fahren! Nicht so weit rüber! Ein bisschen mehr steuerbord! Steuerbord meine ich! Was heißt steuerbord?" „Rechts," murmelt Ramon mit verkniffenem Gesicht. „Nun lass doch mal den Jungen! Der hat doch zwei Augen im Kopf!" ergreife ich Partei für den Schiffsjun-gen. „Misch dich nicht ein!" ist der Kommentar meines Mannes. Wenn er mal seinen kontrollierenden Blick von seinem Sohn lässt, legt dieser den Gashebel langsam nach vorn. Sein Gesicht strahlt, wenn das Ufer an ihm vorbeisaust und die Heckwelle aufwirbelt. „Endlich speed" flüstert er und lächelt mir verschmitzt zu. Lange währt sein Vergnügen nicht, denn Freddy vertraut seinem Gehör. Er wirft einen prüfenden Blick auf den Tacho. Ziemlich gereizt nimmt er das Gas zurück. Dann hält er uns einen langen Vortrag über die Geschwindigkeitsbegrenzung auf. Binnengewässern. Irgendwie kann ich nicht verstehen, dass die beiden nicht friedlicher mitein-ander umgehen können. Machtkampf unter Männern, sage ich mir und setze mich auf die Bootsspitze. Hier habe ich meine Ruhe.

Das Wetter ist sommerlich und die Gegend beschaulich. Wälder, Wie-sen und Felder ziehen an uns vorüber. Angler haben am Ufer ihre Picknick-idylle. Enten, Blesshühner und Schwäne schnattern zufrieden zwischen dem Strauchwerk. Fischreiher überfliegen den Kanal, oder man entdeckt sie, wenn sie wie leblose Statuen in Bäumen und Sträuchern stehen. Bald merke ich, dass mir die Sonne zu schaffen macht, der Kopf schwer wird und die Schultern brennen. Meinen vorteilhaften Platz möchte ich jedoch nicht aufgeben. Also spanne ich mir einen Regenschirm auf und lege einen kühlen, nassen Waschlappen auf meinen aufgeheizten Kopf. Die Männer grinsen und hänseln mich wegen meines ulkigen Aussehens. Na, sie la-chen wenigstens gemeinsam, tröste ich mich über ihre sonst so ange-spannten Beziehungen hinweg.

Bei der Schleuse in Paray geht es auf die Elbe. Dieser breite Fluss hat rotbraunes Wasser mit starken Strömungen und vielen Strudeln. Die Land-

18

schaft ist flach, fast ohne Waldbestand und auffallend unbelebt. Selten, dass wir einen Menschen sehen oder ein Boot, eher eine Kuh. Wir konzentrieren uns darauf, im Zickzack die gelben Kreuze anzufahren, die links und rechts der Elbe die tiefere Fahrrinne anzeigen. Es ist unerträglich heiß und einsam. Die Zeit fließt träge dahin. Selbst Freddy und Ramon haben das Zackerieren aufgegeben. Dreimal wird diese Eintönigkeit durch Fähren, welche die Elbe queren, unterbrochen.

Am Abend sind wir im Yachthafen Wittenberge. Es ist ein romantischer Hafen hinter dem Deich. Auf dem Deich stehen Campingmöbel, auf die wir uns erschöpft fallen lassen. Beim herzhaften Abendbrot, zu dem wir den freundlichen und urigen Typ von Hafenmeister einladen,umweht uns ein erfrischender Abendwind. Der Ausblick auf die Elbe ist unbeschreiblich schön. Gut gelaunt plaudern wir mit dem Hafenmeister bis spät in den Abend. Die lebhaften Schilderungen seiner Elbabenteuer sind so eindrucksvoll, dass man ihm fast alles glauben möchte, wenn´s auch Seemannsgarn ist.

Anderntags fahren wir wieder fünf Stunden, bis nach Hitzacker. Der Hafen hat eine schwierige Einfahrt, und das Boot muss wegen der Strömung dort mit dem Heck an zwei Balken befestigt werden. Da geraten wir ganz schön in Hektik. Knisternde Spannung liegt in der Luft. Keiner von uns will einen Fehler beim Anlegemanöver machen, denn etliche Wassersportler liegen geradezu wie Aasgeier auf der Lauer. Gelangweilt lungern sie am Ufer herum und verfolgen mit einer gewissen Häme unser umständliches Anlegemanöver. Unverhohlen grinsen sie vor sich hin. Mancher spöttelt lauthals über einen Patzer. „Solidarisch zur Hilfe kommen, kennen diese sogenannten Wassersportler wohl nicht?" fluche ich still vor mich hin. Freddy, hochrot im vor Schweiß triefendem Gesicht, winkt nur ab: „Lass doch! Die wollen ihren Spaß haben."

Bei einem Spaziergang durch diesen reizvollen Ort werden wir für unsere Anstrengungen belohnt. Verschwiegene, enge Gässchen und hübsche, niedrige Häuschen versetzen uns urplötzlich in die Illusion, im Mittelalter zu sein.

Abends kommen wir mit unserem Bootsnachbarn ins Gespräch. Schon sein Outfit entspricht mehr dem eines Yachtbesitzers, als es die Badehose bei Freddy tut. Völlig in strahlendem, eleganten Weiß gekleidet, mit Kapitänsmütze auf dem viel zu rundlichen Kopf, überzeugt, dass er stolzer Besitzer einer nagelneuen Marex ist. Und Freddy kann durch seinen neidischen Blick auf dieses schmucke Boot seine geheimsten Wünsche nicht verbergen. Da wir dem Nachbarn etwas von unserem Ostseetörn vorschwärmen, fragt er ernst und ziemlich erstaunt:„Was? Wo wollen sie hin? Zur Ostsee? Wie wollen sie sich denn auf dem Meer orientieren?" Wir entgegnen selbstsicher, dass wir ja immerhin das Navigieren für unsere Führerscheinprüfung gelernt hätten. Mit einem Unterton von Geringschätzung hat er sofort viele Ratschläge parat, redet was vom GPS und von Hafenhandbüchern. Wir hören brav zu und denken uns: So ein Besserwessi!

Am anderen Tag verschlechtert sich unsere Laune dramatisch. Es war ausgemacht, dass wir in Hitzacker unsere elfjährige Enkeltochter Anja an Bord nehmen sollten. Darauf hatte ich mich schon wochenlang gefreut und kleine Überraschungen für sie mit auf die Reise genommen. Jedoch, ich warte vergeblich auf den Telefonanruf meiner Tochter. Ihr Schweigen ist mir unerklärlich. Deshalb greife ich zum Hörer. Am anderen Ende wird herumgedruckst. Als Mutter fühle ich natürlich sofort, dass nicht alles so läuft, wie es verabredet war. Ergebnis: Unser Schwiegersohn bringt sie uns nicht, weil wir zu unerfahren mit Boot und Ostsee wären. Ich bin enttäuscht und brauche lange, bis ich mich wieder gefangen habe. Das hätten sie uns doch eher mitteilen können!

Passend zu meiner momentanen Stimmung prasselt auch noch ein heftiger Regenguss auf unser Boot. Und zu allem Übel haben wir vergessen, die Heckfenster zu schließen, so dass Freddys Bettzeug total durchnässt ist. Es lässt sich noch etwas finden, was ihn warm hält, aber das Wetter bleibt an den nächsten Tagen regnerisch und kühl.

Wir fahren weiter nach Mölln und liegen in einem schlichten, aber ruhigen Hafen. Es scheint heute nicht hell zu werden. Ich setze mich mit einem Stück Brot auf den Bootsrand und füttere die anscheinend brotsüchtigen Enten. Als mein Blick zum Ufer schweift, glaube ich meinen Augen nicht zu trauen. Da geht doch eine schlanke, blonde Frau mit einem Kind auf dem Arm und einem zweiten an der Hand durch den Hafen. Meine jüngere Tochter! Ich winke ihr zu: „Hallo! Hier! Hier!" Freudig kletter ich vom Deck. Wir alle drücken uns lange und herzlich. Die Geburtstagsüberraschung ist ihr wahrlich gelungen. Mit den Enkelchen Jacqueline und Kira gehe ich sogleich ans Wasser, um mit ihnen wieder die Enten zu füttern. Dann machen wir einen Tagesplan. Wir essen in Mölln zu Mittag, gehen dort spazieren und schauen uns das Denkmal des Till Eulenspiegels an, der hier gelebt und seine Späße getrieben hat. Beide Mädchen haben es im Kindersportwagen bequem und unterhalten sich in ihrer eigenen Sprache. Kira fallen hin und wieder die Augen zu. Sie lutscht sich am Daumen fest. Jacqueline kann es nicht mehr aushalten und gibt eine Überraschung preis: Oma, wir bleiben bei dir auf dem Boot!" Ungläubig schaue ich unsere Tochter an, fühle bereits, wie in mir ein Schwall von Freude aufkommt. Sie muss meine Regung gespürt haben, denn sie bejaht es sofort. Sie meint noch: „Das Auto lassen wir so lange hier. Papa kann ja ein Auto mieten und uns wieder herfahren." Ich drücke sie stumm, muss meine Freudentränen aus den Augen wischen.

Als wir unseren kleinen Ausflug beendet haben, heißt es Platz schaffen, um das Gepäck der neuen Passagiere zu verstauen: Zwei große Reisetaschen, einen Einkaufskorb mit Babyfläschchen und Kindernahrung, ein Nachttöpfchen, diverse Beutelchen und Tüten, eine große Packung Pampers. Beim Sportwagen sind wir zunächst etwas ratlos. Wohin damit auf dem Boot? Ohne lange zu fackeln verschnürt Freddy den Kinderwagen vorn an der Bootsspitze. Trotz Wind und Regen sind wir an diesem Abend in bester Stimmung. Die sechs Schlafplätze sind schnell zugeteilt. Jeder soll es bequem haben.

Am Morgen legen wir ab. Ziel ist Schlutup, hinter Lübeck. Auf der Tour sind fünf Schleusen zu meistern. Ramon ist uns dabei eine große Hilfe. Freddy honoriert es mit einem männlichen Schulterklopfen und mit den Worten: „Bist doch ein brauchbarer Kerl. Wirst noch Skipper sein dürfen." Solche Worte spornen an. Der Junge turnt akrobatisch die Eisenleitern rauf und runter, macht geschickt Leinen an den Pollern fest und wieder los. Man sieht seinen Eifer, seine Umsicht. Lob tut Wunder! Das müsste Freddy als Pauker wissen, denke ich und bin froh, dass sich die Männer schon besser verstehen, hier auf dem eng gewordenen Boot.

Danach geht es weiter nach Travemünde. Die Kinder schlafen viel und gut in dem grummelnden, sanft schaukelnden Bootsbauch. Oder sie sitzen auf unserem Schoß und betrachten neugierig alles, was um sie herum passiert. Die Aufgaben, wie Steuern, Babyfläschchen kochen und Kinder beschäftigen, sind vom Skipper jedem zugeteilt. Etwas schwierig ist nur, sich im Wirrwarr der vielen Kleidungsstücke und sonstigen Utensilien zurechtzufinden..Wenn ständig was im Weg liegt, nervt mich das schon, obwohl ich dann gekonnt meine aufkommende schlechte Laune überspiele. Wenn ich nur zur Bootsspitze schaue, bin ich wieder glücklich und schmunzel vor mich hin. Wie eine Galionsfigur ist der Kindersportwagen vorn auf dem Deck mit Schnüren festgezurrt. Vorbeifahrende gucken erstaunt und amüsieren sich ebenfalls über unsere Lösung, jeglichen Platz auszunutzen.

Wir passieren Travemünde, wo sich kleine und große Yachten tummeln und sich Passagier- und Handelsschiffe begegnen. Auf einer prächtigen Hafenpromenade flanieren Touristen.Vor uns öffnet sich endlich die Bucht zum Meer. Welch ein Augenblick! Gebannt schauen wir auf die Meereswellen, die uns mit leichten Schaumkämmen entgegenrollen. Bald darauf gleitet unsere Marex schwungvoll über die Wellen, die etwa einen halben Meter hoch sind. Freddy reißt plötzlich und ungestüm seine Arme auseinander, als wolle er die ganze Ostsee umarmen und ruft pathetisch: „Endlich Freiheit! Endlich auf der Ostsee!" Zu uns gewandt ruft er in seiner Euphorie, die ansteckend ist: „Kinder, wir sind wirklich auf der Ostsee! Die grenzenlose Freiheit! Keine Grenzposten, keine Scheinwerfer! Kinder, wir sind frei! Wir können bis nach Amerika fahren!" Es stört Freddy nicht, dass Leute aus vorbeifahrenden Booten zu uns verwundert herüberstarren und unverständlich den Kopf schütteln. Mich stört es auch nicht. Soll er doch ruhig seine angestauten Gefühle zur Explosion bringen. Ich teile seine Glückseligkeit.

Eine frische, salzige Meeresbrise aus Ost bläst mir angenehm ins Gesicht. Begierig pumpe ich die Meeresluft in meine Lunge. Ein wenig Traurigkeit beschleicht mich angesichts der vielen Segelboote. Wehmütig schaue ich zu den vom Wind aufgeblähten Segeln, die sich schneeweiß oder bunt vom blauen Himmel abheben. Wie gern würde ich jetzt von der Motor dröhnenden Marex auf ein solches Segelboot umsteigen, das über die Wellen dahinzufliegen scheint. Ich verdränge meine Gefühle und Gedanken, will Freddys augenblickliche Freude nicht trüben .

Vor dem Boltenhagener Strand werfen wir den Anker aus. Das Wetter ist wieder sommerlich. Am Strand tummeln sich die Badefreudigen. Da möchten wir gern dazwischen sein. Etwa einhundert Meter Wasserweg sind bis dorthin zu überwinden. Freddy wird uns nacheinander im Schlauchboot zum Strand fahren. Im Skipperton fordert er: „Rettungswesten anlegen!" Als ich Jacqueline die leuchtend rote Weste anziehen will, passt ihr das ganz und gar nicht. Zuerst sind ihre Augen groß aufgerissen, dann quetschen sie ein paar Tränen hervor. Sie fühlt sich eingezwängt und widersetzt sich beharrlich. Aber die Überredungskünste der Mama besiegen jeglichen Widerstand. Brav lässt sie sich in das Schlauchboot auf Ramons Schoß setzen.

Opa Freddy hat bereits den Motor angeworfen und schon geht die Fahrt los. Als er wieder zum Boot kommt, ist bereits Kira in eine ebenso leuchtende Weste verpackt, aus der sie kaum heraus-
guckt. Auf Mamas Schoß erreicht auch sie sicher die Küste. Zum Schluss fahren Freddy und ich, mit Proviant, Handtüchern und einer Strandmuschel. Der Strand ist noch nicht sehr belebt. Im Wasser tummeln sich wenig Badelustige. Dennoch muss mein Skipper einen Rüffel einstecken. Als wir das Schlauchboot im knietiefen Wasser auf Grund setzen, kommt ein Mann mit bitterbösem Blick auf uns zu und faucht meinen Freddy an: „Sie dürfen hier nicht mit Motor fahren! Sie gefährden die Leute!" Der Mann hat seine Fäuste in die Hüften gestemmt und wartet. Ich sehe, wie heftig Freddys Backenknochen arbeiten, wie er sich zur Besonnenheit zwingt. Natürlich bin ich verblüfft, als er sich kleinlaut entschuldigt und Einsicht zeigt. So kenne ich ja meinen Freddy überhaupt nicht, finde aber sein Verhalten korrekt. Jetzt freundschaftlich weist der Fremde mit dem Finger auf die gelben Bojen der Badestrandabgrenzung. „Da hinter können sie dann wie-

der zum Boot zurück fahren, da gefährden sie niemand!" Ich kann mir ein innerliches Feixen nicht verkneifen und murmel Freddy entgegen: „Na, den wichtigsten Paragrafen der Schifffahrtsordnung beherrschst du ja." Der schnappt ein paar Wortfetzen auf und fragt verdutzt: „Was sagst du?" Ich will meinen stolzen Skipper nicht brüskieren und sage lakonisch: „Es wird ein schöner Badetag.." Dabei umarme ich ihn, gebe ihm einen Kuss und füge hinzu: „So mit unseren Kindern." Freddy erwidert wortlos meine Gefühle. Wir baden, bauen Sandburgen und aalen uns ausgiebig in der Sonne.

Am frühen Abend, als alle wieder an Bord sind, entscheiden wir uns dafür, einen Hafen anzulaufen, denn unser Wasservorrat ist aufgebraucht, und das Übernachten vor Anker wäre eine zu schauklige Angelegenheit. Also nehmen wir Kurs auf die Insel Poel, auf den Ort Timmendorf. Plötzlich verschlechtert sich die Sicht, denn es wird diesig und regnerisch. Da schlägt überraschend unser Echolot an. Erschrocken schauen wir ins Wasser und starren auf den Meeresgrund, der uns zum Greifen nah erscheint. Schnell überprüfen wir unseren Kurs auf der Seekarte. Kein Grund zur Panik. Wir fahren genau den vorgeschriebenen Kurs.Das Flachwassergebiet ist angegeben. Wir machen die Erfahrung, dass das klare Wasser ungemein täuschen kann, was die Tiefe betrifft. Irgendetwas muss den Tiefenmesser ausgelöst haben. Vorsichtshalber drosseln wir die Geschwindigkeit und tuckern langsam dahin. Plötzlich erblicken wir etwas, das uns erschaudern lässt. Unweit Steuerbord ragt das Wrack eines größeren Bootes aus dem Wasser. Schauerlich ist uns zu Mute. Spontan und wie auf Kommando gucken wir auf den Grund. Keine Untiefe, kein Felsen. Wir sind froh, bald den Timmendorfer Leuchtturm zu sichten. Der hat eine angenehme Überraschung für uns, denn er sendet mal grünes und mal weißes Licht aus. Das ist ein Leitfeuer! Wir sind begeistert, endlich in der Praxis zu erleben, was wir in der Theorie gelernt hatten. Nun richten wir den Kurs so ein, dass wir stets das weiße Licht sehen. Das Leuchtfeuer geleitet uns sicher in den Hafen.

In der Nacht spüre ich die kleine Kira in meinem Bett und denke darüber nach, dass sie früh, wenn alle anderen noch schlafen wollen, nach ihrem Fläschchen verlangen wird. Es steht bereits schon vorgekocht in der Pantry. Nur, es aufzuwärmen wird nicht ohne weckende Geräusche und nicht schnell genug gehen. Also hole ich die Flasche in mein Bett und lege sie eng an meinen Körper. Noch mehrmals in der Nacht drehe und schüttel ich die Nuckelflasche, presse sie fest an meine Brust, um sie warm zu halten wie eine Glucke ihre Bruteier. Als ich von Kira morgens das erste Quengeln und Schmatzen vernehme, kann ich ihr gleich den Flaschennuckel in den Mund schieben. Sie wird satt und schläft wieder. Alle recken ihre schläfrigen Glieder in den neuen Morgen. Nur ich fühle mich ein wenig wie gerädert. Ein Blick nach draußen: Das Wetter lädt nicht zum Baden ein. Darum unternehmen wir reizvolle Spaziergänge an der Steilküste.

Der Urlaub unserer Tochter geht seinem Ende entgegen. Deshalb fahren wir in den Rostocker Hafen mit dem Ziel, in die Stadt zu gelangen und nach einem Mietauto zu fragen. Die Hafenbesichtigung von der Wasserstraße aus ist ein eindrucksvolles Erlebnis. Wir sehen staunend und ehrfurchtsvoll zu den großen „Pötten" hinauf, die das Flair der großen weiten Welt an sich haben. Auch die kleinen Mädchen lassen sich von diesen Anblicken fangen. Dabei vergeht die Zeit wie im Fluge. Bis zum Stadthafen ist es noch zu weit. Wir kehren um.Es erscheint uns am günstigsten, nach Warnemünde zurück zu fahren. Wenn wir früh dort sind, wird vielleicht ein Liegeplatz für uns frei sein.

Wirklich – wir ergattern gerade noch einen Anlegeplatz, der einem Mitglied des dortigen Vereins gehört. Der Segler unternimmt einen Urlaubstörn. Den Zugriff zu Wasser und Strom hat er uns mit einem Vorhängeschloss versperrt. Wir sind verwundert und verärgert zugleich. In unserem Heimathafen stellen wir jedem Wassersportler die notwendige Versorgung, manchmal sogar kostenlos, zur Verfügung. Jedoch, wir freuen uns über unser Glück, wenigstens bleiben zu dürfen und rollen ein langes Stromkabel aus. In einem stilechten Steak-House sitzen wir beim Abschiedsesse gemütlich beisammen. Am anderen Morgen fährt Freddy mit einem Mietauto vor. Während unser Sohn endlich froh ist, abheuern zu dürfen, ist unsere Tochter sichtlich betrübt, den Kahn der lustigen Leute verlassen zu müssen. Auch ich verabschiede sie und die Kira mit einem dicken Kloß in der Kehle.

Nachdem sich unsere Crew verkleinert hat, genießen Oma und Opa noch ein paar Tage das Zusammensein mit der Jacqueline in diesem reizvollen, beliebten Ort am „Alten Strom". Das Wetter ist wieder sonnig und warm. Gern verfolgen wir vom Deck aus das Ein- und Auslaufen von Schiffen und Fähren. Das weckt in uns ein Gefühl von Fernsucht. Gehen wir an Land, sind wir mittendrin im bunten Touristengetümmel. Unsre Enkelin zieht es immer wieder zur Brücke, die über den Alten Strom führt. Durch das Brückengeländer wirft sie altes Brot ins Wasser und lockt viele Schwäne, Enten und anderes Getier an. Dann spricht und gestikuliert sie mit den Tieren auf ihre Art. Ist uns nach Baden, haben wir es nicht weit bis zu dem großen, grünen Leuchtturm, von dem sich ein langer, weißer Sandstrand dahinzieht. Drei schöne Tage verbringen wir hier, dann kommt der Urlaubssegler zurück und wir müssen leider unseren Anlegeplatz wieder räumen. Schade!

Wir fahren jetzt in Richtung Darß. Das Wetter ist warm und sonnig, doch der Ostwind nimmt zu. Er wird immer böiger. Auf dem Meer bilden sich Schaumkämme. Die Wellen werden höher.

Ungewohnt aggressiv schlagen sie gegen die Backbordseite. Das Boot schlingert. Mit Jacqueline auf dem Schoß habe ich Mühe, nicht vom Sitz zu rutschen. Besorgt blicke ich in Freddys angespannte Gesichtszüge und begreife sofort, das ihm die heikle Situation zu schaffen macht. „Wir müssen sofort in einen Hafen!" sage ich. Sein abschätzender Blick folgt den heranrollenden Wellen, um durch Gegensteuern ihre Wucht abzufangen. Ziemlich verkrampft umfasst er das Steuerrad. Ich wiederhole meine Bitte. „Ich suche ja schon die Einfahrt nach Stralsund!" antwortet er ziemlich gereizt. Aber was und wo genau ist die Einfahrt zum Hafen? Wir sichten zwar rote und grüne Bojen, sie begrenzen aber eine sehr enge Wasserstraße, so dass wir glauben, das könne doch nicht die Einfahrt zum Hafen einer großen Stadt sein. Verunsichert und ratlos fahren wir weiter. Die große rote Sonne steht schon dicht über dem Horizont. Da sehen wir weitab Boote, die vor einem Strand ankern. Freddy nimmt Kurs und mehr Fahrt auf. Die Bugwellen spritzen gegen die Windschutzscheibe. Jacqueline umklammert meinen Hals. Schließlich drosselt Freddy das Tempo. Plötzlich ist es fast windstill. Das Meer ist hier ganz ruhig im Schutz des nahen Kiefernwaldes. Unsere Atlantis schaukelt sanft, und die Abendsonne wirft einen warmen, roten Schein auf diese unerwartete Idylle. Also werfen wir den Anker aus und übernachten hier ebenfalls.

Weil es hier so traumhaft schön ist und der Ankerplatz nicht sicherer sein kann, beschließen wir, auch am nächsten Tag noch zu bleiben. Ich fahre mit Jacqueline im Schlauchboot an den Strand. Dort bauen wir uns die Strandmuschel auf und einen Sonnenschirm, spielen mit Backförmchen und bauen Kleckerburgen. Das Wasser ist klar, aber sehr kalt. Am Strand sind nur wenige Menschen, und die sind nackend. Uns quält eine wichtige Frage: Wo sind wir? Wären die Leute hier doch wenigstens angezogen! An einen Nackedei heranzugehen und zu fragen, ist uns zu dumm und peinlich. Freddy ist nicht für FKK. Und ich will mir auch keine Blöße geben. Wird sich schon aufklären, wenn wir weiterfahren, sagen wir uns. Und so verbringen wir wieder einen zweiten Abend sorglos an diesem unbekannten Strand, bei romantischem Sonnenuntergang.

Jacqueline ist wie immer beim Abendessen etwas mäklig, verweigert jeden Bissen. Da muss sich Opa Freddy etwas einfallen lassen. Und das muss ja auch zum Bootsurlaub passen. Also spielt er mit ihr – Schleuse. Sie ist Frau Schleusenmeister. Ihr Mund ist eine Schleuse, die sie öffnen muss, wenn ein Boot, ein Häppchen, reinfahren will. Mit zum Lachen verstellter Stimme kündigt Opa einen Riesenfrachter an, nämlich Brot mit Butter und Käse: „Hallo, hallo, hier kommt das Piratenschiff! Hallo, hallo,

Frau Schleusenmeister, Störtebecker muss schnell in die Schleuse! Krach, Bumm und Kanonendonner! Aufmachen!" Und sie macht die Schleuse, äh, den Mund auf. Natürlich unter ansteckendem Gekicher. So haben wir alle unseren Spaß. Und das Abendbrot ist bald verputzt. Anschließend tanzt sie temperamentvoll nach flotter Rockmusik. Als ihre Mutti anruft, verkündet Jacqueline atemlos und prustend vor Lachen:„Mama, ich will noch nicht nach Hause!"

Am nächsten Tag geht es weiter. Wir halten noch immer Ausschau nach einer Einfahrt in den Hafen von Stralsund. Dann passieren wir Steilküsten und weiße Felsen. Jetzt dämmert es bei mir. Diese Ansicht kenne ich doch! Ich weiß nur nicht woher. War ich hier schon mal oder habe ich diese Landschaft auf Bildern gesehen? Weiße Felsen --- „Das ist Rügen!" rufe ich. „Ja, natürlich, das sind die Kreidefelsen!" stimmt mir Freddy zu. Etwas beschämt wenden wir unsere Blicke voneinander ab. Wie konnte uns das passieren, dass wir so die Orientierung verloren hatten? Fast gleichzeitig klatschen wir unsere flache Hand gegen die Stirn und beginnen zu lachen: „Mensch, sind wir blöd!" Aber nun genießen wir richtig und sorglos die beschauliche Fahrt entlang der weißen Steilküste. Doch unser ungetrübtes Vergnügen währt nicht lange.Der Wind wird lebhafter, steigert sich immer mehr, bis es wieder sehr ungemütlich wird. Das Boot springt, rüttelt, schwankt. Die Bugspitze knallt derart hart in ein Wellental, dass sogar die seitlichen Kästen aus ihrer Halterung gerissen werden. Alles fliegt derb durcheinander. Aber der Sportwagen übersteht unbeschadet auch diese Attacke. Freddys Seemannknoten halten.

Mich graut vor einer erneuten Horrorfahrt, darum bitte ich Freddy: „Lass uns die Fahrt abbrechen!" Diesmal reagiert Freddy gelassen, greift nach dem Fernglas und sucht die Küste ab. „Nur, wo ist ein Hafen?" nuschelt er sich in den Bart. Ich nehme ihm das Fernglas aus der Hand und suche selbst nach einem Hafen. Erfolglos. Leise öffne ich die Tür zur Vorderkajüte. Selig liegt unsere Kleine im Tiefschlaf, in weiche Kissen gekuschelt und auf sicheren Matratzen, die kein Herunterpurzeln zulassen, weil sie die Breite der Kajüte einnehmen. Das beruhigt mich ein wenig. Ich stolpere die zwei Stufen zum Cockpit wieder hinauf und beobachte, mich gut an der Reling festhaltend, den Küstenverlauf.

Unser Boot rumpelt herum, bis harte Wellen ihm wieder und wieder eine laut knallende Ohrfeige verpassen. Was hält so ein Boot wohl aus? frage ich mich. Nun zeigt sich an der Küste eine Meeresbucht. Freddy steuert sofort drauf zu, denn er hat wie ich die Hoffnung, dass es darin windstiller sein wird. Das Wasser ist hier wirklich etwas ruhiger, doch kein Hafen ist zu erspähen Ratlos werfen wir erst einmal den Anker. Wir befinden uns dicht bei einer Steilküste. Suchend schaue ich hinauf. „Am liebsten würde ich mit dem Schlauchboot an Land fahren, um zu erfragen, wo wir nun wieder sind", sage ich wütend. Die Küste ist felsig, auch im Wasser liegen Steine. „Das ist keine so gute Idee," meint Freddy. „Ja, was ist denn dann eine gute Idee?" frage ich ihn, von seiner Ruhe genervt. Ich bekomme keine Antwort. Er holt die Seekarte hervor und studiert sie. „Vielleicht ist das die Bucht bei den Orten Lohme und Glowe?" sagt er unsicher. „Vielleich! Vielleicht!" schimpfe ich gequält. Verdammt, dass wir so die Orientierung verloren hatten! Wir hätten wohl den Besserwessi in Hitzacker ernster nehmen sollen, der uns ein GPS empfahl. Und unser Schwiegersohn, hatte er vielleicht Recht damit, dass wir zu unerfahren wären und das Meer zu gefährlich sei? Betrübt schaue ich auf das brodelnde Wasser. Freddy faltet die Karte zusammen. „Ich bin mir ziemlich sicher," sagt er ruhig, „dort drüben, auf der anderen Seite der Bucht, liegen die Orte Lohme und Glowe. Da müssen wir rüber." Ich weiß, dass es keinen anderen Ausweg gibt und lichte mit ihm den Anker. Die Fahrt durch den Hexenkessel beginnt. Während er steuert, gehe ich zu Jacqueline in die Kajüte und spiele mit ihr. Sie hat gerade ausgeschlafen und zeigt kein bisschen Angst, obwohl es wieder mächtig schaukelt und ab und zu knallt. Lustig lasse ich ihre Kuscheltiere herumtanzen, weil ich meine, ich müsse sie ablenken. Diese Art der Ablenkung habe ich selber nötig. Aber ich verlasse mich jetzt ganz auf Freddy, und der fährt uns tatsächlich in einen Hafen: Glowe! Wir sind glücklich, den Launen des Meeres wieder einmal entronnen zu sein!

Um das Schaukelgefühl loszuwerden, machen wir einen Landspaziergang. Zuerst gehen wir über eine provisorische Plattenstraße. Was ist das nur? Warum schmerzt der eine Hüftknochen? Habe ich mich etwa bei dem Wellengeschaukel zu sehr verrenkt? Verflixt! Jacqueline, die vor uns munter herumhüpft, stolpert plötzlich und landet auf den Knie. Ich wische ihr ein paar Tränen aus den Augen und puste die Knie wieder gesund, die leichte Abschürfungen haben. Tapfer hüpft sie dann weiter. Das kleine Örtchen inmitten von Wäldern ist zwar ganz hübsch, aber der Hafen ist noch eine Baustelle. Die Bauarbeiter geben uns nach Feierabend zwar ihren Strom, aber mehr bekommen wir hier nicht.

Auch andere hatten hier Schutz gesucht. Im Gespräch mit Seglern klärt sich dann endlich, wo wir uns befanden, als wir vor dem FKK- Strand ankerten. Wir lagen vor der Insel Hiddensee! Auf der Unwetterseite! Und hatten großes Glück bei günstiger Wetterlage! Und die Einfahrt nach Stralsund? Es war tatsächlich diese schmale, unscheinbare Wasserstraße zwischen den Bojen.

Was lehrt uns Freizeitkapitäne das? Präzise Törnvorbereitung und Ratschläge nicht in den Wind schlagen! Von neuen Vorsätzen beseelt wollen, wir unsere Fahrt am anderen Tag fortsetzen.

Am Morgen warnt uns ein Fischer vor dem bevorstehenden Wind der Stärke acht. „Wir fahren da nicht mehr raus", sagt er bestimmt. Er sieht in unseren Gesichtern unsere Enttäuschung und meint: „Wahrscheinlich wird er erst gegen Mittag so stark sein, denn nach unserer Erfahrung ist das Meer morgens noch eine ganze Weile ruhig." Dann nichts wie los! Sagen wir uns und verzichten wir auf ein gemütliches Frühstück, um keine Zeit zu verlieren. Freddy fährt zügig, mit sieben Knoten durch tückische Wellen dem Ziel Saßnitz entgegen. Er muss den Kurs auf die Hafeneinfahrt halten und kann keine Rücksicht auf die Windrichtung nehmen. Die Wellen schlagen schäumend und laut klatschend gegen die Backbordseite. Ich kann nichts weiter tun, als mich nur gut festhalten und Jacqueline, die sich am Schaukeln erfreut und noch herumtollen will, vor einem Sturz zu bewahren Nach zwei Stunden wilder Fahrt gegen Zeit, Wind und Wellen vertäuen wir unser Boot im sicheren, windgeschützten Hafen Saßnitz. Der Skipper ist sichtlich geschafft und braucht eine Verschnaufpause. „Na, wie habe ich euch durch Sturm und Wellen gesteuert?" fragt er und will ein Lob erheischen, womit ich auch nicht geize. Er bekommt einen dicken Kuss und unter verschmitztem Lächeln das Versprechen, mal wieder ganz nett zu ihm zu sein. Er kennt meine Anspielung und schmunzelt nur vor sich hin.

Sechs schöne Urlaubstage verbringen wir in Saßnitz. Wir betrachten die Saßnitz- Fähre, beobachten die Fischereiboote, schleckern Eis und kaufen ein. Im Zoo amüsiert sich unser Enkelchen mit den „lachenden" Affen. Nur, als ihr eine tollpatschige Bergziege auf die Zehen tritt, jammert sie zum ersten Mal, nach Hause, zu Mama zu wollen.

An Freddys Geburtstag bekommen wir Besuch.Überraschend stehen plötzlich meine Schwester und mein Schwager vor unserem Boot. Fast gleichzeitig treffen Jacquelines Eltern mit Kira und Ramon ein. Ist das eine Freude! Dazu zeigt sich der Sommer von seiner schönsten Seite. Jeder sucht sich einen Platz an Bord. Dann sticht die voll besetzte ATLANTIS in See. Mit Eierlikör wird auf den Jubilar angestoßen. Jeder will mal eine echte Motoryacht auf hoher See steuern. Schwiegersohn und Schwager können nicht genug Speed geben und nicht oft genug die eigenen Wellen kreuzen. Ein Juchen und Jubeln verhallt in den Weiten der Ostsee. Meine Schwester steht mehr wie eine wahrhafte Lady am Steuerrad und genießt die Augenblicke einer behutsameren Fahrt.

Als alle ihre abenteuerliche Fahrsucht befriedigt haben, geht es an den Strand.von Prora. Mit Baden und Picknick vergeht ein wunderschöner Tag, bis sich die Sonne dem Horizont neigt. An Bord gibt es abends noch einen Umtrunk bei ausgelassener Stimmung. Zum Schlafen rücken wir alle eng zusammen. Schwester und Schwager schlafen in ihrem Auto. Wellen wiegen uns in den Schlaf. Beim Schniefen, Schnarchen und Hüsteln der Leute liege ich noch eine Weile wach. Starker Regen prasselt auf die Persenning. Da denkt man unwillkürlich an die bevorstehende Heimfahrt. Wie tröstlich für mich, mein Mann hat sich ein Geburtstagsgeschenk geleistet – ein GPS ! Am Morgen verlassen uns die Gäste. Die ATLANTIS kommt uns sehr verlassen vor. Etwas lustlos bereiten wir den Törn zum Heimathafen vor.

Rückfahrt nach Werder

Die erste Etappe führt uns von Saßnitz nach Gager. Es sind die Windstärken sechs und sieben angesagt. Wir starten deshalb am frühen Morgen und bleiben noch vom Wind verschont. In Gedanken an die schöne Zeit mit Jacqueline schippern wir versonnen an der Küste entlang. Zweieinhalb Wochen waren wir mit der Kleinen intensiv zusammen. Ich fühle mich nun richtig traurig, weil diese schöne Zeit vorüber ist. Freddy holt die Seekarte und das GPS nach oben, zusammen mit zwei Zirkeln und zwei Dreiecken. „Wir würden tatsächlich wieder die Orientierung verlieren, wenn wir nicht das GPS hätten", stellt er beim Herumhantieren fest. Ich lasse mir das Gerät von ihm erklären. Freddy spielt sich als Dozent auf: „ Das GPS – auch genannt Global Positioning System - ist ein Satellitennavigationssystem. Es bekommt Signale von vierundzwanzig Satelliten, die auf sechs Bahnen in zwanzigtausend Kilometern Höhe die Erde umkreisen. Der GPS – Empfänger misst den Abstand zu den Signalen und das Gerät rechnet mit Hilfe der Laufzeiten die Position des GPS – Standortes aus. Es zeigt uns auf einem Display die Koordinaten der Längen und Breitengrade an, mit denen wir unseren Standort auf der Seekarte bestimmen können, und das ziemlich genau. Ein unentbehrliches Hilfsmittel in der heutigen Seefahrt, für Schiffe und Freizeityachten." Ich betrachte das Display. „Und weshalb haben wir im Navigationsunterricht die Positionen mit Hilfe von Kompass, Log und entsprechenden Formeln erlernt, wenn es so einfach geht?" frage ich Freddy. „Naja, das Gerät funktioniert zwar weltweit, aber es kann auch ausfallen. Du weißt doch, Technik ist nicht immer zuverlässig. In der Nähe von steilen Felswänden oder in Fjorden kann es unter Umständen auch passieren, dass das GPS zu keinem Ergebnis kommt." Ich bin beeindruckt und beginne gleich damit, die Koordinaten abzulesen, auf der Karte zu suchen und mit dem Dreieck zwei Linien einzuzeichnen, die sich dort treffen, wo wir uns gerade befinden. Es ist wirklich fantastisch, dass das so einfach geht mit ziemlich genauem Ergebnis. Als uns das GPS die Koordinaten bei dem Ort Gager anzeigt, sind wir fasziniert von der hügligen Landschaft, die vom Wasser aus sichtbar ist. Hier bleiben wir erst mal, entscheiden wir.Gegen Abend steigen wir auf die Hügel – Hand in Hand - und haben einen schönen Überblick über die Insel, das Meer und die Boddengewässer.

Am nächsten Morgen verlassen wir Rügen über den Greifswalder Bodden. Das Wasser ist dort braun und schmutzig, außerdem sehr flach. Konzentriert halten wir den markierten Fahrweg ein, was uns trotzdem erlaubt, nach den vielen Seevögeln zu schauen, die hier im Flachwasser ihre Heimat haben. Nun fahren wir in den Peenestrom ein. Er hat das Flair unserer heimischen Binnengewässer. Die tiefere Fahrrinne ist eng begrenzt. Konzentriert folgen wir ihr. Die Sonnenstrahlen fallen in die schilfbewachsenen Uferstreifen, Vögel zwitschern in den Weiden. Ist das hier friedlich! Nur, ganz genießen können wir diese Idylle nicht, denn der Hunger macht sich bemerkbar. So kommt uns die fatale Idee, linkerseits der Fahrstraße zu ankern und ein Mittagessen zu kochen. In dem Moment, als wir abbiegen, setzen wir auch schon mit dem Kiel auf. Erschrocken bemüht sich Freddy, das Boot mit Hilfe der Motorkraft wieder frei zu bekommen. Und er schafft es. Jetzt ist das Log funktionsuntüchtig, aber zum Glück brauchen wir es nicht unbedingt, weil wir ja das GPS haben. Nichts mit Mittagessen! Es geht weiter.Vor uns erscheint bald die große Zugbrücke von Wolgast. Wir durchfahren sie nicht, sondern beenden unsere zweite Fahretappe im Hafen von Wolgast..

Am nächsten Tag sind wir völlig verwirrt, als sich nach etlichen Meilen wieder eine unendliche Wasserfläche vor uns ausbreitet. Das Stettiner Haff. Nicht nur die sichtbare Größe gleicht einem Meer. Die Wellen sind hier anderthalb Meter hoch! Sie schieben uns von hinten. Es ist anstrengend, mit dem Steuerrad ständig gegenzulenken. Der Himmel ist wolkenverhangen und wirkt so düster, wie auch das gefährliche Flachwasser. Überall gibt es Stellnetze. Nach vier Stunden Nervenkitzel erreichen wir zwei Orte mit Häfen. Freddy fragt: „Wo wollen wir hin, nach Neuwarp oder Altwarp?" Vom Wasser aus sieht man von den Orten nicht viel. In Neuwarp kann man zwischen den Bäumen eine Kirchturmspitze erkennen. Dieser Ort müsste größer sein, schätzen wir und steuern Neuwarp an. Beim Anlegen werden wir nachdenklich. Der Hafen kommt uns befremdlich vor. Stege und Mauern sind mit alten, verrotteten Autoreifen gepolstert. Wir wundern uns, dass kein Mensch zu sehen ist. Zwei ramponierte Boote liegen verlassen etwas abseits. Während Freddy noch mit dem Anlegen beschäftigt ist, betrachte ich mit etwas Unbehagen die Dächer der Häuser. Diese sind durchweg grau und uralt. Ich wische meine Zweifel weg und äußere meine Gedanken spontan und laut: „Du, wir sind in Polen!" Freddy zuckt zusammen, guckt mich entgeistert an und erwidert voller Überzeugung: „Quatsch, wir sind doch nicht in Polen." Dabei tippt er sich mit dem Zeigefinger gegen die Stirn. Widerspruch ist zwecklos, denke ich und schmunzel vor mich hin. Dann bleib mal du bei deinem Glauben! frohlocke ich. Wir gehen an Land. Als wir durch die Straßen mit den ärmlichen, verfallenen Häusern gehen, wird Freddy auf einmal ganz stumm. Er ist förmlich in sich zusammengekrochen, als wir von den alten Leutchen angestarrt werden, die wie zu Urgroßmutters Zeiten in ihren abgenutzten Röcken und Schürzen auf Holzbänken vor ihren Häusern sitzen und uns mit zahnlosen Mündern grüßend zulächeln. Die jüngeren Leute tummeln sich auf der Dorfstraße und gucken uns neugierig an. Hier ist noch Leben auf der Straße, stelle ich erstaunt fest. Wir gehen zur kleinen Dorfkirche, denn eine Kirche hat immer etwas Anheimelndes an sich. Der in schwarz gekleidete Priester schaut uns fragend an. Inzwischen regt sich unser Gewissen. Wenn wir in Polen sind, müssen wir uns doch hier behördlich anmelden – einklarieren. Also zurück zum Boot, die Ausweise holen und die polnische Grenzbehörde aufsuchen! Auf dem Boot angekommen, vergewissern wir uns auf der Karte, wo wir sind. Freddy hatte die unscheinbare Grenzlinie zwischen Altwarp und Neuwarp übersehen. Während Altwarp deutsch ist, ist Neuwarp polnisch. Brav gehen wir mit unseren Ausweisen zu einer Zollstation, die für den Fährverkehr zwischen beiden Orten zuständig ist. Mit einem mulmigen Gefühl treten wir an zwei Uniformierte heran.

Freddy stottert: „Wir, äh, wir einklarieren....Boot....Verstehen? Boot Grenze!" Mit seinen Armen deutet er die Umrisse eines Bootes. Mit den Händen macht er Wellenbewegungen. Die Uniformierten gucken uns nur sprachlos an. Einer winkt einen Offizier heran. Freddy versucht es auf Deutsch. Keine Reaktion. Dann stammelt er sich ein paar englische Brocken ab. Unsere Verständigungsschwierigkeit wird immer grotesker. Als Freddy aber auf Russisch versucht, dem Offizier unser Anliegen klarzumachen, da reagiert dieser unverhofft wütend und schimpft laut auf Polnisch und gestikuliert heftig mit den Armen. Wir kapieren: Wir sollen sofort verschwinden. Das Wort „Druschba", was Freddy herausprudelte muss ihn total erzürnt haben. Freddy packt mich am Arm und zieht mich mit sich fort: „Komm! Die haben mit den Russen nichts mehr im Sinn. Der ist sauer." Ziemlich bedeppert gehen wir zum Boot zurück, um Abendbrot zu essen.

Als wir uns durch das Erlebte appetitlos die Bissen in den Mund schieben, taucht am Boot eine runzlige, zahnlose Frau auf. Ihr suchender Blick gleitet unruhig umher. Dann sagt sie etwas auf Polnisch. Dabei zeigt sie mit ihrem knochigen Zeigefinger auf unseren gedeckten Tisch: „Piwo, Piwo, Piwo!" Sie schnipst den Mittelfinger gegen ihren Kehlkopf. Wir verstehen, sie bettelt nach Bier. Wir geben ihr Piwo und Bounty dazu. Freddy hat sich inzwischen in seiner Fantasie ausgemalt, dass bald die ganze Dorfbevölkerung eine Betteltour zu unserem Boot unternehmen wird. So sagt er mit einer Stimme, als säßen sie ihm bereits im Nacken: „Los, lass uns hier bloß schnell abhauen!" Ich kann seine Ängstlichkeit nicht teilen und erwidere etwas schnippisch: „Unsinn, das sind auch keine schlechteren Menschen als wir. Die Oma hat ihr Bierchen. Die kommt nicht wieder." Dass ich mich gewaltig geirrt hatte, muss ich zehn Minuten später feststellen. Die polnische Oma belagert wieder unser Boot. Aber sie ist nicht allein. Jetzt hat sie ein etwa zehnjähriges Mädchen an der Hand. Sie setzt das Kind in unser Boot und lässt wieder ihren Finger herumkreisen. Wir geben ihnen Schokolade und ein Stück Seife. Die Alte nuschelt etwas vor sich hin und will, wie mir scheint, immer mehr. Sie reibt Daumen gegen Zeigefinger. Und das äußerst energisch Nun bin auch ich davon überzeugt, dass es vernünftiger ist, den Hafen in Altwarp aufzusuchen. Mit einem unbehaglichen Gefühl erinnern wir uns auch an die jungen Leute, die zum Biertrinken vor der Dorfkneipe saßen und uns beim Vorbeigehen scheele Blicke zuwarfen. Die Abenddämmerung ist schon weit fortgeschritten, trotzdem legen wir ab und fahren in den deutschen Hafen. Dort fühlen wir uns sicher, aber wir müssen des Nachts Kühlhausgeräusche ertragen und schlafen schlecht. Beim Frühstück beobachten wir noch den Fährverkehr zwischen den Orten, legen dann ab und fahren hinaus aufs Haff. Vorher haben wir uns im Hafen kundig gemacht. In Ziegenort müssen wir uns bei den polnischen Grenzbehör-

den melden. Also wieder raus auf´s Stettiner Haff. Oh Gott! Die Wellen schlagen heute genauso heftig gegen das Boot wie am Tag zuvor.

Wir müssen sehr aufmerksam fahren und die polnischen Seefahrtszeichen, die den deutschen ähnlich sind, richtig deuten. Sie zeigen häufig Untiefen an und Fischereigebiete. Zunächst bemerken wir nicht das polnische Küstenschnellboot, das mit gewaltiger Bugwelle heranrast. Ein Mann der Küstenwache ruft nach uns durch ein Megaphon. Er fragt nach unseren Personalien und will wissen, woher wir kommen, wohin wir wollen. Wir sind erschrocken, weil wir vorher nicht die vorgeschriebene Grenztonne angefahren hatten. In der diesigen Luft fanden wir sie nicht gleich. Außerdem wollte Freddy Zeit sparen Mit belegter Stimme und mit schuldbewusster Miene, antwortet Freddy: „Wir wollen nach Ziegenort!" Wie es scheint, notiert sich ein anderer unseren Bootsnamen und Freddys Angaben. Mit Vollgas drehen dann sie ab, so dass ihre Heckwelle unser Boot heftig zum Schaukeln bringt Wir sind heilfroh, dass wir ungeschoren unsere Fahrt fortsetzen dürfen. Aus Berichten wissen wir, dass bei jemandem, der auch nicht die Grenztonne angefahren hatte, Warnschüsse zum Stoppen abgefeuert wurden.

Freddy steuert und ich lege mich ein bisschen aufs Ohr, weil ich verdammt müde bin. Als ich wieder an Deck komme, ist Freddy beunruhigt. „Ich glaube, wir sind jetzt an Ziegenort vorbei gefahren", stellt er verzweifelt fest. Ich übernehme das Steuer. Er navigiert mit dem GPS. Tatsächlich! Wir müssen ein Stück zurück, in einen Seitenarm des Haffs, den er total übersehen hatte. Jetzt wird es spannend für uns. Werden sie nach den Reisepässen fragen, die wir nicht bei uns haben? Die Grenzbeamten fragen nicht nach den Reisepässen. Aber sie mustern uns komisch, reden miteinander und brechen dann in lautes Gelächter aus. Sie setzen die Stempel auf's Papier. Wir fahren erleichtert weiter.

Zum Übernachten fahren wir dann in den Hafen von Stettin. Er ist ansprechend, doch wir sind inmitten der Stadt und leiden unter Verkehrsgeräuschen. Beim Abendessen an Deck können wir uns nicht so recht entspannen. Zuerst schleicht bettelnd eine Katze an unserem Boot herum. Dann kommt ein Behinderter mit einem Kinderwagengestell, das ihm als Gehhilfe dient, die langen Stege entlang, um zu betteln. Eine elende, bedauernswerte Gestalt. Wir geben auch ihm etwas. „Bald haben wir nichts mehr zu verschenken", knurrt Freddy, „unser Proviant muss jetzt bis nach Hause reichen". Nur duschen wollen wir an diesem Abend noch. Mich erwartet eine Duschkabine ohne Bezahlautomatik, das ist großzügig. Aber die Duschschläuche und Wasserhähne sind etwas undicht. Wasser spritzt mir in die Augen. Als ich in mein Handtuch gehüllt zu dem wartenden Freddy ans Boot zurückkomme, frage ich scheinheilig schmunzelnd: „Sind wir in der DDR ?"

Die Fahrt geht weiter. Schöne, alte Gebäude in Stettin zeugen von früherem Glanz. Es geht unter sehenswerten Brücken hindurch, bis wir wieder in ländliche Gebiete kommen. Unser Handy piepst und zeigt uns an, wo wir uns befinden. Ein netter Service, doch die freundliche Frau im Handy spricht nur polnisch. Nach zu Hause kommen wir gar nicht durch. Es erreicht uns auch kein Anruf von dort. Telefonisch sind wir also von unseren Lieben daheim total abgeschnitten. Das erzeugt in uns wieder ein unwohles Gefühl. Wenigstens tröstet uns, dass wir bald die polnisch – deutsche Grenze erreichen werden, nämlich in Hohensaaten. Dort müssen wir ausklarieren. Wir fahren und fahren, aber Hohensaaten scheint es für uns nicht zu geben. Angestrengt halten wir Ausschau nach der Meldestelle. Als wir durch eine Schleuse hindurch sind, stellen wir an den uniformierten Grenzern erstaunt fest, bereits in Deutschland zu sein. Nach dem ersten glücklichen Moment plagt uns das Gewissen. Man wird uns sicherlich in Polen suchen und uns vielleicht sogar bestrafen. Wir hatten uns nicht ausklarieren lassen. Bestimmt ist das in diesem Land ein schlimmes Vergehen. Wir legen hinter der Schleuse provisorisch an und rufen einem Grenzer die Frage zu: „Wo befindet sich die polnische Meldestelle?" „Vor der Schleuse!" bekommen wir zur Antwort. Während ich das Boot bewachen soll, klettert Freddy eine Böschung hinauf und entschwindet meinem Blick. Nach langen, bangen Minuten des Wartens kommt Freddy völlig aufgelöst und kreidebleich zurück. Scheinbar mit schlackrigen Knien steigt er ins Boot und berichtet: „Die Meldestelle ist eine Baracke. Ich ging hinein und stand in einem langen, dunklen Flur. Irgendwo warf eine geöffnete Bürotür Licht in den Flur. Ich also hin. Da saß ein Mann an einem Schreibtisch und winkte mich zu sich. Ich durfte mich setzen und musste ihm unsere Ausweise vorlegen. Dann schlug er ein Diariumheft auf und schrieb etwas hinein. Mit strenger Mine und mit harter Stimme fragte er mich: ‚Waffen? Rauschgift?` Er schaute mich so durchdringend an, so dass mir ganz heiß wurde und kalter Schweiß auf meine Stirn trat. Mit einem heftigen Kopfschütteln untermauerte ich mein zweifaches Nein, Nein. Es entstand eine Nerven zehrende Redepause. Ich schwitzte unter den Achseln. Wortlos reichte er mir die Ausweise über den Schreibtisch. Da ich sitzen blieb, sagte er in gebrochenem Deutsch: „Nun, fahren weiter!" Ich schnellte hoch und verließ schleunigst die Baracke. Als ich etwa dreißig Meter gegangen war, rief hinter mir eine Männerstimme: „Kommen sie zurück!" Herzklopfend drehte ich mich um und sah einen anderen Mann in der Tür stehen. Also machte ich kehrt, doch plötzlich war der Mann verschwunden. Ich also wieder in die Baracke, wieder in den langen, dunklen Flur. Da sah ich weiter hinten noch eine Tür offen stehen. Mein Atem keuchte, als ich das andere Büro betrat. Auch hier saß ein Mann hinter einem Schreibtisch und ich musste haargenau die gleiche Prozedur über mich ergehen lassen." Freddys Schilderung hinterlässt auch in mir Spuren des Unwohlseins, und ich kann ihn gut verstehen, als er schwört: „Durch Polen fahre ich nie, nie mehr." Durch dieses Ausklarieren liegen seine Nerven total blank. Vielleicht auch wegen der Erlebnisse in Neuwarp, oder im Oderhaff? Plötzlich ärgert er sich über Kissen in der Vorderkajüte, die ich nach seiner Vorstellung nicht weit genug weggeräumt hatte. „Wieder diese blöden Kissen! Ich habe dir schon mal gesagt, die gehören hier nicht her! Ich muss doch mal hier lang gehen können! Ja! Hab ich dir schon mal gesagt!" flucht er. Ich verteidige mich: „Du brauchst doch immer die Kissen! Musst sie ja kaputt knubbeln!" Aber er setzt an, mir wütend einen langen Vortrag zu halten. So geraten wir in einen sinnlosen Streit. Ich bin beleidigt, denn schließlich darf er nicht seine schlechte Laune an mir auslassen, ich bin nicht sein Blitzableiter. Ich überlege jetzt sogar, ob diese Bootsfahrerei für uns wirklich das Richtige ist, ob wir das Boot nicht wieder verkaufen sollten. Die eisige Stimmung hält auch noch an, als wir in dem schönen Hafen von Oderberg übernachten.

In dem Schiffshebewerk Niederfinow sind wir fasziniert von der gewaltigen, aber simplen Technik. Unser Boot wird in einem riesigen Wasserbecken, in dem noch viele Boote Platz haben, in die Oberhavel gehoben. Beim Hantieren mit den Seilen berühren sich mehr gewollt als ungewollt unsere Hände. Wir lächeln uns an und genießen einen kurzen Augenblick die zärtliche Körperberührung. Der dumme Streit soll vergessen sein. In Lehnitz wird es wieder etwas stressig. Zwanzig Boote werden in die Schleuse gedrängt. Die Schleusung dauert zwei Stunden! Doch als wiedervereintes Team überstehen wir auch das ohne Zwistigkeiten. Als wir auf dem Tegeler See übernachten, bekommen wir windiges, hässliches Regenwetter. Wir kuscheln uns diesmal in eine Koje und erinnern uns an die schönen Erlebnisse unserer Reise. Morgen werden wir wieder zu Hause sein. Was kann uns das schlechte Wetter schon anhaben?

Vormittags sind wir vor der Schleuse von Schönwalde. Ein Schubverband fährt vor uns ein. Wir werden aufgefordert, mit ins Schleusenbecken zu fahren. Der Schubverband ist aber zu lang, und zwei Teile werden abgekoppelt. Diese werden nach hinten gestoßen, wo wir uns gerade befinden. Freddy schreit: „Rückwärts fahren!" Er müsste wissen, dass sich das Boot rückwärts schwer steuern lässt. Kurz entschlossen setze ich nach vorn und drehe im Bogen um, obwohl mich Freddy unverständlich anblitzt. So entkommen wir gerade noch rechtzeitig dem bedrohlichen Heck. Im Schleusenbecken ist es sehr eng mit dem Großen. Auch bei der Ausfahrt gibt es ein arges Gedränge. Ohne Schrammen uns Beulen haben wir auch die letzte Schleuse geschafft!

Gegen 16.00 Uhr haben wir es ganz und gar geschafft. Wir machen wieder fest im Heimathafen von Werder. Ein schönes Gefühl der Erleichterung und des Stolzes macht sich in uns breit, letztlich doch alles gut gemeistert zu haben. Und wir freuen uns, die vielen Eindrücke und Erlebnisse auf Videos und Fotos festgehalten zu haben. Die Verwandten und Freunde, die mein nun seetauglicher Skipper bei abendlichen Vorführungen für die Christliche Seefahrt begeistern will, tun mir jetzt schon leid.

Das Mittelmeer lockt

Mein unternehmungslustiger, im fortgeschrittenen Alter noch nach Abenteuern lechzender Mann, hatte im Stillen bereits Urlaubspläne im Kopf. „Im nächsten Sommer fahren wir mit unserem Boot zum Mittelmeer, nach Spanien", verkündet er mir freudestrahlend eines Tages. Zuerst staune ich ihn zwar etwas ungläubig an. Aber als er sich in Vorbereitungen verstrickt, finde auch ich immer mehr Gefallen an seiner Idee. Zunächst lassen wir uns vom ADAC Landkarten und Streckenempfehlungen für das Fahren auf den Binnengewässern durch Frankreich schicken. Dann besorgen wir uns die nötigen Seekarten für Frankreich und Spanien. Auch das Boot wird für diese große Reise vorbereitet. Als wir dabei sind, einen Sonnenkollektor zu installieren, wundern sich unsere Bootsnachbarn im Hafen: „Bis zum Mittelmeer? Können Sie denn französisch und spanisch sprechen? Ahnen sie überhaupt, was auf dem Meer los ist?" Wir lassen uns in unseren Plänen nicht beirren und schon gar nicht von unserem Traum abbringen, sondern belächeln diese Skeptiker und treffen eifrig und zuversichtlich unsere Vorbereitungen für den Törn zum Mittelmeer.

Die Reise beginnt für uns des Nachts in Oles Jeep. Wieder wird die Marex mit der Überbreite von ihm auf dem Trailer transportiert. Ziel ist diesmal Kehl am Rhein. Eine ewig lange Strecke bei Tempo achtzig! Aber wir sind frohen Mutes und in bester Laune. Es sieht ziemlich komisch aus, mit einem großen Boot auf der Autobahn unterwegs zu sein, oder wenn beim Betanken des Jeeps der Bootsaufbau fast das Tankstellendach berührt. Man muss steil nach oben gucken, um unsere Fracht richtig betrachten zu können.

Unsere Atlantis steht mal wieder an einer solchen Tankstelle. Ein paar eislutschende Leute, die dort im Schatten stehen, können ihren Blick von unserem Transport nicht abwenden. Sie tuscheln sich etwas ins Ohr. Ich kann mir denken, was sie sich sagen: Welche Verrückten zotteln denn dieses große Boot umher, zumal weit und breit kein Wasser ist? Vielleicht sprechen sie aber auch über unseren Bootsnamen. ATLANTIS – eigentlich eine sagenhafte Insel. Welch spannendes, geheimnisvolles Rätsel ist mit ihr verknüpft, welch ein wunderschöner Traum vom Paradies! Letztendlich soll diese wunderbare Insel aber untergegangen sein! Unsere ATLANTIS steht jetzt jedenfalls an der Tankstelle. Und ich bin überglücklich und voller Erwartung auf die nächsten Wochen. „Hallo Freddy, bring´ uns noch Cola mit! Zum Wachhalten!" rufe ich meinem Mann hinterher, der den Diesel bezahlen geht.

An einer Raststätte muss die Cola wieder aus uns raus. Himmel und Menschen dort! Und Schlangen! Eine kurze vor der Männertoilette und eine lange vor dem Frauen-WC. „Wir nehmen die Bordtoilette", beschließen wir notgedrungen. Aber wie auf das Boot hochkommen? Freddy hat da keine Probleme. Er hat kräftige Kletterarme. Mitleidig schaut er mich Unbeholfene an. Dann kramt er die Strickleiter aus dem Jeep. Nun muss ich klettern. Eine Zirkusvorstellung auf dem Rastplatz! Wie unangenehm! Ich setze mich auf die Brille und bin nun gar nicht mehr stolz auf meine ATLANTIS. Sie ist jetzt ein Klo.

Sofort soll es weitergehen. Freddy guckt nur schnell noch, ob das Boot gut im Trailer liegt. Freddy steigt ins Auto. „Wir haben irgendwo auf der Autobahn einen Holzkeil verloren", sagt er bedeppert. Während der Weiterfahrt sitzen wir sinnierend im Auto. Was kann das dicke Brett auf der stark befahrenen Autobahn anrichten? Als längere Zeit entsprechende Gedankenbilder uns gequält hatten, schaltet Freddy das Radio ein. Da ist auch schon die Verkehrsdurchsage: „Wir möchten alle Verkehrsteilnehmer darauf hinweisen, dass..." – ich halte die Luft an, Freddy wischt sich eine Schweißperle von der Stirn – „...sich Pferde auf der Fahrbahn befinden." Wie kann denn so etwas passieren?! empören wir uns eifrig.

Vierzehn Stunden dauert unsere Fahrt bis nach Kehl, einem deutschen Ort an der französischen Grenze. Eigentlich sind wir ziemlich erschöpft, als wir dort in einem kleinen Hafen aus dem Auto steigen. Ich würde mich am liebsten ausruhen. Aber die Männer beginnen sofort ein riskantes Manövrieren. Unser Chauffeur Ole, der sonst schwere Baumaschinen fährt, bugsiert nun gekonnt den Trailer rückwärts auf eine schmale Betonpiste. „Gut so! Jetzt mehr nach rechts! Fahr ein bisschen mehr links rüber!" rufen wir Ole zu, wenn uns nicht gerade vor Aufregung der Atem stockt. Langsam rollt der Trailer mit dem Boot auf einer abschüssigen Betonbahn ins Wasser. Links und rechts lauern übereinander geschichtete Steinbrocken, die sich im wuchernden Gestrüpp verbergen. Es sind nur wenige Zentimeter Luft zwischen Bordwand und scharfen Steinkanten. Freddy steht auf dem Vorderdeck, kommandiert und gestikuliert. Zigmal wischt er sich mit dem Unterarm den Schweiß von der Stirn. Auch Ole wirkt angespannt. Doch endlich schwimmt das Boot auf dem Wasser. Nachdem wir Ole mit vielen Grüßen an die Heimat verabschiedet haben, gehen wir an Bord und stehen etwas ratlos zwischen unserem Krimskram. Unsere müden Blicke schweifen über Taschen, Beutel und Tüten. Klar, um das alles an Ort und Stelle zu räumen, reicht unsere Kraft heute nicht mehr. Ich entscheide, wenigstens noch die Bettwäsche aufzuziehen. Dann steigen wir wie der Storch im Salat über das Gepäck und fallen todmüde in die Kojen.

Obwohl es uns am folgenden Tag juckt loszufahren, entscheiden wir uns anders. Wir müssen nun endlich aufräumen und noch weitere Vorbereitungen für den Törn treffen. Starke Gewitterschwüle macht uns dabei zu schaffen. Diesel schaffen wir heran, befestigen die französische Gastflagge und die erforderliche Vignette. Endlich kommt das erlösende Gewitter! Nein, es sind gleich mehrere! Unser großes Abenteuer scheint mit einem Weltuntergang zu beginnen. Am schwarzen Himmel zucken die Blitze. Dann braust der Sturm los. Auf dem Wasser tanzen dicke Regenblasen. Oh Himmel! Wie wird es in solch einer Situation auf dem Meer sein? Bei Gewitterwarnung werden wir auf dem Meer nicht fahren, sage ich mir, auch bei angekündigtem Sturm nicht. Aber werden wir die Wettervorhersagen in Frankreich und Spanien verstehen und richtig deuten? Mir fällt ein, wie entrüstet unsere Nachbarn im Heimathafen waren, als wir stolz verkündeten, dass wir uns auf eine Fahrt bis ins Mittelmeer vorbereiten. „Ja, können Sie denn Französisch? Spanisch? Nein? Dann können Sie doch diese Fahrt nicht machen!" Auch Freddy lugt nachdenklich durch die Bullaugen. „Wir müssen morgen unbedingt losfahren!" mahnt er zur Eile. „Sonst schaffen wir unseren Zeitplan nicht. Schließlich sind wir mit unserer Tochter und ihrer Familie in Spanien verabredet." Zeitplan - zweifle ich. Auf uns wartet so viel Ungewisses.

Am nächsten Tag legen wir ab. Dieser Tag hat für uns eine historische Bedeutung, denn wir beginnen unsere Etappenfahrt an die spanische Mittelmeerküste auf den Wasserstraßen, zunächst auf den französischen Binnengewässern. Vor uns erstreckt sich ein breites Band, der Rhein. Eine bedeutungsvolle Brücke überspannt ihn. Als wir unter ihr hindurch fahren, verabschieden wir sie wie eine alte Bekannte. Es ist die Europabrücke. Auf ihr waren wir gestern nach den Gewittern noch spazieren gegangen und hatten uns die vierzehn Schaukästen angesehen, in denen Gedichte in verschiedenen europäischen Sprachen zu lesen sind. Majestätisch flattern im Wind die Fahnen der fünfzehn europäischen Länder. Kleine Abfertigungshäuschen zeugen noch von ehemaligen, strengen Grenzkontrollen. Nun kann man frei über die Grenze gehen. Hand in Hand taten wir das und sprachen unsere Gefühle laut aus: „Welch ein historischer Erfolg - ein einiges, starkes, friedliches Europa."

Die Fahrt auf dem Rhein erweist sich anfangs als entspannend. Er ist breit genug, so dass wir der Berufsschifffahrt nicht in die Quere kommen. Weil ich meine Pantry auf dem offenen Deck habe, kann ich beim Kartoffelschälen alles Sehenswerte in mich aufnehmen. Ich setze den Kochtopf auf die Spiritusflammen. Na Hilfe! Einer, der es eilig hat, muss dicht an uns vorbeisausen. Schadenfroh grinst der Angeber auf seiner weißen Motoryacht. Die ATLANTIS gerät in seinen Schwell. Das Kartoffelwasser schwappt über. „Idiot! Blödmann!" flucht Freddy. „Weiß der nicht, wie schnell der hier fahren darf?" Die Kartoffeln sind trotz Schaukelschock gar und werden von mir mit besonders großem Appetit verspeist. Als Freddy mit dem Essen dran ist und ich am Steuer stehe, fahren wir auf ein riesiges Schleusentor zu, das sich vor uns auftut,als wolle es uns verschlingen. „Mensch, ist die groß"! staune ich und schaue in ein gähnendes, Furcht einflößendes Monstermaul. „Können wir da einfach so hineinfahren?" frage ich erregt. Wir blicken uns fragend an. Ich sage spontan: „Wir haben Telefonnummern für die Schleusenwärter." Freddy schiebt die Kartoffeln beiseite und wählt durch. Unsere Augen kleben förmlich an dem riesigen Schleusenüberbau, hinter dessen Fenstern Menschen zu vermuten sind. Klopfenden Herzens halten wir das Handy ans Ohr. Sofort ertönt eine freundliche Männerstimme mit französischem Akzent: „Hallo Atlantis! Sie dürfen sofort einfahren! Wir wünschen Ihnen weiterhin eine gute Fahrt!" Wir sind nicht wenig überrascht. So freundlich, und dann auf Deutsch. Ach ja, unsere deutsche Flagge! Ich bleibe am Steuer. Freddy muss laut Hinweisschildern eine Rettungsweste überziehen. Vorsichtig fahre ich an den Poller, und

Freddy macht uns fest. Es rauscht und gurgelt, Metall scheppert. Manchmal scheint es, als würden Löwen brüllen und Elefanten trompeten. Das Wasser wirbelt herum. Wir sind jetzt unten. Unser „Raubtierkäfig" ist riesig, und wir sind ganz klein darin. Wie befreiend, als sich die großen Tore nach der Schleusung wieder vor uns öffnen und den Blick auf eine herrliche Sommerlandschaft freigeben.

Am Nachmittag biegen wir in den Rhein - Rhone- Kanal ein. „Jetzt mach dich auf was gefasst", sagt Freddy, als er auf die Karten guckt. „Hier erwarten uns unzählige Schleusen, zweiundzwanzig an der Zahl." „Dann sind sie doch wenigstens zu zählen", entgegne ich lachend und stoppe schnell den Motor. Fast wären wir, aus einer Biegung kommend, gegen ein Schleusentor gefahren. Es ist klein, uralt und geschlossen. Was nun? Die Frage beantwortet uns unverhofft ein Mann mit wettergegerbtem Gesicht, der gelangweilt am Ufer steht. „Ich öffne ihnen das Tor. Aber durch das nächste kommen sie dann nicht mehr. Es wird erst morgen wieder geöffnet, um 9.30 Uhr. Dann schleust man sie in Kolonnen." Wir verstehen nicht ganz, was das mit den Kolonnen auf sich hat. Als das Schleusen beendet ist, geben wir ihm als Dank ein Bier und wundern uns: Der hat ja auch deutsch gesprochen. Wir fahren durch Mulhouse und sind plötzlich in einem Hafen, mitten in der Stadt. Landfein und neugierig erkunden wir diese schöne Stadt. Später, im Hafen, weist man uns ein, wie am anderen Tag in Kolonne gefahren wird.

Neugierig gehen wir den Tag an. Wie angekündigt, teilt man uns und zwei andere Motorbootfahrer in einen Schleusentrupp ein. Drei Boote legen nun ab und nehmen Kurs auf die Schleusen. Wir, die Deutschen, und zwei Franzosenehepaare. Die Schleusenbecken sind klein, alt und modrig. Der Schleusenwärter bedient sie mit der Hand, fährt mit dem Moped schnell zur nächsten Schleuse, um uns ohne Zeitverzug das Weiterfahren zu ermöglichen. Die hübschen, kleinen Schleusenwärterhäuschen sehen mit ihren großzügigen Blumenanlagen idyllisch aus. Idyllisch liegen auch die kleinen Örtchen am Rhein - Rhone - Kanal, zwischen Wiesen, kleinen Feldern und Wäldchen. Wir fahren, bzw. schleusen mitten durch verträumte Ortschaften hindurch, dicht an den Straßen und an Kirchtürmen vorbei. Zweimal müssen uns romantisch anmutende Zugbrücken geöffnet werden. Keine Zeit bleibt uns für ein längeres Verweilen bei solcher Augenweide. Kommen wir im Schleusenbecken nach oben, zeigt sich uns schon die nächste Schleuse. In den Schleusen müssen wir flink und hart arbeiten. Ich steuere den jeweiligen Poller an. Dann muss Freddy mit der Festmacheleine in der Hand im flotten Tempo verrostete, glitschige Eisenleitern hinaufsteigen und die Leinen um die Poller legen. Vom Wasser sind seine Hände bereits aufgeweicht und durch die spröden Leinen rissig geworden. Hin und wieder seufzt und flucht er leise vor sich hin. Mir bleibt es auch nicht erspart, an Leinen zu ziehen, denn die Strudel in den Schleusenbecken drücken uns und zerren mit starker Kraft.

Wenn wir an den Seilen „hängen" und auf das steigende Wasser warten, beobachten wir interessiert, wie die Franzosen das Schleusen meistern. Ein Skipper hat sich schon ziemlich verhasst gemacht in unserer kleinen Gruppe. Er schaltet in den Becken nie den Motor ab. Wir ersticken fast an seinen Abgasen. Unsere Augen sind schon rot und brennen. Naserümpfend schauen wir ihn mit vorwurfsvollen Blicken an. Er kann nicht umhin, es uns zu erklären. Großes Malheur. Sein Motor würde nicht wieder anspringen. Wir verstehen sein gebrochenes Deutsch und zeigen Verständnis für sein Problem. Unerträglich bleibt der Mief trotzdem. Deshalb taufen wir sein Boot „Stinker." Seine Ehefrau will gute Stimmung. Sie fängt des Öfteren ein nettes Gespräch mit mir an: „Schöne Wetter! Wo wohnen in Deutschland? Ich bin Frau für Zuhause. Keine Arbeit. Sie auch? Viel Zeit für Boot."

Interessant und freundlich ist auch das Ehepaar von der „Pazifik 2". Außerdem ist auf diesem Boot immer was los. Sie haben einen Hund an Bord. Der erwartet sehnsüchtig in jeder Schleuse eine neue Freundin, oder wenigstens einen Spielkameraden. Meistens hat er Glück. Wenn wir nach oben geschleust werden, hängt oft schon eine Hundeschnauze über dem Beckenrand. Sobald es möglich ist, hüpft er befreit an Land und tollt wild mit dem anderen Vierbeiner herum. Herrchen und Frauchen rufen dann: „Magali, Magali! Achtundvierzig Schleusen sind wir schon durchgefahren. Das an zwei Tagen! Da ist jede Abwechslung willkommen.

Unser neues Tagespensum sind 19 Schleusen. Wir stöhnen. Aber welche angenehme Überraschung! Es geht jetzt nicht mehr bergauf, sondern talwärts. Und das ist nicht ganz so kraftaufwendig. Eine andere Marter macht uns, nein hauptsächlich Freddy, zu schaffen: Gewitter mit heftigen Regengüssen brechen über uns herein. Ich sitze am Steuer trocken unter der Zwischendeckplane und habe den Scheibenwischer eingeschaltet. Mir geht es eigentlich ganz gut. Freddy klettert draußen in Badehose mit den Festmacheleinen herum. „Na, schön warm da draußen?" frotzel ich ein bisschen. Er versteht meine Anspielungen. Er verzichtete querköpfig, Regenbekleidung mitzunehmen. „Ich bin doch nicht kälteempfindlich!" mault er heldenhaft.

Mein großes Problem sind geschlossene Schleusentore, vor denen es keine Festmachepoller gibt. Wenn der Kanal dann auch noch besonders schmal ist, muss man das Boot davor dümpeln lassen, also ein wenig vor- und zurückfahren und es dabei in der Mitte halten. Das verlangt viel Geschick und starke Nerven. Man könnte Felsen rammen oder durch die

Strömung seitlich in ein Wehr gezogen werden. „Freddy, Freddy, nun lös mich doch mal ab!" jammere ich, wenn es mir zu heikel wird. Dann schmunzelt er erhaben und meistert manche brenzlige Situation.

Sind wir im Hafen, stehen wir vor der Entscheidung, vor lauter Anstrengung tot umzufallen, oder noch die Gegend zu erkunden. Letzteres reizt uns meist mehr, denn wir sind trotz aller Abgespanntheit glücklich, wieder eine Etappe geschafft zu haben und gut vorangekommen zu sein. Deshalb gehen wir auch in Montbeliard spazieren und sind angetan von dieser schönen, auffallend sauberen Stadt. Viele Leute sitzen in oder vor den Straßencafés und plaudern angeregt miteinander, bei Cola, Wein oder Cognac. Morgens packt uns dann wieder die Abenteuerlust und es geht frisch weiter.

Wir stellen fest, dass der „Stinker" irgendwo auf der Strecke geblieben ist. Nun werden wir im Zweierpack geschleust. Unsere Boote sinken langsam mit dem fallenden Wasser des Schleusenbeckens. An Land, auf einer grünen Wiese, tollt Magali unbeschwert mit einem Ebenbürtigen herum. Herrchen und Frauchen sind konzentriert mit dem Schleusen beschäftigt. Wir checken die Situation und rufen: „Hallo, schauen sie, Magali!" und zeigen mit den Fingern auf ihn. Die Franzosen sind entsetzt. Sie pfeifen und rufen, bis Magali endlich die Ohren spitzt und sieht, wie Herrchen und Frauchen in der Tiefe verschwinden. Panisch prescht der Hund an den Schleusenbeckenrand. Mit ausgestreckten Armen kann Herrchen Magali im letzten Augenblick von der Mauer heben. Ein Aufatmen! Und wir haben etwas getan für die deutsch – französische Freundschaft.

Am Abend finden wir im Hafen keinen freien Liegeplatz. Unsere Franzosen haben vor uns noch einen ergattert. Sie winken uns, dass wir bei ihnen im Huckepack festmachen sollen. Nun haben wir sozusagen Tuchfühlung miteinander. Magali steht an Deck und schaut zu uns hinüber. Die Franzosen lächeln freundlich. Wir werden sie auf unser Boot einladen, beschließen wir. Aber wie? Wie können wir mit ihnen sprechen, ohne je französisch gelernt zu haben? Freddy holt den kleinen elektronischen Übersetzer hervor, den wir vor der Reise billig erstanden hatten. Lange tippt er darauf herum, bis er meint, eine kurze Einladung auf Französisch formuliert zu haben. Die Leute gucken nicht gerade freundlich, als sie das lesen, eher etwas ratlos. Sie geben den Übersetzer zurück und Freddy stellt fest, dass er wahrscheinlich ungewollt etwas von Rassendiskriminierung eingegeben hat. Wir lachen und sagen: „Billig, sehr billig. Schnäppchen." Die zwei lachen auch. Sie haben uns ja längst verstanden und steigen sogleich froh gelaunt zu uns rüber. Magali darf auch mit und liegt brav auf seiner mitgebrachten Decke. Was nun? Außer „ecluse" – Schleuse, kennen wir, glaube ich, kein französisches Wort. Ich krame in dem Süßigkeitsvorrat herum, während Freddy für alle Sekt eingießt. Da, eine „Merci" – Schokolade! Wie treffend! Ich lege sie auf den Tisch und wir sagen alle sehr französisch: „Merciii". Darüber können wir uns köstlich amüsieren. Schon ist die Atmosphäre gelöst. Die Franzosen zeigen auf den Sekt und artikulieren was von Champagner. Na wenigstens auch dieses Wort verstehen wir. Wir stoßen an: Auf „Pazifik 4"! Auf „Atlantis"! Freddy hat eine Idee und holt den Atlas hervor. Nun zeigt jeder, wo er herkommt, wo er hin will, und wie seine Reisestrecke verläuft. Mit unseren Fingern „fahren" wir über die Karte. So haben wir dann immer neue Gesprächsthemen. Mit einem Mal ist es verdammt einfach, sich zu unterhalten, mit Händen, Füßen und technischem Übersetzer. Inzwischen hat uns der Alkohol   deutlich lockerer gemacht. Bald trinken wir Brüderschaft mit Monique und Guy.

Unsere Freundschaft sollte neben dem kulturellen auch noch einen anderen nützlichen Wert haben. Am Morgen bekommen wir im Hafen eine Fernbedienung und eine Anleitung zum Bedienen der Automatikschleusen. Guy nimmt uns beides aus der Hand und macht uns klar, dass wir nur dicht hinter ihm bleiben sollen. Er will beide Boote schleusen. Dankbar nehmen wir sein Angebot an. Die „Pazifik 4" fährt vor uns. Die Gewässer werden breiter, weiten sich sogar zu Seen aus. Malerisch schön wird die Landschaft. Wir befinden uns im Juragebirge. Immer wieder entdecken wir alte Burgen auf den Gipfeln.Guy steht auf dem Deck mit einem Fotoapparat. Ganz stolz steht er da. Mit Recht kann man stolz sein, wenn man Landsmann einer so schönen Heimat ist. Siebzehn Schleusen müssen wir bewältigen. Die meisten sind automatisch zu bedienen. Guy macht das perfekt.

Am Abend sind wir auf die „Pazifik 4" eingeladen. Dort prosten wir uns mit süffigem Bordeaux zu. Magali liegt zufrieden auf meinem Schoß und genießt meine Zärtlichkeiten, so dass Freddy ganz neidisch auf das Schoßhündchen schaut.

Ein Sonntag – und neue Schleusen auf dem Rhein – Rhone – Kanal. Die erste Schleuse ist ziemlich verwittert.Verdutzt nehmen wir wahr, dass sich nur ein Torflügel schließt. Unsere Männer schreiten zu Tat. Ein großes verrostetes Eisenrad muss gedreht werden. Unter mächtiger Anstrengung verrichten sie diese schweißtreibende Sklavenarbeit. Jedoch ohne Erfolg. Freddy wird es unheimlich, als er in das verkrautete Entengrützewasser unter dem Tor schaut und bemerkt mit furchtsamem Grinsen: „Da könnte sich eine Leiche verklemmt haben." Hitchcock lässt grüßen! Mit angespannter Miene, den starren Blick in die schmutzige Brühe der Schleuse gerichtet, stochert er mit dem Bootshaken nach seiner Wasserleiche. Nichts ist mit einer makabren Sensation! Aber das Tor rührt sich nicht von der Stelle. Guy nimmt kurzerhand das Handy und ruft den Schleusennotdienst an. Nun heißt es warten, was aber unsere gute Laune nicht trübt. Bevor sich Freddy auf unserem Boot den Schweiß abwäscht, stellt er den Kassettenrekorder an mit seiner Lieblingsmusik, mit verschiedensten Fassungen von „La Paloma". Natürlich, wie immer, in Überlautstärke. Guy und Monique horchen. Plötzlich kommt von ihrem Boot auch Musik herüber. Wir spitzen die Ohren und glauben nicht, was wir da hören: „Heute blau und morgen blau ..." – auf Deutsch! Wir gehen an Deck und winken fröhlich hinüber. Sie bedeuten uns, dass wir zu ihnen hinüberkommen sollen. Bald sitzen wir bei ihnen an Deck, trinken entspannt Bordeaux und hören deutsche Sauf- und Stimmungslieder. Die sind so mitreißend, dass wir auch noch zu tanzen beginnen. Das müssen wir festhalten, meinen wir und holen unsere Kamera. Wir machen Guy zum Kameramann. Etwas ungeschickt stellt er sich an. Aber ein Schweizer filmt uns alle vier zur Entschädigung wie ein Profikameramann. Hübsche Erinnerung!

Nach langem Warten kommen zwei Monteure mit einem Notdienstauto angebraust. Sie befürchten, ungeduldige, mürrische Urlauber vorzufinden. Da haben sie sich geirrt! Französische Leichtlebigkeit und deutsche Frohnatur ergeben einen berauschenden Cocktail. Nach über zwei Stunden lässt sich das Tor schließen und wir werden endlich geschleust. Die Fahrt geht weiter. Viele Franzosen verbringen ihre Freizeit am Wasser. Familien stehen auf den Brücken und winken uns zu. Ich bin übermütig und verkleide Freddy mit Augenklappe und Dreiecktuch aus dem Sanitätskasten als Pirat, damit die Leute Spaß am Gaudium haben. Kinder winken und juchen vor Freude. Ihre Eltern schmunzeln und winken uns auch zu. Aber Hilfe! Beim nächsten Schleusentor funktioniertdie Selbstauslöseautomatik nicht. Dieser Sonntag hat es so richtig in sich. Es muss wieder montiert werden. Verflucht noch mal! Bei der dritten defekten Schleuse sehen die Notdienstmonteure bereits völlig erschöpft aus. Auch wir sind allmählich genervt. Der Tag neigt sich dem Ende. Guy macht uns klar, dass wir vor dem abendlichen Schließen noch eine Schleuse durchfahren müssen, damit wir im Hafen von Dóle übernachten können. Mit rasanter Geschwindigkeit jagt er jetzt vor uns her. Da heißt es dranbleiben. Am Ufer schimpfen die Angler und drohen mit der Faust. Der Schwell der „Pazifik 4" macht ihnen die Füße nass und vertreibt ihnen die Fische. Außerdem muss doch jeder die vorgegebene Geschwindigkeit einhalten, um die Natur zu schützen! Deshalb sind die Faustschwinger mit Recht sauer. Peinlich ist nur, dass es immer uns trifft, die wir hinterherbrausen müssen. Im Hafen angekommen, bekommen wir tatsächlich Ärger mit der Wasserschutzpolizei. Zum Glück kann Guy sie beschwichtigen, indem er ihnen von den Komplikationen an den Schleusen erzählt und ihnen klar macht, dass wir nur im Hafen übernachten können.

In Dôle gehen wir vier spazieren. Ich fühle mich so, als ob ich in Venedig wäre, bei den alten Gemäuern und Wassergräben, die dieser Stadtteil aufweist. Als es dunkel ist beschließen wir, zu viert, mit Magali zu fünft, auf der ATLANTIS noch ein wenig gemütlich zu sitzen. Unser aller Laune ist wieder prächtig. Nachdem wir die uns bekannten „großen" Franzosen, also Politiker, Schauspieler und Sänger aufgezählt hatten, beginnen wir gemeinsam zu singen. Die französische Nationalhymne schmettern wir aus voller Kehle, was wir als Deutsche so schmettern können.. Aber leider, mit gespitzten Ohren und warnendem Gebell, kündigt Magali einen Spielverderber an. Ein Bootsnachbar verlangt Nachtruhe. Wir haben Einsehen, es ist bereits Mitternacht, leeren unsere Gläser und begeben uns vom Wein berauscht und irgendwie glückselig in unsere Kojen.

Am anderen Tag heißt es Abschied nehmen von unseren Freunden. Sie wollen noch etwas in Dôle verweilen. Guy und Monique drücken uns herzlich zum Abschied. Guy hält etwas hinter dem Rücken versteckt. Er lächelt verschmitzt und schenkt uns eine Flasche echten französischen Champagner. Er gibt unserem Boot noch einen kräftigen Schubs, und wir verlassen, mit unseren weißen Mützen winkend, den Hafen.

Endlich endet für uns der Rhein – Rhone – Kanal. Er hatte uns mit insgesamt einhundertneun Schleusen ziemlich gequält! Aber die Quälerei sollte noch schlimmer kommen. Als wir im Hafen von Verdun sur le Doubs anlegen, ist der Steg regennass und rutschig. Freddy springt wieder mal gekonnt vom Boot auf den Steg, schreit aber laut auf: „Mein Fuß! Aua, mein Fuß!" Er streicht prüfend über seinen Knöchel und geht hinkend zur Capitainerie, um uns anzumelden. Wird nicht so schlimm sein, denke ich. Um die Zeit sinnvoll zu nutzen, halte ich die Ansicht des Hafens mit der Kamera fest. Da hinten scheint Freddy zu sein. Er kommt zurück. Ich zoome ihn näher heran. Zum Glück hinkt er nicht mehr so schlimm. Das erleichtert mich. Als er jedoch die auf ihn gerichtete Kamera sieht, tut es ihm wieder ganz fürchterlich weh. Ähnlich einem Krüppel schleppt er sich zum Boot. Aber so ganz gespielt war Freddys Schmerzgehabe wohl doch nicht, denn morgens ist der Knöchel stark angeschwollen. Was nun? „Wir laufen doch nicht nach Spanien", sagt Freddy entschlossen. „Wir fahren, und das kann man auch mit einem angeknacksten Fuß. Also wieder los!" „Dann kühl mal jetzt tüchtig", sage ich, „ich übernehme heute allein das Steuern." Freddy hält seinen Fuß in einen Eimer mit kaltem Doubs - Wasser. Ich mache mir am Steuer meine Gedanken: Wäre es nicht ratsamer, einen Arzt aufzusuchen? Müssen wir unsere Fahrt abbrechen? Die Sonne knallt heiß vom Himmel. Freddy kramt einen kleinen Ventilator hervor, der mir ein wenig Kühlung verschafft.

Am nächsten Tag ist sein Fuß noch genauso dick. Dennoch ist er optimistisch: „Wird schon werden." Ich sitze wieder neun Stunden am Steuer. Das Wetter ändert sich. Es gewittert, und als wir durch Lyon fahren, können wir von dieser schönen Stadt nicht viel sehen, weil es Strippen regnet.

Der Himmel bleibt trüb. Unsere Fahrt führt uns vorbei an schönen Weinbergen und durch interessante Brücken. Plötzlich stellen wir fest, dass die Wasserstraße nicht mehr im Tal verläuft, sondern, dass wir mittendrin sind, in den Bergen. Noch kurioser, wir fahren in einem Kanal wie bergauf. Die Täler liegen unter uns und wir könnten die Wipfel großer Bäume mit den Händen berühren! Jetzt queren wir eine Straße. Unter unserem Kanal fahren Autos! Das zu sehen ist schon ein besonderes Erlebnis. Bei unserer Begeisterung verpassen wir es fast, auf die Tankanzeige zu achten. Wir müssen tanken! Unbedingt! Nur, da brauchen wir erstens eine Wassertankstelle und zweitens Geld zum Bezahlen. Das müssen wir vorher in einer Bank wechseln. Ein Einkauf wäre auch dringend nötig, damit wir mal wieder frisches Brot essen können. Aber noch ist es weit bis zum nächsten Hafen.

Der Kanal ist wieder in einen breiten Fluss übergegangen. Unsere Blicke schweifen über das Wasser. Irgendetwas schwimmt im Wasser zwischen uns und dem Ufer. Wir schauen genauer hin. Eine Person im Neoporenanzug versucht, auf einen Jetski zu klettern. Der liegt seitwärts im Wasser. „Wir müssen ihm helfen", entscheiden wir. „Er ist doch so weit vom Ufer ab." „Er" ist ein Mann, der im Wasser schwimmt und nun ziemlich erschöpft den Jetski vor sich herschiebt. Er winkt und ruft uns Wortbrocken in Französisch zu. Als wir dicht bei ihm sind, sitzt er auf seinem fahruntüchtigen Gefährt und wirft uns eine Leine zu. Damit können wir ihn bequem ziehen. Vielleicht war ihm sein Benzin ausgegangen, überlege ich und schaue auf unsere Tankanzeige. Als sich der Mann erholt hat, beginnt Freddy ein Gespräch mit ihm: „Where is the bank? Where can I change the money?" Dabei reibt er Daumen und Zeigefinger übereinander, um das Wort „Geld" anschaulich zu machen. Ganz unerwartet beginnt der Mann zu zappeln und bedeutet uns mit wütendem Gesicht, Freddy solle seine Leine losmachen. Freddy ist baff, versucht ihm noch klarzumachen, dass er Geld umtauschen muss. Aber der Mann gebärdet sich dermaßen ungestüm, dass Freddy ihm die Leine zuwirft. Da platscht er wieder ins Wasser, schwimmt in Richtung Land und zieht seinen Jetski hinter sich her. Ohne Gruß, ohne Dank. Wir sind verdutzt. Hat er vielleicht verstanden, er müsse uns das Rettungsmanöver bezahlen? Das wäre doch unter Skippern nicht fair. Verdammte Verständigungsschwierigkeiten!

Vor uns reißt eine riesige, moderne Schleuse ihren Rachen auf. „Oh, das Tor ist offen, gleich rein!" ruft Freddy. Doch da überholt uns ein gewaltiger Pott. „Mach Platz! Schnell! Schnell!" schreit Freddy. Ich reiße das

45

Steuerrad herum und bemühe mich, so schnell wie möglich Abstand von diesem Dinosaurier zu gewinnen. Der flößt uns mächtig Respekt ein. Mit dem ist nicht zu spaßen! Berufsschiffer haben immer Vorfahrt, haben wir lernen müssen. Und wehe, wenn man in solchen Schwell gerät oder gar gerammt wird. Wir sind doch nur eine kleine Maus gegen diesen Elefant, völlig unterlegen. Geschafft. Der Tanker fährt in die Schleuse ein, während wir davor Kreise drehen und diese beobachten. Genug Platz wäre eigentlich noch für uns im Schleusenbecken. „Wollen wir auch rein fahren?" frage ich. Die Antwort bleibt offen, denn wir sehen beide, dass die Ampel für die Einfahrt nicht grün, sondern grün und rot anzeigt. Wir verstehen das nicht, zögern und zögern und − fahren dann doch auf das Schleusenbecken zu. Plötzlich schnellt vor uns ein etwa fünf Zentimeter starkes Drahtseil aus dem Wasser und versperrt uns die Zufahrt. Freddy brüllt erschrocken: „Halt an! Stopp!" In letzter Sekunde kann ich das Boot aufstoppen und zum Halten bringen. Verdattert schauen wir zur Kommandobrücke der Schleuse hinauf. Wir dürfen nicht hinein, das ist klar. Aber warum? Also müssen wir mit dem Handy den Schleusenmeister anwählen. Eine donnernde Stimme schimpft deutsch mit französischem Akzent: „Wissen sie nicht, dass sie zusammen mit einem Öltanker nicht ins Schleusenbecken dürfen?" Das hatten wir total vergessen.Wir hatten den Riesen auch nicht als Öltanker erkannt. Mit einem Gefühl wie zwei geprügelte Hunde warten wir nun brav und geduldig auf den nächsten Schleusengang.

Einen Hafen finden wir an diesem Abend nicht, nur eine provisorische Anlegestelle. Sie befindet sich an einer Mauer, die man auf einer etwa fünf Meter hohen Eisenleiter steil hinaufklettern kann. Wir schultern unseren Rucksack und steigen hinauf. Oh weh, meine Arme schmerzen grässlich. Das viele Steuern war zu viel für sie. Das Klettern ist anstrengend. Wir müssen unbedingt da oben einen Ort ausfindig machen, Geld umtauschen und Lebensmittel kaufen. Jedoch, wir bemerken enttäuscht, dass ein weiter Weg in den Ort führt. Die Geschäfte werden schließen, bis wir dahin gelangt sind. Mit der Hoffnung, es zeitlich doch noch zu schaffen, laufen wir trotzdem zügig los, Freddy hinkend und ich mit Armen so schwer wie Blei. Am Straßenrand sehen wir einen Franzosen, der bei seinem Auto steht. Ihm tragen wir unser wichtigstes Anliegen vor: „Gibt es im Ort eine Bank?" Er versteht uns auf Anhieb und fordert uns freundlich auf, in sein Auto zu steigen. Gerade noch rechtzeitig erreichen wir die Bank. Der Supermarkt ist bereits geschlossen. Das heißt, dass es mal wieder Knäckebrot auf unserem Boot gibt. Wir gehen den langen Weg schleppend zurück und beschließen, Brot und Brötchen am nächsten Morgen einzukaufen. So ganz heimlich plane ich, mal einen Tag Pause einzulegen, damit wir uns ausruhen können. Ich muss meinen Plan nur noch durchsetzen. Das wird schwierig sein, denn Freddy drängt auf Vorwärtskommen.

In der Nacht schlafe ich wegen meiner schmerzenden Arme schlecht. Der Gedanke an frische Brötchen holt mich jedoch fröhlich aus meinem Bett. Einkaufen? Denkste! Dauerregen bei grauschwarzem Himmel! „Das hört den ganzen Tag nicht auf", gibt Freddy zu bedenken. Wenn wir die Leiter hochklettern, sind wir oben schon pudelnass. Lass uns losfahren! Ich gieße aus dem Reservekanister noch Diesel nach." Eigentlich hat er recht, muss ich mir eingestehen, weil er ja keine Regenkleidung für sich hat. Nach unserem spärlichen Knäckebrotfrühstück, wobei mir die Krümel im Halse stecken bleiben, mache ich mich am Steuerrad zu schaffen. Je auf der rechten und linken Seite knote ich einen Benzel an. „So, nun kann es losgehen!" Freddy stößt uns von der Leiter ab und schaut verwundert auf meine neue Fahrtechnik. Ich lehne mich entspannt an die Rückenlehne des Ledersitzes, lege die Arme auf die Schenkel und ziehe nur ein wenig an den Benzeln, um den Kurs zu korrigieren. „Da hattest du eine wirklich gute Idee", ringt sich Freddy mal ein Lob für mich ab.

Die Wolken lichten sich. Die Sonne kommt hervor. Wir fahren und fahren. Beruhigend tuckert der Motor. „Da! Schau mal! Möwen!" ruft Freddy und zeigt in den Himmel. „Sie kündigen schon das Meer an!" Schön wäre es, denke ich, müde an meinem Steuer sitzend, denn der Tag neigt sich dem Ende. „Gleich muss hier ein Hafen kommen. Wir sind bei Kilometer 166 und müssen nur noch von der Rhone in einen Seitenarm einbiegen", stellt Freddy fest und legt knurrig seine Karten in die Kajüte. Den Port de Viviers können wir jetzt sehen. Davor stehen rote und grüne Pfähle. Sie irritieren mich. „Wie soll ich denn nun fahren?" frage ich. Freddy weiß es auch nicht, zuckt mürrisch die Schultern. Irgendwie ist er platt. Also halte ich mich so, dass die roten Pfähle wie bisher steuerbord sind. In unserem Fahrwasser folgen uns noch zwei Boote. Ratlos schauen auch die Leute von diesen Booten umher. „Krrr, krrr, krrr!" Ein plötzliches Knirschen und Schrammen stoppt unsere Fahrt. Der Schreck fährt uns in die Glieder. Die Furcht aller Seefahrer! Aufgefahren! Das Boot steht. Freddy springt an den Gashebel und stoppt den Motor. Vom Hafen ertönen Warnpfiffe. Wir schauen hin. Drei Männer kommen in einem kleinen Motorboot auf uns zu gerast. Zu spät! Wir sitzen bereits fest. Unverständliches rufen sie uns rüber. Schon sind sie etliche Meter vor unserem Bug. Sie scheinen irgendwie wütend zu sein, meckern vor sich hin und gestikulieren aufgeregt. Freddy befestigt ein Seil an der vorderen Klampe und wirft ihnen das andere Ende zu. Sie greifen das Seil und ziehen uns langsam von den Steinen. Das geschieht ganz unproblematisch. Aber wir sind noch völlig benommen, wie vom Blitz getroffen. Es poltert wieder! Ach herrje, die Leute hinter uns sind nun auch aufgefahren! Das kleine Motorboot fährt auch auf sie zu. Mir

47

deucht, von der Yacht würde uns jemand mit der Faust drohen. Doch wir sind mit unserer ATLANTIS beschäftigt. Behutsam, von schlimmen Befürchtungen befallen, legen wir den Gang ein. Das Boot fährt. Der Motor tuckert ruhig vor sich hin. Was ist mit dem Steuer? Das Rad lässt sich etwas schwer drehen. Hört es sich nicht ächzend an? „Lenk zum Hafen!", bitte ich Freddy. Zu gern möchte ich anlegen, alles inspizieren und dann Ruhe finden. Aber da kommt das kleine Motorboot auf uns zu. Kein Platz im Hafen! Wieterfahren! gibt man uns mit energischen Handzeichen zu verstehen. Also fahren wir wieder auf die Rhone und probieren an der Steuerung herum. Eigentlich funktioniert sie doch recht normal, stellen wir beruhigt fest. Aber was ist, wenn wir im Bootskörper ein Leck haben? Ich hebe ein Bodenbrett hoch. „Wasser kann ich nicht sehen", sage ich zu Freddy. „So schlimm war es ja auch nicht. Wir haben bestimmt nur ein paar Schrammen", meint er. Er scheint aber nicht so richtig von seiner Behauptung überzeugt zu sein. „Nun guck doch mal, wo der nächste Hafen ist!", fordere ich ihn genervt auf. Freddy vertieft sich in die Karte. „Weißt du warum wir aufgefahren sind? Ich habe das hier nicht gelesen. Tatsächlich ist hier vermerkt, dass sich im Hafeneinfahrtsbereich unter der Wasseroberfläche vorspringende Buhnen befinden. Aber es ist so unauffällig geschrieben, dass ich es nicht gesehen habe." Ich tröste ihn: „Das ist ja wirklich unauffällig vermerkt. Das hätte ich vielleicht auch übersehen." Am Ende einer glücklichen, langen Tagesfahrt rechnet man eben nicht mit solch einer Tücke. Darum hatten wir auch das Echolot nicht eingeschaltet. Freddy hatte jeden Tag übertrieben gründlich die Karte studiert. Nun musste ihm das passieren! Mein Navigator ist gekränkt. Nur, das hilft uns jetzt nicht weiter. „Wo ist der nächste Hafen?" „ Ihn gibt es nicht, nur eine provisorische Anlegestelle." Wir fahren darauf zu.

Wie schauerlich, auf eine große, steile Felswand müssen wir zu steuern. „Na los!" sage ich, „ganz langsam und vorsichtig und mit Echolot!" Ich will endlich anlegen, auch wenn weit und breit keine Tankstelle und kein Geschäft zu sehen sind. In der Felswand ist ein Eisenring befestigt, an dem man festmachen könnte. Aber kurz vor der Felswand schlägt das Echolot bei zwei Meter Tiefe an. Der Piepston fährt uns mächtig durch Mark und Gebein. Wir fahren den Ring aus einer anderen Richtung an. Piiiieps! „Nein!" schreie ich jetzt verzweifelt, „wir gehen heute kein Risiko mehr ein!" Ich reiße das Steuer herum mit Kurs auf die nächste Schleuse.

Wir fahren weiter. Stumm und frustriert. Ins Ungewisse. In die aufkommende Nacht. Freddy schaltet die Positionslichter ein. Bäume und Gebäude verschwimmen zu schwarzen Schatten. So friedlich ist alles um uns herum. Nur in unserem Inneren hat sich eine gewisse Angst breit gemacht. Können wir auf unserer Fahrstraße im Dunkeln auch alle Gefahren frühzeitig erkennen? Ich kneife die Augen zusammen. Vor uns eine schwarze Wand. Schon wieder eine Wand? Ach natürlich, ein großes, geschlossenes Schleusentor! „Fahr mal rechts rüber!" ruft Freddy, der meint, durch das Fernglas besser sehen zu können. Aber es ist kein Nachtglas. „Ich erkenne eine Kaimauer. Siehst du nicht? Da hat ein großer Schlepper festgemacht. Da legen wir auch an." Es ist eine Anlegestelle nur für Berufsschifffahrt. Trotzdem legen wir an. Sicherlich wird in der Nacht kein Schlepper mehr kommen, der uns unseren Platz streitig machen will und uns zerquetschen könnte. Außerdem können wir früh mit dem ersten Öffnen der Schleuse diesen Platz verlassen.

Endlich Feierabend! Man schätzt ihn besonders, nach so einem abenteuerlichen Tag, mit Hunger im Bauch und hundsmüden Augen. Da protestiere ich auch nicht, als Freddy das Knäckebrot auf den Tisch stellt. „Hier, flüssiges Brot!" meint er, als er mir eine Bierbüchse in die Hand drückt. Begierig trinke ich das kühle, erfrischende Bier. Freddy gießt sich zur Eigenbelohnung roten Sekt ein, den er so liebt. Angenehm vernebelt sich mein Gehirn und lässt in mir Zufriedenheit und ein kleines Glücksgefühl aufkommen. Da man von Glück und Zufriedenheit nicht genug haben kann, bitte ich Freddy, mir noch eine gekühlte Büchse Bier unter den Bodenplatten hervorzuholen. Als er die Platte angehoben hat, flüstert er: „Sei mal still! Ich höre ein leises Sirren." Wir lauschen angestrengt. Tatsächlich. Dringt da nicht etwa Wasser ins Boot? Ich zeufze: „Hören denn die Probleme heute gar nicht mehr auf?" Wir gehen an unseren Tisch und müssen erst mal unsere knurrenden Mägen befriedigen. Wieder schleicht sich Furcht vor dem Sinken in unser angeschlagenes Gemüt. Das Knäckebrot schmeckt auf einmal noch trockener und fad..Trotz des Ernstes der Situation werde ich plötzlich albern, lache und frage Freddy: „Wie lange hat es bei der Titanic gedauert, bis sie nach dem Wassereinbruch gesunken war?" Freddys Antwort ist nur ein ziemlich gespenstischer Galgenhumor: „Wasserleichen schwemmen so ekelhaft auf. Puh!" Dabei zieht er eine so grässliche Grimasse, dass mir ein eiskalter Schauer über den Rücken läuft und ich schimpfe: „Hör auf mit dem Quatsch!" Eigentlich könnten wir schlafen gehen. Aber nein, wir müssen unbedingt Gewissheit haben: Wo dringt das Wasser in unser Boot? Also beginnen wir mit der Suche nach dem vermeintlichen Leck. Es ist schon weit nach Mitternacht, als wir den mehrfach unterteilten „Bootskeller" überprüfen, indem wir jedes Brett einzeln hochheben müssen. Zunächst wird mein Bettzeug aus der Vorderkajüte auf das Mitteldeck geschleppt. Dann werden die Matratzen hochgehoben und danach die Bodenbretter. Freddy leuchtet mit der Taschenlampe alles gründlich ab. Nichts! Keine feuchte Stelle. Kein Wassereinbruch. Weiter! Noch einmal das Gleiche in der Achterkajüte. Nichts! Nun muss im Zwischenbereich der Tisch abgebaut werden. Hier befinden sich die Klappen zum Motorraum. Einer nach dem anderen schaut hinein. Kein Wasser! Na, umso besser. Es sieht auf dem Boot aus wie bei Hempels unterm Sofa. Ich bin wieder mal der Aufräumer. Freddy steht an Deck und überlegt: „Dort drüben scheint so etwas wie eine Fabrik zu sein. Vielleicht wird von da Abwasser in die Rhone geleitet. Darum zischt es so." Er klettert auf die Kaimauer. „Schau mal", ruft er, „da ist ein Wärterhäuschen!" Ich gehe auch an Land. Wir müssten uns bestimmt dort anmelden, überlegen wir. Daraufhin gehen wir beide zögernd auf das Häuschen zu. Irgendwie ist es uns dann doch zu dumm, „schlafende Hunde" zu wecken. Jetzt nachts um eins. Lieber ab in die Kojen! Diese Entscheidung ist sympathischer und fällt uns nicht schwer.

Die Nacht ist kurz und unruhig. Als wir gegen halb sechs Uhr an Deck kommen, ist es draußen noch dunkel. Also los, denn um 6.00 Uhr öffnet die Schleuse! Und wir wollen weg von diesem Kai, bevor noch ein Schlepper uns rammt. In der Schleuse leuchten Laternen und Signallichter, ein faszinierender Anblick.

Bald wird es hell und sonnig. Wir machen gute Fahrt. Im Boot funktioniert alles bestens. Unsere gute ATLANTIS! Wie zuverlässig! Wir biegen vom Kanal du Rhone in den Petit – Rhone- Kanal ab. Nach zehn Stunden Fahrt gelangen wir zum Hafen von Carmague. Mein Blick hängt an einer hohen, ringförmigen, mittelalterlichen Mauer. Was mag wohl dahinter sein? Davor befindet sich der Hafen. Ich freue mich, hier festzumachen. Endlich ausruhen, einkaufen und spazieren gehen! „Wir fahren weiter", sagt Freddy. Es ist nur noch ein ganz kurzes Stück bis zum Meer. Wir können heute noch das Meer sehen!" Ich glaube, ich höre schlecht. „Das hat ja nun wirklich gereicht", protestiere ich hartnäckig und frage ihn:„ Bist du denn gar nicht müde? Was wollen wir eigentlich wieder essen heute Abend? Wie lange reicht der Diesel? Wo ist der nächste Hafen? Unser Handy funktioniert nicht mehr. Wir müssen es laden." Freddy bittet zuckersüß: „Sieh mal hier auf die Karte! Noch einige Kilometer diesen Kanal entlang. Dann mündet er schon in das Meer. Hier an der Küste ist auch gleich ein Hafen. Schnupper doch mal! Du kannst das Meer schon riechen! Ich gehe ans Steuer und du ruhst dich aus. Okay?" Ich resigniere, setze mich bequem hin und schaue den schmalen, schnurgeraden Kanal hinauf. Zehn Kilometer fahren wir, da versperrt uns eine geschlossene Zugbrücke den Weg. Heute wird sie nicht mehr geöffnet, macht man uns klar. Erst morgen wieder. Also umdrehen und zehn Kilometer zurück. Mir ist schon alles so ziemlich egal, auch, dass mir der verlockende Hafen jetzt sicher ist.

Als wir angelegt haben, ist es bereits dunkel. Nun in die Ausgehkleidung. In einem Strom von Menschen lassen wir uns durch das

Stadttor schieben. Hinter der Mauer versteckt sich also ein kleines, mittelalterliches Städtchen. Hier herrscht Markttreiben bei Livemusik. Zahlreiche Touristen wandeln durch die engen Gässchen oder schlemmen in Straßenrestaurants und sind in bester Urlaubslaune. Eigentlich habe ich keinen Appetit und irgendwie ist mir schwindelig. Ich quäle mir ein Würstchen rein und möchte dann nur noch ins Bett. Unser Ausflug ins Mittelalter dauert somit nicht lange.

Der nächste Vormittag ist im Nu weg, bei all den Erledigungen, die wir zu treffen haben. Ein bisschen vertuddeln wir uns auch im Hafen, weil wir Kontakt zu Deutschen finden, mit denen wir uns viel zu erzählen haben, über die Heimat, das Schleusen und das gesunde Klima im Süden. „Weshalb wollen sie eigentlich bis nach Spanien?" fragen sie. „In Spanien ist alles so laut. Die Franzosen sind leiser. Hier sind wir viel glücklicher." Ich will nun eben nach Spanien, denke ich. Wie toll das klingt: SPANIEN, BARCELONA, OLE! Viele berühmte Seefahrer gab es dort. KOLUMBUS. Dann fragen sie: „Bei dem Wind heute wollen sie aufs Meer? Wissen sie denn nicht, was draußen los ist?" Nein, wir wissen es nicht und lassen uns von den Tücken des Meeres erzählen, aber ohne abschreckende Wirkung. Immerhin waren wir mit unserer ATLANTIS schon auf der Ostsee. Als wir wieder in unserem Boot sitzen, fällt uns nun erst richtig auf, wie stark der Wind weht. „Meinst du, wir sollten bei diesem Wind wirklich aufs Meer fahren?" frage ich Freddy. „Du weißt, welchen Tipp uns Pico im Lehrgang für den Bootsführerschein gegeben hat. Ab Stärke fünf sollte man mit einem Motorboot nicht mehr auf die See." Wir schauen nachdenklich vor uns hin. Dann gehe ich unter Deck und hole den Windmesser, um ihn hoch in die Windböen zu halten. Auch wenn ich den allerstärksten Ausschlag bewerte, haben wir nur Stärke vier. Aber wir sind ja eben im Hafen, wo der Wind gebremst ist. Ein bisschen schwummrig ist mir schon davor, das Mittelmeer womöglich als tosendes Ungeheuer zu erleben, und das gleich beim ersten Mal. „Auf der Ostsee hat uns Windstärke vier schon ganz schön zu schaffen gemacht", erinnere ich Freddy. „Na ja, der Tag ist sowieso bald um", meint Freddy. „Kommt Zeit, kommt Rat. Lass uns ein bisschen spazieren gehen. Heute bleiben wir hier." Wie großzügig von ihm. Und ich mustere staunend meinen Mann, der jeden Abend ganz genau die zurückgelegten Seemeilen berechnet, so als seien wir auf einer Regatta mit abschließendem Pokal.

Am Morgen ist es immer noch stark windig. Unschlüssig sitzen wir vor unseren Karten. Sind wir erst hinter der Zugbrücke, werden wir dem Meer ausgeliefert sein. Aber wir könnten auf Binnengewässern weiterfahren und erst in Seté aufs Meer hinaus, stellen wir fest. Diese Lösung ist gut, finde ich. Freddy gibt zu bedenken: „Wasserkarten haben wir dafür nicht, war ja ursprünglich nicht geplant." Er kramt eine Touristenkarte für diese Route hervor. Darauf sind auch Wasserwege eingezeichnet. Also Leinen los!

Wir sind kaum richtig in Fahrt, da müssen wir bremsen, weil sich der Wasserweg teilt. Fahren wir nach links oder rechts? Fragend und ratlos sehen wir uns an. Die Touristenkarte hilft uns nicht weiter bei dieser Entscheidung. „Nach links!" entscheidet Freddy spontan. Wir gelangen in ein romantisches Flüsschen. Tief biegen sich die Weiden über das Wasser. Es gibt keine feste Uferkante. Die fast stehende, dunkle Brühe umspült die Wurzeln von Bäumchen und zahlreichem Strauchwerk. Entenfamilien und Blesshühner schauen erschrocken auf, als sich unser Bootsrumpf langsam durch die Entengrütze schiebt. Vor uns gleiten zwei Paddler mit ihrem umweltfreundlichen Gefährt sanft durch das Wasser. Die Vögel zwitschern wie in einem Tropenwald. Diese Landschaft schauen wir bewundernd an. Aber unser Blick geht immer wieder hin zum Tiefenmesser. Bei zwei Meter Tiefe piepst er los. „ Klar, hier können wir doch nicht richtig sein", gebe ich zu Bedenken. „Es fehlt nur noch, dass uns ein Krokodil in die Quere schwimmt!" flunkert Freddy und sieht sich auch in ein Tropenparadies verschlagen. Er wendet das Boot behutsam, ohne im Sumpf stecken zu bleiben. Das ist hier nicht die Wasserstraße, die uns ans Meer führt.

Zurückgekehrt nehmen wir nun an der Verzweigung die rechte Fahrstraße. Schnell stellt sich heraus, dass wir wieder auf dem richtigen Kanal sind, der sich schnurgerade und scheinbar endlos durch flaches Land zieht. Weit in der Ferne erkennt man eine Bergkette und davor Häuser von Städten. Die Sonne brennt sehr heiß. Wir fühlen uns wie Nomaden in der Wüste. Träge starren wir auf die Landschaft rechts und links neben uns. Freddy guckt gern durch unser Fernglas. Ich mag es nicht, wenn die Bilder in der Linse unangenehm wackeln. „Rechts blinkt es so, als wäre da Wasser", sagt Freddy. „Da scheint es viele Vögel zu geben", stellt er verzückt fest. Nun schaue ich voller Neugierde doch durch das Fernglas. Große exotische Vögel! Ich kenne sie aus dem Fernsehen. Wie heißen sie doch gleich? „Freddy, stell dir vor, das sind ja richtige Flamingos!" juble ich und kann es kaum glauben, dass es in Frankreich frei lebende Flamingos gibt. Als wir näher kommen, haben wir ein Bild vor uns, das einem Paradies gleicht. In dem großen, flachen, blauen Bodden staksen mindestens hunderte stolze, rosarote Vögel herum und stechen mit ihren Schnäbeln nach Fischen. Einige laufen an, starten in die Luft, fliegen ein kurzes Stück, um wieder mit weit aufgespannten Flügeln majestätisch zu landen. Begeistert stellen wir uns auf das Deck, filmen und fotografieren diese Prachtvögel, und können uns an diesem schönen Anblick kaum satt sehen. Wenn wir das zu Hause erzählen, denke ich und bin eine Weile in Gedanken bei unserem Sohn, unseren Töchtern, meiner Schwester, meiner

Freundin, meinem Vater. Plötzlich ruft Freddy total aufgeregt: „Guck mal, das dort sieht wieder wie Wasser aus!" Diesmal zeigt er nach vorn links. Dabei grinst er geheimnisvoll. Er nimmt mir das Steuer aus der Hand, und ich steige wiederum auf das Deck, um besser sehen zu können. Ich kneife die Augen zusammen, um weit hinten am Horizont etwas zu erkennen. Dabei lasse ich mir Zeit, um ganz sicher zu sein. Ein silberner Streifen flimmert am Horizont „Das Meer! Freddy das Meer!" Voller Freude umarme ich ihn. Bald werden wir dort sein. Und bei diesem Wetter wird sich uns das Meer von der besten Seite zeigen. „Ich hole jetzt mal das Handy", sage ich in völlige Ekstase gefallen. Freudig rufe ich all unsere Lieben kurz an: „Hallo, wir haben jetzt das Meer gesehen! Unser Kanal, auf dem wir jetzt noch fahren, führt uns genau hin! Wir werden heute noch dort sein! Das Wetter ist prächtig, und viele Flamingos, sag ich euch...."

Überraschend geraten wir in einen Ort. Verflixt! Hier scheint der Wasserweg zu enden. Vor und neben uns ist nur Land, dort sind eine Straße, eine Parkanlage, Häuser, eine Tribüne. Haben wir einen Abzweig verpasst? Die Touristenkarte ist zu ungenau und kann uns nicht dienen. Zurück müssen wir noch einmal und genau schauen, wie man noch fahren könnte. Ein Wasserarm führt uns in eine kleine Bucht, wo viele Franzosen angeln. Ständig piepst das Echolot. Hier geht es nicht weiter. Ratlos schauen wir uns um. Also wieder zurück, wo die Tribüne steht, da gibt es eine Mauer mit Pollern. Inzwischen hat sich hier eine Menschenmenge angesammelt. Wir machen an den Pollern fest und verfolgen gespannt und vergnügt das Geschehen. Auf der Tribüne nehmen Leute Platz. Ein Orchester stimmt sich ein und spielt mitreißende Musik, die sehr spanisch klingt. Freddy geht an Land und will erfragen, wie wir zum Meer kommen können. Ich beobachte indessen interessiert das weitere Treiben. Weiterfahren wäre gut, denke ich. Aber wenn es hier etwas Besonderes zu sehen gibt, und es scheint so, dann sollten wir uns das nicht entgehen lassen. Männer in weißen Trachten steigen in große, weiße Ruderboote, die in ihrem Aussehen Galeeren ähneln. Einige der weißen Boote sind rot gemustert, andere blau. „Frontignon" steht an ihren Bugseiten, der Name dieses Ortes hier. Die Männer bekunden mit ihren roten oder blauen Hüten die Zugehörigkeit zu ihrem jeweiligen Boot. Bei jeder Galeere ragt über die Spitze hinaus eine Art Plattform.

Inzwischen kommt Freddy mit Neuigkeiten zurück. „Das ist hier ein Volksfest. Darum ist bis um 16.00 Uhr die Zugbrücke geschlossen." Nun nehmen wir auch die Zugbrücke wahr, die ziemlich unscheinbar vor uns liegt. Sie sieht wie eine Stadtmauer aus. „Nicht zu ändern", stelle ich fröhlich fest, denn ich bin überzeugt, dass wir etwas Schönes erleben werden, etwas Südländisches. Gemütlich setzen wir uns auf die Mauer und lassen uns von einer temperamentvollen Stimmung mitreißen. Die „Weißen" besteigen ihr Boot mit altertümlichen Musikinstrumenten. Die „Roten" steigen in ihr Boot. Jeweils ein Kämpfer mit Schild und Lanze. platziert sich in Angriffshaltung auf der Plattform am Bug.Auf ein Kommando beginnen die Musiker an Bord altertümliche Musik zu spielen. Gleichzeitig legen sich die Ruderer in die Riemen und bringen ihre Boote in Fahrt. Ein rotweißes und ein blauweißes Boot fahren geradewegs aufeinander zu. Beide Kämpfer strecken ihre abgerundete Lanze nach vorn und halten sich ihren Schild vor den Körper. Dann stößt ihre Lanzenspitze krachend gegen den Schild des Gegners. Die Zuschauer fiebern mit. Manchmal können sich beide Lanzenritter noch eine Zeit lang gut halten. Aber irgendwann gerät doch einer unter tosendem Gekreische und Johlen der Zuschauer ins Wanken. Der Heruntergestoßene fliegt dann mit akrobatischen Kapriolen, die lustig anzusehen sind, klatschend ins Wasser Lauter Beifall belohnt den Sieger. Feurige, temperamentvolle Musik begleitet das Gaudium und kündigt die neuen Lanzenkämpfer an. Der jeweilige Verlierer schwimmt indessen im Wasser herum und wird von einer Kahnbesatzung vor dem sicheren Wassertod bewahrt. Beulen und Schrammen zieren häufig Kopf und Gesicht. Ganz Hartgesottene treten unter frenetischem Beifall mit Pflaster oder Verband erneut als kühne Lanzenkämpfer an. Durch einen Lautsprecher wird der Kampf kommentiert. Die Zuschauer geraten zunehmend in Ekstase, indem sie laut klatschen und ihre Partei anfeuern. Auch wir werden von der aufgeheizten Atmosphäre angesteckt und bekunden unseren Spaß ebenfalls mit kräftigem Applaus. Wir filmen das spannende erheiternde Schauspiel für die Zuhausegebliebenen.

Die Franzosen schauen auf uns und auf die deutsche Flagge am Boot. Man merkt, wie stolz sie sind, auch deutsche Gäste zu haben. Eine junge Frau kommt an uns heran: „Ich habe bei meiner Großmutter deutsch sprechen gelernt. Gern möchte ich mich mit ihnen unterhalten." Wir sind sofort neugierig zu erfahren, was das für ein Fest ist, an dem wir zufällig teilnehmen dürfen. „Das sind Ritterspiele des 16. Jahrhunderts", sagt sie. „Die haben eine lange Tradition." Wir unterhalten uns weiterhin über das Leben in Deutschland und in Frankreich, wie es in diesen Ländern Familien mit Kindern so ergeht, und über vieles andere. Ich bin mal wieder so richtig glücklich unter diesen netten, fröhlichen Menschen. Aber bald klingt das Fest mit südländischen Rhythmen aus. Schade! Ich bedaure das Ende dieses faszinierenden Schauspiels. Wie von einer guten Freundin verabschieden wir uns von dieser jungen Französin. Die Brücke wird geöffnet. Mit unvergesslichen Eindrücken und in bester Laune setzen wir unsere Fahrt auf dem Kanal fort.

Diese Kanalfahrt währt nicht lange. Der Kanal de Rhone a Seté mündet in einen Bodden und nicht in das Meer, wie wir gehofft hatten.Uns empfängt ein unfreundliches, dunkelgraues Gewässer mit weißen Schaumkämmen. Die Wellen prallen laut und bedrohlich gegen den Bug unseres schlingernden Bootes. Eine Yacht vor uns befährt ebenfalls das vom Wind aufgewühlte Wasser. Sofort beginnt dort an Bord ein Kind ängstlich zu schreien. Beherzt wenden die Leute sofort zur Rückkehr. Im nächsten Moment erfassen auch uns die aggressiven Wellen. Das Wasser spritzt bis ins Boot. Wir schließen die Persenning und schalten den Scheibenwischer ein. Dass sich auf der Frontscheibe weiße Salzkristalle absetzen, bedeutet uns, bald am Ziel unserer Träume zu sein, am wunderschönen Mittelmeer. Das beflügelt uns, den Bodden zu überqueren. Der Wind heult und peitscht das Wasser. Es macht aber zunächst noch Spaß. Endlich mal richtig Action! Erregt und begeistert spüren wir bereits hier die Macht des Meeres. Aber bald suchen wir vergeblich den Kanal, der uns aus dem Boden zum Meer führen soll. Auf unserer Touristenkarte ist keiner verzeichnet. Aber eine Touristenkarte ist eben keine Wasserkarte! Wir müssen in den Kanal de Royal, das wissen wir. Wo ist er bloß? Nähern wir uns dem Ufer, schlägt das Echolot an. Deshalb hat der Wind ein so leichtes Spiel mit den Wellen. Allmählich beschleicht uns ein Unbehagen. Wieder und wieder fahren wir vorsichtig an den Uferrändern entlang, sehen aber keine Ausfahrt. Beunruhigt äugt Freddy auf die Tankanzeige. Der Himmel, der ohnehin schon fast schwarz ist, zeigt uns die heraufziehende Nacht an. Wir sind beide ziemlich beunruhigt, äußerst angespannt und suchen abwechselnd mit dem Fernglas ergebnislos die Küste ab. Was sollen wir tun? Freddy findet eine Notlösung. Eine Landzunge zieht sich in den Bodden. „Wenn wir hinter dieser Landzunge sind", meint er, „sind wir etwas windgeschützt und das Wasser ist ruhiger. Wir sollten dort einen Anker werfen." Ich bin seiner Meinung. Während ich das Boot gegen den Wind steuer, turnt Freddy am Bug herum und bereitet alles zum Ankern vor. Gleich beim ersten Wurf finden wir Halt. Aber wie sind wir enttäuscht, als wir bald feststellen müssen, dass das Wasser hier nur wenig ruhiger ist. Das unentwegte Schaukeln ist kaum zu ertragen.

Wie ein wildes Pferd zerrt die ATLANTIS an der Ankerleine. Weiter weg, in Ufernähe, liegt ein Angelkahn ohne Mann vor Anker. „Den werden wir immer anpeilen", schlägt Freddy vor.. „Wenn wir den Kahn so nicht mehr sehen, hat sich unser Anker gelöst, dann treiben wir irgendwo herum, vielleicht auch irgendwo ran oder rauf." „Das sind ja schöne Aussichten für die Nacht!" bemerke ich halblaut..Er schaut mir in mein bekümmertes Gesicht: „Weißt du was? Ich mache uns jetzt ein leckeres Abendessen. Ruh dich aus und lass mich nur machen!" Schürze umbunden, Würstchen in die Pfanne. Aldi-Kartoffelbrei eingequirlt, Tomaten und Zwiebel geschnitten.

Freddy schwingt Messer, Gabel, Kochlöffel bei spanischer Stierkampfmusik.

Und all das gekonnt akrobatisch bei dem Wellengang. Wie ein Fünfsternekoch bittet er mich galant zu Tisch. Das einfache Essen ist lecker, und ein Bierchen hebt die Stimmung. Auf einmal ist es richtig gemütlich unter unserer Plane, an der der Wind wie wild und tosend herumzerrt. Wir sind sehr albern und genießen die Zweisamkeit. Endlich mal Zeit zum Kuscheln. Darauf hatte ich schon sehnlichst gewartet. „Schlafen kann ich sowieso nicht", sagt Freddy, „denn ich muss alle halbe Stunde den Kahn anpeilen." Das sagt er nicht nur so dahin. Er nimmt diese selbst gestellte Aufgabe sehr ernst. Ich fühle mich auch dazu verpflichtet, ab und zu durch das Bullauge nach dem Angelkahn zu sehen. Dann ist der Mond verdeckt. Der Kahn ist einfach nicht mehr auszumachen. Wir versuchen zu schlafen, was uns nicht gelingt, denn die Wellen klatschen lautstark gegen die Bordwand. Um 1.00 Uhr nehme ich meinen Freddy in die Arme und flüster ihm ins Ohr: „Ich gratuliere dir herzlich zum Geburtstag. Ich wünsche dir Gesundheit, Freude und Erfolg, und immer eine Hand breit Wasser unter dem Kiel." Er knurrt: „Danke." Dann quält sich jeder in seiner Kajüte weiter durch die unruhige Nacht.

Um 6.00 Uhr spüren wir, dass der Wind nachlässt. Diese Situation müssen wir nutzen, aus dem Kanister Diesel nachzufüllen. Der Stutzen zum Einfüllen ist auf der Steuerbordseite des schmalen Bootsrandes. Darauf muss Freddy mit dem Kanister bewegungslos knien können. Zur Sicherheit binde ich ihn an Seilen fest. Zittrig und voll konzentriert hockt er auf dem fußbreiten Bootsrand und füllt den Diesel nach. Das Boot schaukelt noch unablässig. Verliert Freddy die Balance, kann ihn nur das Seil halten, das um seine Hüfte geknotet ist. Aber Gott sei dank, es ist geschafft, ohne dass auch nur ein Tropfen Diesel ins Wasser gelangt.. Auf Umweltschutz achtet Freddy peinlichst.

Unsere Blicke schweifen wieder umher. Wo ist dieser Kanal Royal? Der muss doch zu finden sein! Zum Waschen und Zähneputzen nehmen wir uns keine Zeit. Nur los, bevor der Bodden wieder zu brodeln beginnt! Nicht mal die Haare werden gekämmt. Wie zwei Vagabunden stehen wir nun beide am Steuer und suchen das Ufer ab. Ein großer Arm streckt sich weit hinten in den Himmel. Ein Kran? Nach einer Weile verfolgen wir, dass sich dieser besagte Arm nach unten neigt. Der Groschen fällt. „Freddy, das ist eine Klappbrücke!" „Ja klar, hab ich auch schon gedacht. Das ist die Brücke zum Kanal. Dort müssen wir hin!" Unsere Wahrnehmung ist wie eine Erlösung. Hoffnungsvoll steuern wir die Brücke an. Es dauert über eine Stunde, bis wir sie erreichen. Die Klappbrücke ist geschlossen. An einer Kaimauer davor machen wir fest. Neben uns liegt ein deutsches Segelboot.

Zwei junge Leute kommen zerknirscht an Deck. Sie sagen: „Guten Morgen. War das eine Nacht bei diesem Sturm! Wir haben kaum geschlafen. Wir mussten hier übernachten, weil die Brücke schon geschlossen war. Sie wird erst um zehn Uhr wieder geöffnet." Dann klagen wir ihnen unser Leid, dass wir nicht mal einen Poller zum Festmachen hatten, und dass es auf dem Bodden noch unruhiger war. Sie hören uns anteilnahmsvoll zu. Schließlich geht Freddy an Land, um uns frische Baguetts für sein Geburtstagsfrühstück zu organisieren. Er erkundigt sich auch nach der nächsten Tankstelle. Hinter der Brücke rechts soll eine sein, hat man ihm im Kauderwelsch erklärt.

Wir haben gut gefrühstückt, und es ist 10.00 Uhr. Die Brücke öffnet sich. Endlich! Heute kommen wir ganz bestimmt noch zum Meer. Wir sind doch nun wirklich schon ganz dicht dran und deshalb nicht wenig aufgeregt. Nur die große, französische Hafenstadt Séte liegt noch dazwischen. Ohne zu registrieren, wo die anderen Boote hinfahren, schwenken wir nach rechts in eine kleine Bucht, denn die Tankstelle ist uns sehr wichtig. Wir drehen uns darauf im Kreis und suchen am Ufer eine Tankstelle. Angler rufen uns Unverständliches zu, bedeuten uns mit ihren Armen und Händen, dass wir umdrehen sollen. Wir begreifen nicht, dass das mit der Tankstelle hier ein Missverständnis sein soll.Und was die Angler von uns wollen schon gar nicht. Schließlich nehmen wir Kurs auf den Kanal, der durch Séte führt. Uns trifft der Schlag. Als wir zurückfahren und den anderen Booten folgen wollen, versperrt uns wieder eine Brücke den Weg. Weshalb eigentlich? Als wir genauer hinsehen, erkennen wir eine geschlossene Schwenkbrücke. „Verdammt! Was die alles für Brücken erfunden haben, um uns mit ihren Hindernissen das Leben zu versauern!" flucht Freddy. Dazu erfahren wir noch von einem Straßenpassanten, dass sie erst am Abend um neunzehn Uhr zwanzig geöffnet wird. Wir sind verärgert. Aber was die Angler uns sagen wollten, wissen wir nun. Einen ganzen Tag hier fest hängen, so kurz vor dem Mittelmeer? Das vermiest unsere Laune gehörig.

Gleich neben uns, sicher auch für andere unkundige Wassersportler, befindet sich eine Anlegemöglichkeit, ein provisorischer Hafen.Weil wir notgedrungen dort liegen müssen, knüpft man uns reichlich Geld ab, trotz fehlendem Wasser- und Stromanschluss. Unsere Stimmung ist nun gänzlich auf dem Tiefpunkt. Jeder wirft sich auf seine Koje, um sich ungestört seinem inneren Groll hinzugeben. Ich fasse mich zuerst und schaue nach meinem Mann. Seinen Kopf hat er in den Kissen vergraben. Als ich ihn anspreche, bekomme ich nur ein mürrisches Knurren zu hören. Ganz niedergeschlagen ist er und möchte kein Glied mehr rühren. Auf einmal ist er so ohne Idee, Zuversicht und Tatendrang. Er tut mir leid, zumal heute sein Geburtstag ist. Ich bitte ihn: „Komm Freddy, lass uns in die Stadt gehen.

Ein schönes Geburtstagsessen sollten wir uns beide dort leisten." Freddy reagiert nicht. „Wir gehen an diesem Kanal entlang, dann können wir bestimmt das Meer sehen." Jetzt hebt Freddy sein Gesicht aus den Kissen, wegen dem Wort MEER. Endlich habe ich ihn soweit, dass er meinen Vorschlag verlockend findet.

Wir machen uns ein bisschen stadtfein. Als erstes entdecken wir eine Straßentankstelle. „Hier können wir den Diesel in Kanister füllen lassen und dann mit dem Beach - Rolly zum Boot bringen", schlägt Freddy vor. Nun führt uns der Weg an dem Stadtkanal entlang. Fünf Brücken, die für unser Boot zu niedrig sind, überspannen ihn. Das registrieren wir ziemlich frustriert. Wir gelangen in das Stadtgetümmel und zu einem großen, eindrucksvollen Hafenbecken. Darin liegen riesige Schlepper und hochhausgroße, weiße Luxus - Traumschiffe, kleinere Yachten und Fähren. Hinter der Küstenpromenade glitzert das blaue Mittelmeer. Ab und zu verlassen Schiffe den Hafen und fahren durch die Hafenausfahrt bei dem großen Leuchtturm einfach so auf das Meer hinaus. So ganz problemlos. „Lass uns zum Strand runtergehen", fordere ich Freddy auf, „wir können mal die Füße ins Wasser halten." „Natürlich", sagt Freddy mit einem sauren Lächeln, „dazu haben wir doch genug Zeit." Der Aufenthalt am Meer ist wunderschön, aber lieber noch wäre Freddy, wir jetzt mit unserer ATLANTIS auf hoher See zu sein.

Wir schlendern wieder die Strandpromenade entlang, weil wir Hunger haben und ein deutschsprachiges Restaurant suchen. Fisch und Muscheln mögen wir beide nicht. Deshalb darf es bei der Bestellung kein Missverständnis geben. Ein Flair von Sommerurlaub umgibt uns zwischen den fröhlichen Touristen, bei Düften von Sonnenöl, Meer, Hafen und Fisch. Wir schauen in viele Restaurants, aber hier hat man mit Deutschen scheinbar nicht viel im Sinn. Endlich eine schwarz - rot - goldene Fahne auf der ausgeblassten Speisekarte. Wir setzen uns und entscheiden uns für ein undefinierbares Gericht, das scheinbar mit Fleisch zu sein scheint. Bei der Kellnerin wollen wir noch einmal nachfragen, was das ist, aber sie und keine ihrer Kolleginnen sprechen unsere Sprache. Das Fleischgericht ist uns nicht appetitlich, macht uns aber wenigstens satt. Die Kellnerin nimmt Freddys Geldschein und wir warten darauf, dass sie das Wechselgeld im Wert von über acht Mark zurückbringt. Sie umkreist unseren Tisch im weiten Abstand. Freddys Handzeichen ignoriert sie. Ärgerlich verlassen wir das Restaurant. Solch fettes Trinkgeld hatten wir ihr nicht zugedacht. Wieder mal Verständigungsschwierigkeiten!

Auf dem Rückweg bleibt Freddy bei jeder der fünf Brücken stehen und schaut zu, wie kleine Boote unter ihnen hindurch fahren. Plötzlich rückt er heraus mit seiner Idee: „Wenn wir auf der Atlantis das Obergestell abnehmen könnten, kämen wir sicher unter den Brücken hindurch." Und schon ist mein Freddy wieder der spontane Skipper. Forschen Schrittes gelangen wir auf unser Boot. Zügig geht er an die Arbeit auf dem Mitteldeck, um die Plane abzunehmen und das Gestänge auseinander zu schrauben. Ich darf Handlangerarbeiten übernehmen. Eine arg verrostete Schraube bricht ab. Freddy geht darüber hinweg. „Die Konstruktion wird nach dem Zusammenbau nicht mehr ganz so stabil sein wie vorher", bemerkt er nebenbei. Aber passiert ist passiert. Freddy lässt sich in seinem Tatendrang nicht bremsen. „Vielleicht lässt sich etwas improvisieren", meint er auf mein Schweigen hin. Die Marex ist jetzt ein sportliches Kabrio. Sie sieht so viel schnittiger aus als vorher.

Langsam und konzentriert fahren wir die schmalen, niedrigen Brücken an und gelangen unter jeder problemlos hindurch. Ganz clever fühlen wir uns dabei. Wir erreichen das Hafenbecken und schauen ehrfürchtig zu den Ozeanriesen hoch. Hinter einer breiten Ausfahrt blitzt das blaue Meer. Nun gleiten wir am Leuchtturm vorbei und befahren endlich das Mittelmeer. Kleine Kräuselwellen zeugen von schwachem Wind. Das Boot wippt sachte hin und her. Die Sonne, die bereits auf ihrem Bogen abwärts gleitet, leuchtet uns entgegen. Rundherum ein freundlicher Empfang, den uns das Mittelmeer bietet. Ein Traum wird wahr. „Freddy, unser Traum ist Wirklichkeit!" rufe voller Glückseligkeit zu. Wir küssen uns ganz zärtlich und glücklich. Unsere Teamarbeit hat funktioniert. Nun sind wir auf dem Meer, und das ganz große Abenteuer kann beginnen. Da kommt ganz überraschend eine kleine Bö, und hui - fliegt Freddys weiße Sonnenmütze über Bord. Leuchtend schwimmt sie auf dem Wasser. Wir erinnern uns sofort an die vielen „Mann über Bord Manöver". Im Ulk manövrieren wir, indem Freddy exakte Kommandos ruft. Und ich antworte stets mit: „Ey,ey, Sir!"Vorbeifahrende beäugeln argwöhnisch unser Tun. Freddy nimmt die Zange, und ich fahre gekonnt einen Bogen dicht an „den Mann" heran. Schwupp, schon ist „er" im Boot.

Die nächste Schicksalsattacke jagt uns wieder einmal einen gewaltigen Schreck ein. Unser Kompass zeigt nicht an. „Wie ist denn das möglich?" schimpfe ich, „immer ist das Ding gegangen. Jetzt, wo wir auf dem Meer sind, rührt sich der Zeiger nicht von der Stelle!" Entsetzt starren wir auf die Skala mit dem unbeweglichen Zeiger. Freddys Hobby ist wahrlich nicht die Technik. Aber manchmal tippt er genau auf das Richtige:„Wir werden die Sicherung auswechseln müssen." Das heißt für mich, dass ich den Kleiderschrank gänzlich ausräumen muss, denn hinter all den Klamotten ist ein Sicherungskasten. Aber es geht ja um einen Notfall auf hoher See, also mache ich mich ohne zu murren ans Räumen. Dann gehe ich wieder ans Steuer und beobachte den Zeiger. „Freddy, er schlägt wieder aus!" rufe ich erleichtert. Die Situation ist gerettet, wir sind gerettet.

Nach einer Fahrt von etwa zehn Kilometern erreichen wir den Hafen. Wir sind froh darüber, denn der Diesel ist knapp und der Abend nicht mehr fern. Zunächst biegen wir in einen kleinen, schmalen Kanal ein. Hier ist es auf einmal sehr windig. Wo können wir anlegen, um den Hafenmeister nach einem Liegeplatz für die Nacht zu fragen? Wir wissen es nicht und tuckern langsam suchend den Kanal entlang. Überraschend befinden wir uns in einem Wohngebiet. Mehrstöckige Häuser mit Balkons stehen hier. Zwischen ihnen bildet die Hafenanlage kleine Becken, die zum Anlegen für Sportboote gedacht sind. So wie in einer Stadt jeder sein Auto vor der Tür parkt, haben die hier wohnenden Urlauber ihr Boot vor der Ferienwohnung zu stehen. Alle Liegeplätze sind belegt. Endlich eine Lücke in einem dieser Becken. Wir lenken drauf zu und der Wind drückt uns in eine äußerst kleine Lücke zwischen zwei Motorbooten. Der scharfe Wind beeinträchtigt sehr mein Lenkmanöver. Ebenso eine starke Strömung. Es gelingt mir aber gut, das Boot geschickt da rein zu manövrieren, ohne eines der Boote zu rammen. Freddy macht unser Boot fest, um dann den Hafenmeister aufzusuchen. Plötzlich vernehmen wir ein lautes, fürchterliches Schimpfen. Ein keifender Mann kommt, sieht nach den Booten rechts und links von uns und spult sich immer mehr hoch. Menschen erscheinen auf den Balkons. Sie erhoffen sich eine kostenlose Show. Er schimpft auf französisch. Natürlich begreifen wir schnell, dass wir hier nicht erwünscht sind. Nur, muss der Heini deshalb so ein Theater machen? Am liebsten würden wir jetzt schnell ablegen und diesen Ort verlassen. Wind und Strömung drücken aber unser Boot stark gegen die Kaimauer. Ohne fremde Hilfe kommen wir hier nicht wieder weg. Dazu müsste ein Motorboot um mindestens drei Meter nach vorn gezogen werden, was wir uns ohne Zustimmung des Hafenmeisters nicht trauen. Schadenfroh sehen die Leute von den Balkons auf uns herab. Wir sitzen wie eine Mäuse in der Falle. Während der Brüller sich austobt, sucht Freddy den Hafenmeister. Bald verschwindet der cholerische Typ.

Endlich tritt Ruhe ein. Ziemlich genervt und geknickt sitze ich auf meinem Boot. Ein Mann kommt auf mich zu, ein netter Engländer mit Deutschsprachkenntnissen. Er schaut mich mitleidsvoll an und findet bedauernde Worte. Er erscheint mir als ein „guter Engel" in der Not, nach all den Boshaftigkeiten. Inzwischen kommt Freddy mit einem Mann zurück, dessen wettergegerbtes, braunes Gesicht mit der wilden Lockenpracht auf dem Kopf das typische Bild eines temperamentvollen Südländers abgibt. Obwohl man diesen Leuten Freundlichkeit nachsagt, ist er der unentwegt vor sich hin meckernde, unfreundliche Hafenmeister. Er macht keine Anstalten, uns irgendwie behilflich zu sein. Hilflos und achselzuckend schaue ich den Engländer an. Zögernd übersetzt er die Flüche des Hafenmeisters: „Die sind nicht mein Blut! Die sollen zusehen, dass sie hier verschwinden!" Wir sind perplex. Freddy explodiert jetzt auch und schreit den Hafenmeister an: „Wir wollen hier keinen Liegeplatz! Zieh das Boot vor!" Nun ist auch der erste Brüller wieder da. Freddys Wut entlädt sich jetzt auch auf ihn: „Du solltest helfen, statt herumzubrüllen! Help me!!!" Da tätigen sie nun gnädig ein paar Handgriffe, die fiesen Leute, um uns aus dieser misslichen Lage zu befreien. Ich stehe angespannt am Steuer. Um Gottes Willen nur kein Boot rammen! Ich weiß, dass sich unser Boot rückwärts schlecht steuern lässt und hole weit aus, um vorwärts in den stark strömenden Kanal zu gelangen. Die anderen verstehen mein Manöver wohl nicht und bangen laut schimpfend um ihre Boote. Die Zuschauer auf den Balkons haben sich vermehrt. Freddy rutscht plötzlich unser schöner, langer Holzbootshaken aus der Hand. Ich nehme gerade Fahrt auf. Keiner von uns beiden verspürt Lust, als Shownummer in dieser unangenehmen Situation den Haken aus dem Wasser zu angeln. „Gib Speed!" ruft Freddy, „sollen die Leute dieses gastfreundlichen Hafens doch damit glücklich werden!" Wir erreichen das Meer und atmen tief durch.

Unsere Knien schlottern. Die Sonne ist schon hinter dem Land versunken. Der Diesel wird immer knapper. Uns bleibt nur eine Wahl: Zurück nach Séte. Am Leuchtturm vorbei, durch den Hafen, unter den fünf Brücken hindurch und ran an den uns bekannten Notliegeplatz. Noch haben wir uns nicht ganz erholt. Ausruhen kommt aber nicht in Frage, sondern das Verdeckgestell muss wieder montiert werden, wobei Freddy in Stress gerät, weil er die Nerven dazu nicht mehr hat. „Weißt du", sagt er, „der Tag ist sowieso gelaufen. Wir wollen doch morgen unbeschwert losfahren. Lass uns also mit dem Beach - Rolly kanisterweise Diesel von der Tankstelle holen." Also zotteln wir los, über zwei Straßen, durch die nächtliche Stadt. Als wir das vierte Mal an der Tankstelle ankommen, hat sie bereits geschlossen. „Mensch Freddy", seufze ich, „war das heute ein turbulenter Geburtstag!" Wieder eine kurze, unruhige Nacht.

Ein neuer sonniger Morgen. Wir fahren wieder raus, durch die Schwenkbrücke und unter den anderen Brücken hindurch. Im Hafen zeigt Freddy plötzlich nach rechts und sagt fast melancholisch: „Guck mal, das ist eine Tankstelle!" In unserem Eifer hatten wir diese am Vortag völlig übersehen. „Ist eben Schicksal", tröste ich mich und Freddy. Das klare, blaue Wasser, der sachte Wellengang, die kreischenden Möwen, welche hungrig den Netzen der Fischtrawler folgen, all das ist für uns überwältigend und lässt uns Ärger und Strapazen schnell vergessen. Freddy nimmt das Handy, balanciert nach vorn zur Spitze, wo das Motorengeräusch nicht stört. Er will am liebsten die ganze Welt teilhaben lassen an unserer Freude. Kinder, Freunde und Verwandte ruft er an und hält das Handy ins Rauschen der Bugwellen. (Später mussten wir für unseren gesamten Törn eine Handyrechnung von über neunhundert DM begleichen. Er behauptete immer, das sei ihm die Sache wert gewesen.) Das Meer bleibt nicht so ruhig und friedlich, als wir in die Nähe von Narbonne Plage kommen. (Dass wir hier eine der windreichsten Ecken der Erde befahren, wussten wir damals nicht,) Es wird immer lebhafter. Böige, starke Winde erzeugen Schaumkämme auf den Wellen. Diese werden immer höher, und das Boot springt förmlich über sie hinweg. Der Bug schlägt hart auf und verursacht dabei jeweils einen harten Knall. Im Boot kann man keinen Schritt mehr gehen, sondern sich nur noch festklammern. Wir haben die Plane über uns zugezogen und den Scheibenwischer eingeschaltet. Das Wasser spritzt stark und hinterlässt auf der Scheibe weiße Salzkristalle. Der Himmel ist bewölkt und das Meer grau. Das Aufknallen ist sehr unangenehm. Freddy löst mich als Steuermann ab. Ich lege mich in die Bugkajüte auf meine Bettpolster in weiche Kissen. Diese können das harte Aufknallen nicht abfangen. Mein Kopf beginnt zu schmerzen. Freddy stöhnt auch. Wir beschließen, die Fahrt abzubrechen und den nächsten Hafen anzulaufen. Das Fahren ist eben zu sehr unangenehm und bald nicht mehr zu ertragen. Furchteinflößend ist das Mittelmeer bisher keineswegs

Als wir in den Hafen von Narbonne de Plage einfahren, ist das Heulen und Pfeifen des Windes ungeheuer stark. Das Anlegen ist kompliziert, aber nette Franzosen helfen uns dabei. Außerdem erleben wir eine angenehme Überraschung – die einzige dieser Art auf all unseren Törns. Für eine Übernachtung brauchen wir nicht bezahlen. Eine unerwartete Freude für uns und für alle sonst so geschröpften Skipper. Endlich haben wir wieder Strom - und Wasseranschluss und eine erquickende Dusche. Das Handy kann wieder aufgeladen und frisches Wasser getankt werden. Dann gehen wir los, um ein Restaurant aufzusuchen. Wir kommen kaum gegen den starken Wind an. Sind es etwa die Ausläufer des Mistral? Beim Essen einer großen, wagenradähnlichen Pizza, lauschen wir dem Getöse des Mistrals. Trotz des starken Windes habe ich noch den Wunsch, an diesem Tag das erste Mal im Mittelmeer zu baden. Freddy macht nach anfänglichem Protest mit. Natürlich wird das kein besonders schönes Erlebnis, denn das Wasser ist sehr kühl, und der Wind treibt uns den Strandsand ins Gesicht. Beim Einschlafen singt uns der Mistral ein schauerliches Schlaflied.

Am Morgen hat sich der Wind gelegt. Je weiter wir fahren, desto ruhiger wird das Wasser, und die Wolken verziehen sich. Die Sonne scheint und das Meer ist tintenblau. An der Küste können wir im Dunst hohe Berge ausmachen. „Das sind die Pyrenäen", stellt Freddy fest, der die kartografische Grenze zwischen Frankreich und Spanien ausmacht. Die Grenzüberschreitung wird von uns feierlich festgehalten. Freddy stellt sich auf das Deck, entfernt die französische Gastflagge und knüpft die spanische an. Ich „schmettere" den Anfang der Europahymne, filme und fotografiere. Als die gelb – rote Flagge Spaniens im Wind flattert, plaudern wir über Filme vom stolzen spanischen Seeräubervolk. Was wissen wir eigentlich noch über Columbus? Wo begann er seine Entdeckungsfahrt nach Amerika? War nicht unklar, ob er ein Spanier ist? Das Gebirge kommt näher, und wir sind fasziniert von der wild - romantischen Küste.

Ein wunderschöner Hafen am Fuße eines felsigen Hügels, der „Puerto de la Selva", soll uns den ersten Eindruck von Spaniens Land vermitteln. Wir legen provisorisch an. Da kommt ein Marinero und zeigt, wir sollen wieder fahren. Sein Zeigefinger weist dabei rechts um die Landspitze. „Por vavor minuto! Donde hay la gasolinera?" vorsorglich hatte ich zuhause etwas Spanisch gelernt. Ganz gespannt schaue ich ihn an. Hat er mich verstanden? Er lächelt und zeigt auf eine Hafentankstelle. Ganz stolz bin ich. Selbst Freddy schaut mich bewundernd an. Aber nach dem Tanken müssen wir wieder los. Sogar die Ankerplätze in der Hafenbucht sind hier belegt. Überall kleine und große Yachten. Gespannt fahren wir um die Landzunge. Wird es dort einen Ankerplatz für uns geben? Ich wäre zu gern in diesem Hafen geblieben. Wir erblicken inmitten von Felsen eine kleine Meeresbucht. Sofort bin ich verzückt von dieser Bucht. Solch ein herrliches Panorama! In solch einer romantischen Bucht wollte ich schon immer mal den Anker werfen. Sanft schaukeln dort einige Boote vor sich hin. Also fahren wir entschlossen in die von steilen, schroffen Felsen umsäumte Bucht. Dabei geht es dicht an den Felsen vorbei. Aber Vorsicht! Felsen sind besonders gefährlich, sobald sie sich unsichtbar unter Wasser befinden. Jede noch so kleine Berührung mit ihnen kann das Ende unseres Törns bedeuten. Unser Echolot signalisiert keinen Grund, also ist die Bucht tief genug. Zu tief, stellen wir enttäuscht fest, als wir den Anker werfen und keinen Halt finden. Obwohl wir noch ein paar Leinen an die Ankerkette knoten, haben wir nicht das Gefühl, sicher festzusitzen. Vorsichtshalber werfen wir noch einen zweiten Anker ins Wasser und beobachten lange Zeit, ob wir unsere Position verändern. Zum Glück nicht. Im Meer geht jetzt die Sonne unter. Was man auf „kitschigen" Ölgemälden sehen kann, erleben wir live. Immer wieder wenden wir unseren unersättlichen Blick der Sonne zu, oder wir schauen ehrfurchtsvoll die steilen Felsen hinauf, die majestätisch, aber für Seefahrer bedrohlich aus dem Meer ragen. Ich mag nicht unter Deck gehen. Deshalb sitze ich auf dem Zwischendeck und schreibe im letzten Tageslicht meine Eintragungen für das Logbuch.

Von den ankernden Booten verlässt jetzt eins nach dem anderen die Bucht. Wir werden doch nicht alleine bleiben? Es ist schon fast dunkel, als das letzte Boot die Bucht verlässt. Mich überkommt ein unwohles Gefühl und ich frage verunsichert: „Freddy, warum übernachtet hier keiner, so wie wir es vorhaben? Was haben die für einen Grund, die Bucht zu verlassen?" Freddy zuckt mit den Schultern und grübelt. „Lass uns das Positionslicht einschalten", meint er, „wir haben keine Alternative". Er schaltet und schaltet. Wir schauen prüfend die Lampe auf dem Deckaufbau an, die nun weiß leuchten müsste. Aber sie tut es nicht. „Verdammt!" schimpft Freddy. „Ich muss sehen, ob wir eine Ersatzbirne haben." Er findet keine! Es könnte vielleicht doch jemand in der Nacht diese Bucht anlaufen und uns dann rammen. Freddy legt eine eingeschaltete Taschenlampe auf das Cockpit. Dass diese Funzel nicht lange leuchten wird, ist uns klar. Beunruhigt krabbelt jeder in seine Koje. Ich muss wohl gleich eingeschlafen sein. Ein schweißtreibender Angsttraum quält mich. Ich glaube, in der Gondel einer Kettenschaukel zu sitzen, während diese mit mir hoch hinauf schaukelt, immer höher, so dass ich mich krampfhaft an den Ketten festklammere und befürchte, sie müsse sich jeden Moment überschlagen. Dann würde ich herausfallen und in die Tiefe stürzen. Noch völlig verworren wird mir beim Aufwachen bewusst, dass mit dem Boot etwas nicht stimmt. Warum schlingert das Boot so? Ich muss sofort an Deck und nachsehen, was los ist. Dort stoße ich fast mit Freddy zusammen. Er hat sich am Lederpolster festgeklammert, ich greife torkelnd zum Kühlschrank, um Halt zu bekommen. Das Boot schaukelt seitlich unbändig hin und her. Wir befürchten, bald Kopf zu stehen und haben das Gefühl, von den aufgewühlten Fluten überspült zu werden. Die Ursache des fürchterlichen Wellengangs ist ganz offensichtlich. Fischerboote brausen in kurzen Abständen durch die Bucht auf das offene Meer hinaus. Ihr Schwell hat sich in steile Wellenberge verwandelt. Allmählich glätten sich die Wogen. Ganz allmählich verfliegt unsere Angst. Wir schauen in die Dunkelheit. Die Fischerboote sind nicht mehr zu hören. Gespenstisch wirken die Umrisse der steilen Felsen. Unsere Position haben wir scheinbar nicht verlassen. Jedoch, die Taschenlampe leuchtet nicht mehr. „In diese Bucht kommt heute Nacht sowieso keiner mehr ankern", tröstet mich Freddy. Ja klar, wer möchte des Nachts schon mit dem Kiel nach oben im Wasser schwimmen?

Nachdenklich liege in meiner Koje. Sicher haben die anderen Wassersportler, die abends die Bucht verließen, gewusst, was hier passiert. Wie kann es geschehen, dass sich die Wellen so sehr verstärken? Welche physikalischen Gesetze mögen dabei wirken? Es ist zwei Uhr. Ich sollte versuchen, wieder einzuschlafen. Da nähert sich wieder eine Armada von Fischerbooten. Beide stürzen wir abermals an Deck, versuchen das Geschehen zu beobachten und klammern uns vorsorglich irgendwo fest. Wir können nichts tun, nur alles geduldig ertragen. Also begeben wir uns wieder in die Koje und erwarten die nächste Attacke. Bis zum frühen Morgen durchleiden wir noch einige davon. Deswegen verlassen wir wieder einmal unseren Ankerplatz Hals über Kopf, ohne Waschen, Zähneputzen und ohne Frühstück.

Draußen hat die See wieder Schaumkämme. Abermals gleitet das Boot unsanft über die Wellen und schüttelt unsere unausgeschlafenen Körper. Wir sind froh, als sich der Wind gegen Mittag endlich legt. Auch die Wolken verziehen sich und geben einen strahlend blauen Himmel frei. Gleichzeitig verwandelt sich das graue Meerwasser in leuchtendes Tintenblau. Rechts von uns erstreckt sich die wilde, felsig zerklüftete Steilküste, die Costa Brava. Wir sind auch nicht mehr allein auf dem Meer. Segelboote mit verschiedenfarbigen, aufgeblähten Segeln gleiten stolz und fast geräuschlos an uns vorbei. Flotte Motorboote hüpfen über unsere Heckwellen. Über Wellen, die sie uns vor den Bug setzen, können wir nur schmunzeln, denn wir haben ja schon ganz andere Kaliber erlebt. Surfer legen sich geschickt in den Wind. Badende tummeln sich in der Brandung. Ein wahres Bild der Lebensfreude! „Mir ist, als sehe ich in ein Reiseprospekt", verrate ich Freddy meine Gefühle. Dabei filme ich immer wieder begeistert das Meer und die herrliche Küste. Wir wechseln uns mit dem Steuern ab. Auch Freddy hat Wünsche, was er gern festhalten möchte. „Schau mal", ruft er, „dort im Felsen ist eine Höhle, da finden wir den Piratenschatz!" Einen Schatz wirst du auch noch mit mir suchen, du verrückter Kerl, denke ich und schaue ihn glücklich an. So schön die Eindrücke auch sind, wir sind geplagt von Müdigkeit. Die Fahrt ist lang und die Sonne brennt heiß. Wer nicht mit dem Steuern dran ist, legt sich aufs Ohr und versucht auszuspannen. Aber mit dem Schlafen ist es nicht so einfach. Ich jedenfalls bin viel zu glücklich über den bisher, trotz aller Widrigkeiten, verlaufenen Törn. Außerdem bin ich gespannt auf das Endziel unserer langen Reise, um zur Ruhe zu kommen. Freddy scheint ähnlich zu empfinden. Und so sehnen wir trotz der überwältigenden Eindrücke das Ende der Fahrt herbei.

Freddy studiert bereits einen bunten Hafenführer, den wir uns vom ADAC schicken ließen. „Ich habe uns hier einen Hafen ausgesucht", sagt er und zeigt mir eine Luftaufnahme. „Er heißt „Port el Balis". Schau mal, er hat einen Swimmingpool! Kostengünstiger als die anderen Häfen, die davor und dahinter liegen, ist er auch. Er eignet sich sehr gut zum Überwintern, steht da. Ist zudem sehr gut geschützt." „ Dann lass uns es dort versuchen", entgegne ich etwas zweifelnd. Denn wenn er so günstig ist, könnte er bereits voll besetzt sein. Dann müssten wir weitersuchen und uns für einen anderen entscheiden. Nun nehmen wir das GPS auf den Schoß und fahren die im Prospekt vorgegebenen Koordinaten an. Wir sind ungeduldig, und so kommt uns die Strecke länger vor, als sie ist. Die Küste ist jetzt meistens flach. Und wir sehen lange, weiße Sandstrände mit bunten Sonnenschirmen und zahlreichen Urlaubern. Dahinter stehen große Hotels. Hinter dem stark besiedelten Küstenstreifen erheben sich die bewaldeten, grünen Berge der Pyrenäen. Endlich können wir ihn sehen, unseren Wunschhafen. Er befindet sich hinter einem langen Sandstrand. Wir umfahren gewaltige Hafenmauern und sehen bei einem Leuchtturm die Einfahrt. Als wir in den Hafen kommen, lädt uns gleich eine lange Mauer mit mehreren Pollern zum bequemen Anlegen ein. Sogleich kommt auf einem Moped ein Marinero angesaust und hilft uns freundlich beim Anlegen. Dann geht er mit Freddy zur Rezeption. Das war ja ein netter Empfang, freue ich mich. Aber damit ist leider noch nicht erkennbar, ob wir hier bleiben dürfen.

Ich stehe auf unserem Boot und sehe mich um. Ist der Hafen aber groß! staune ich. Die Mole ist aus gewaltigen Felsbrocken gebaut. Davor die Kaimauer aus grauem Beton. Aber an manchen Stellen hat man in den Beton Erdlöcher eingebracht, in denen hohe Palmen wachsen. Wunderschöne, große Palmen, wie sie meinem Bild von Spanien und Mittelmeer entsprechen. Ich bin begeistert. Nur unerträglich heiß ist es hier. Der Beton scheint die Hitze des ganzen Tages gespeichert zu haben. Der kühlende Wind wird durch die hohen Mauern abgehalten. Selbst im Schatten unserer Kajüte kann ich der Hitze nicht entfliehen. Ich fühle mich kraftlos und zittrig. Meine Beine sind wie Pudding. Der Kopf scheint von der Hitze zu platzen. Essen müssten wir auch mal wieder, sage ich mir. Dann möchte ich viel, viel schlafen und später viel spazieren gehen. Endlich dieses verlockende Land erkunden. Von schwankenden Planken habe ich jetzt wirklich genug. Hoffentlich müssen wir hier nicht wieder wegfahren! Ungeduldig halte ich nach Freddy Ausschau. Mit welcher Nachricht wird er kommen? Bitte, bitte, nehmt uns hier auf, ihr Spanier! Das wäre sooo schön! Ich wünsche mir nichts sehnlicher, als hier bleiben zu dürfen. Ich kann auch nicht mehr weiter. Bitte… Doch wer hört schon mein inbrünstiges Betteln?

Freddy kommt mit strahlendem Gesicht zurück und ruft schon von weitem: „Wir dürfen bleiben! Ein ganzes Jahr!" Nach dieser ersehnten Nachricht, habe ich natürlich noch ein bisschen Kraft für die letzten Anstrengungen: Den vorgegebenen Liegeplatz anfahren, Wasser- und Stromanschluss schaffen – fertig! Geschafft! Nun wird gegessen. Nach unserem Abendessen an Bord und einem Glas Wein kehren die Lebensgeister in mir zurück. Freddy und ich stoßen an mit Rotwein: „Auf die gelungene Fahrt! Auf die ATLANTIS! Auf die nächsten Urlaube in Spanien!" Wir ziehen Bilanz: An dem heutigen Tag waren wir wieder mal zehn Stunden gefahren. In siebzehn Tagen hatten wir den Weg bis hierher geschafft, eine Strecke von 1316 Kilometern. Dabei mussten wir 135 Schleusen meistern. Für uns frischgebackene Seeleute eine Glanzleistung! Besonders stolz bin ich auf meine Steuerkünste. Die Strecke auf den französischen Binnengewässern war in unseren Wasserkarten ausgewiesen nur für versierte Fahrer! Und ein solcher bin ich geworden, habe die ATLANTIS durch Enge und Untiefen gesteuert. Aber Freddys Hände sind von den Seilen arg geschunden. Er lahmt auch noch immer ein bisschen. Meine Arme schmerzen auch noch etwas. Ich mag es endgültig nicht mehr, täglich zehn Stunden und mehr auf dem Boot zu fahren und komplizierte Anlegestellen anzulaufen. Trotz aller Anstrengungen bin ich aber glücklich, dieses Abenteuer gewagt und bestanden zu haben. Es war interessant, spannend und lehrreich. Nun freue ich mich auf zweieinhalb Wochen Faulenzen mit Baden, Sonnen, Spazierengehen. Erschöpft, glücklich und stolz stoßen wir mehrmals auf uns an. Im Taumel meiner Freude blicke ich erwartungsvoll auf die Pyrenäen und proste den Palmen zu.

Spanien – Ole !

Der Urlaub im Hafen entspricht voll unseren Erwartungen. Mal baden wir im Meer, wo uns am Strand kostenlos Schirme und Liegen zur Verfügung stehen. Mal baden im Swimmingpool, der sich oben über großzügigen, hygienischen Sanitäranlagen befindet, von wo aus man einen weiten Blick auf die Umgebung hat. Marineros kontrollieren das Gelände Tag und Nacht und geben uns ein Gefühl der Sicherheit. Nur mit den Restaurants haben wir unsere Probleme. Immer dann, wenn wir Hunger haben, sind sie nach spanischer Essgewohnheit geschlossen. Also verpflegen wir uns meistens an Bord. Das heißt einkaufen, in kleinen, traditionellen Tante - Emma - Läden, zwei Kilometer entfernt. Der Fußweg, den wir dann mit dem Beach - Rolly zurücklegen müssen, führt tröstlicher Weise am Strand entlang, wo der Meereswind die Sonnenhitze erträglich macht.
Mit dem Boot sind wir selten draußen.
   Einmal entschließen wir uns, vor der Küste zu ankern. Und dann – was tun? Zuerst üben wir auf dem Meer übermütig den Rettungsringweitwurf, man kann ja nie wissen, wozu man diese sportliche Disziplin einmal braucht. Dann entdecken wir lila Quallen im Meer, die so groß sind wie Stehlampenschirme. Faszinierend ist ihre Art der Fortbewegung. Lange schauen wir ihnen im beeindruckend klaren Wasser nach, bis sie in der Tiefe verschwinden. Freddy reicht der Blickgenuss nicht aus. „Ich möchte sie mal im Wasser sehen", sagt er, zieht eine viel sagende, imposante Grimasse und springt im nächsten Moment hinein, bevor ich ihn vor eventuellen Berührungsfolgen warnen kann. Mein tollkühner Mann ist enttäuscht. Die Quallen flüchten scheinbar vor ihm. Er bekommt sie nicht in Reichweite. „Na", lästere ich, „mögen sie dich große Qualle nicht?" Ich entschließe

mich lieber zu einem Sonnenbad. Dazu lege ich mich quer über die Boots-spitze. Das Schaukeln ist anfangs nicht unangenehm. Abwechselnd wippt mal der Kopf nach oben, mal tun es die Füße. Plötzlich wird mir speiübel. Ich setze mich auf. Wie kann denn das sein, dass ich plötzlich Anzeichen von Seekrankheit bekomme? Das war mir doch noch nie passiert! „Komm Freddy, lass uns bitte wieder in den Hafen fahren, ich brauche festen Boden unter den Füßen", bitte ich ihn. Etwas ungläubig schaut er mich an, sieht aber dann mein blasses Gesicht. Also holen wir den Anker ein.

Einmal beliebt es uns, mit dem motorisierten Schlauchboot, hinauszu-fahren. Darin haben gerade zwei Personen Platz. Ich sitze vorn, Freddy bedient den Motor. Wir verlassen den Hafen und fahren parallel zur Küste eine längere Strecke über das Meer. Wir haben viel Spaß dabei, weil wir flotte Fahrt machen und unser rotes Gummiboot sehr angenehm über die Wellen wippt. Die Sonne scheint schön wie jeden Tag, und der Strand ist voller heiterer Menschen. Wir lachen und genießen diese wunderbare Tour, bis Freddy meint: „Nun sollten wir lieber umkehren!" Er wendet in die ent-gegen gesetzte Richtung. Ach, herrje, die Wellen schwappen in unser klei-nes Boot! Wir sind in Badezeug und das Wasser ist angenehm warm, das macht uns zunächst nichts aus. Aber das Schlauchboot füllt sich zuse-hends mit Salzwasser, das bald unangenehm an unserer Haut klebt. Auch kommen wir nicht mehr so richtig von der Stelle, seit wir den Wind und die Wellen gegen uns haben. Freddy gibt mehr Gas. Mit jeder Welle schwappt mehr Wasser über den flachen Bootsrand. Wir haben nichts weiter im Schlauchboot, außer dem Handtuch, dass ich mir gegen die Sonnenein-strahlung über die Schultern gelegt hatte. Ich nehme es jetzt, um damit das Wasser aus dem Boot zu befördern. Immer wieder lasse ich es sich voll saugen und wringe es über dem Meer aus. Wir bemerken, dass eine Mo-toryacht in unserer Nähe rumkurvt und das Pärchen darauf uns etwas be-sorgt beobachtet. „Die wollen uns bestimmt retten", sage ich zu Freddy. Aber das geht gegen seine Ehre. Mir ehrlich gesagt auch, denn mein „Lenzpumpenmanöver" funktioniert so leidlich. Wie vermutet, bieten sie uns an, uns an Bord und das Schlauchboot in Schlepp zu nehmen. Wir schüt-teln etwas hochmütig den Kopf. Sie verstehen unseren Ehrgeiz und drehen ab. Tapfer halten wir unseren Kurs Richtung Hafen. Nur sehr langsam geht es voran. Rücken und Beine schmerzen inzwischen. Zu gern würden wir mal die Sitzhaltung ändern. Aber das ist nicht möglich. Freddy „hängt" am Gashebel und ich wringe und wringe. Als wir endlich nach vier Stunden an der Marex anlegen, fühlen wir uns wie gerädert. Die Knochen schmerzen und die Haut spannt. Gesicht und Schultern sind knallrot. Die Sonne hatte ja empfindlich auf unseren salzwassernassen Körpern gebrannt. Auch sol-che Erfahrungen muss man eben machen, wenn man sich auf südliche

Gewässer begibt.

Anderntags locken uns die Berge. Dort zu wandern ist bei der großen Sommerhitze auch eine enorme Anstrengung. Dafür werden wir aber belohnt. In dem kleinen, ursprünglichen Dörfchen der Katalanen bestaunen wir die alten Häuser und engen Gassen, den Dorfplatz mit Kirche und die herrlichen, südländischen Pflanzen und Blüten in den schmalen Gärten. Auf unkultiviertem Gelände wachsen, sozusagen als Unkraut, riesige Agaven und Kakteen. Oleander blühen üppig in weiß und rot. Als ich sie betrachte, muss ich zurückdenken an unseren mickrigen Oleander, den zuhause meine Mutter liebevoll pflegte, damit er im Juli, zu meinem Geburtstag, ein paar kümmerliche Blüten hervorbrachte. Auf dem Dorfplatz ist ein verführerischer, kleiner Laden. Gestärkt mit einem kühlen Erfrischungsgetränk und einem Stück Kuchen in der Hand treten wir den Rückweg an.

An der Küste entlang und an unserem Hafen vorbei fährt ein Zug. Bequem, schnell und preiswert kann man mit ihm in viele reizvolle Orte gelangen, z. B. nach Barcelona. Ich bin überwältigt von der Schönheit dieser Stadt. Auf dem „Placa de Catalunya", auf dem es lebhaft wimmelt von fröhlichen Menschen aller Nationen, scheint mir, ich befinde mich im Mittelpunkt dieser turbulenten Welt. Auf der „Rambla", entlang einer breiten Straße, auf der man von originellen Straßenkünstlern unterhalten wird, kommt man zu dem großen, faszinierenden Hafengelände. Dort steht eine Statue von Columbus auf einem hohen Monument. Columbus schaut auf das Meer, als suche er den Weg nach Amerika. „Schau mal, wie beschissen es ihm geht!" ulkt Freddy, weil der berühmte Mann mit weißem Möwenkot dick bekleckert ist. Ich entdecke indes die nächsten Sehenswürdigkeiten, bis Freddy stöhnt: „Wollen wir nicht heute Schluss machen? Wie geht es eigentlich deinen Plattfüßen? Du hast noch gar nicht gejammert." Freddy hat recht. Meine Füße schmerzen wahnsinnig. Vor lauter Begeisterung für diese Stadt war ich tapfer darüber hinweg gegangen. Zurück auf dem Boot halte ich meine Füße in eine Schüssel mit kaltem Wasser. Dabei vertiefe ich mich in die Karte von Barcelona. „Weißt du, Freddy, was wir da alles noch besichtigen können? Wir müssen unbedingt in die Altstadt gehen. Dort gibt es eine riesige Kathedrale, auch ein Schloss, wo Columbus von der Königin empfangen wurde." Als Antwort kommt ein tiefer Seufzer. Macht nichts, denke ich. Freddy, du wirst mitkommen müssen!

Unser nächster Stadtbesuch mit einem Altstadtbummel begeistert uns ebenfalls mit vielen besonderen Eindrücken. Als ich auf dem Rückweg stöhnend meine geschundenen Füße über den Hafenbeton schleife, fragt Freddy: „Und? Wann geht es wieder nach Barcelona? Was müssen wir uns nun noch anschauen?" „Ach, Freddy", sage ich gleichmütig, „nur noch die Sagrada Familia, den Park Güell, das Meeres- und Schifffahrtsmuseum, den Tibidabo, den Montjuic, das Meeresaquarium. Mehr fällt mir leider jetzt nicht ein. Ich muss noch einmal auf die Touristenkarte gucken. Auf jeden Fall sollten wir auch Seilbahn, S- Bahn, Straßenbahn und Bus fahren." Ein viel sagender Blick trifft mich. „Alles das nächste Mal, wenn wir wieder hier sind, " beendet er lachend dieses Thema.

Am Abend sitzen wir, wie so oft, auf unserem Lieblingsplatz am Leuchtturm. Die Steine sind noch angenehm warm. Es dunkelt bereits. Wir schauen auf die bunt beleuchtete Küste und auf die helle Gischt des dunklen Meeres am Fuße des Leuchtturms. Wir nehmen Abschied vom Port el Balis, von unserem erlebnisreichen Urlaub. Morgen wird uns unsere Tochter mit ihrer Familie auf dem Boot ablösen, und wir werden heimwärts fliegen.

Alles klappt wie geplant. Mit vollen Filmen aus Kamera und Fotoapparat in der Tasche betreten wir nach dem Rückflug unsere Wohnung. „Die armen Verwandten und Freunde, die sich nun wieder alles ansehen müssen", lästert Freddy. Er schiebt die Post auseinander, die unser Sohn für uns auf einem Tischchen gestapelt hat. Ein dicker Umschlag fällt ihm ins Auge. „Schau mal!" ruft er, „der ist aus Frankreich!" Von unseren lieben Franzosen Guy und Monique, stellen wir fest. Ein Stapel Fotos kommt zum Vorschein! Fast stürzen wir uns darauf. Die beiden haben uns mit unserem Boot fotografiert! Wir fahren auf der Doubs vor einer herrlichen Bergkulisse. Auf einem anderen Foto stehen wir in einer Schleuse von Besancon. „Stimmt", überlege ich, „Guy stand öfter mit dem Fotoapparat an Deck seines Bootes. Da hat er uns heimlich fotografiert. Wir haben das jedenfalls nicht so richtig mitbekommen. Das ist ja eine tolle Überraschung! Da werden wir uns gleich morgen bedanken." „Aber wie?" stutzt Freddy. „Ich muss die Französischlehrerin um Hilfe bitten. Dann schicken wir ihnen gleich die Videoaufnahmen." Sofort macht er sich mit der Kamera am Fernseher zu schaffen. Im Fernsehbild erscheint die „Pazifik 4" – aber auf dem Kopf! Was hat denn der Guy da gemacht? fragen wir uns amüsiert. Er hatte die Videokamera total verdreht. Plötzlich sieht man eine Weile seine Schuhe. Wenigstens hört man etwas von unserer Musik: „So ein Tag, so wunderschön wie heute ...", unser Lachen und das Klingen der Weingläser. Nun dreht sich wackelnd das Bild. Da ist Freddy, er tanzt etwas verrückt mit Monique! Also das Video können wir ihnen schicken, ist eben Eigenproduktion. Letztlich kommen doch noch wunderschöne Aufnahmen.

Wir wissen unsere ATLANTIS gut aufgehoben im Port el Balis. Trotzdem denken wir viel an sie und können den nächsten Urlaub kaum erwarten. Im Herbst fahren wir wieder hin und auch zu Ostern. Fast ist es schon ein Ritual dort, das morgendliche Fischefüttern, die Wanderungen am Strand und das Muschelsuchen, das Lümmeln und Lesen auf den

Liegepolstern des Bootes, das Träumen am Leuchtturm, und die Expeditionen durch Barcelona. Diese Stadt hat es uns wirklich angetan. Ihre Sehenswürdigkeiten sind unerschöpflich.

Ungebetene Gäste

Endlich wieder Sommerurlaub. Aber da sollte etwas geschehen, was einen Einschnitt in unser schönes Leben dort bedeutete und eine grundlegende Veränderung mit sich brachte. Unser zweiter Sommer im Port el Balis. Drei Wochen erleben wir nun schon das reizvolle Katalonien, seine Sehenswürdigkeiten und das strahlende Sommerwetter. Wie allmorgendlich beginnen wir den schönen Tag in bester Urlaubslaune, schalten den Kassettenrekorder ein, stecken den Kopf aus der Kajüte und schauen nach der zuverlässigen Sonne. Da macht Freddy eine verhängnisvolle unappetitliche Entdeckung. In der Obstschüssel, die gewöhnlich im Schatten der Persenning steht, liegt ein angefressener Apfel. Er macht große Augen. „Aber Freddy", sage ich schnell, bevor er sich seinen Fantasien hingibt, wer da wohl gefressen haben könnte, „das war eine Möwe. Die Plane war gestern Abend lange hochgerollt. Es gibt doch hier so viele Möwen. Da hat eine von ihnen dran rumgepickt an dem Apfel." Freddy sieht mich misstrauisch an und schweigt.

Erst mal machen wir uns auf nach Barcelona, weil wir uns heute den Tibidabo ansehen wollen. Die Plane über dem Zwischendeck bleibt geschlossen. Den Ekelapfel nehme ich noch mit spitzen Fingern in einem Papiertuch und werfe beides in eine Mülltonne. Zwei Äpfel liegen noch in der Schüssel. Der Tag wird erlebnisreich. Wir fahren mit einem Bus zum Berg und mit einer Bergbahn hinauf. Dort haben wir eine weite Sicht über die große Stadt, bis hin zum Meer. Auf dem Gipfel besichtigen wir eine Basilika. Dann gibt es dort noch einen Vergnügungspark. Ich habe in einem Riesenrad noch nie so hoch gesessen wie hier. Wir vergnügen uns noch bis zum Abend und kommen spät in den Hafen. Gespannt klettern wir auf das Zwischendeck und schalten die Beleuchtung ein. Da! Der zweite Apfel ist angefressen! An die Möwe hatten wir ohnehin nicht richtig geglaubt. Aber nun ist es klar, eine Möwe war das nicht. Wir sind ratlos, entsorgen diesen Apfel und begeben uns beide in die Vorderkajüte auf meine Schlafstätte, um den Körper auszustrecken und die „Barcelonafüße" hochzulegen. Ich schalte den Kassettenrekorder ein und wir hören entspannende Musik, die bekanntlich alle Kümmernisse vertreibt. Die Flippers singen: Herzilein, du musst nicht traurig…Da springt Freddy hoch. „Ich wollte früher mal Kriminalist werden. Lass mich mal machen. Ich komme dem geheimnisvollen Mitesser auf die Spur." Neugierig schaue ich, was er macht. Er streut auf der Küchenplatte Mehl aus und setzt den dritten Apfel mitten in diese „Schneelandschaft". Wir legen uns wieder in die Vorderkajüte. Eng aneinander gekuschelt, mit ausgeschaltetem Rekorder, warten und horchen wir eine längere Zeit. Dann schauen wir nach. Bei dem Apfel hat sich nichts getan. Wir sind nun sehr müde. Deshalb geht jeder in seine Kajüte. Beim ersten Toilettengang am frühen Morgen bietet sich uns die unappetitliche Überraschung: Ein angefressener Apfel und frische Spuren! Jetzt sprechen wir aus, was wir insgeheim längst befürchtet hatten: „Das war eine Ratte." Deutlich zeichnen sich die kleinen Füßchen im Mehl ab, die aber nicht so klein sind, dass es eine Maus gewesen sein könnte. „So ein freches Vieh!" schimpft Freddy. „Kommt zu uns aufs Boot, während wir hier laut schnarchend schlafen." Auf den Lederpolstern finden wir Rattenkökel. Mein Freddy tut mir leid. Nicht, dass ich mich nicht auch ekle, aber er ist ein ganz besonders mäkliger Typ, geradezu hygienebesessen. Ganz bestimmt bekommt er jetzt eine Griebe an der Lippe. Weiterer Ekel schüttelt uns beide, als wir uns vorstellen, wie die Ratte hier rumgesaust ist, ausgerechnet auf unseren Küchenarbeitsplatten, die sich neben dem Kocher, über dem Kühlschrank und dem Küchenschrank befinden. Wo könnte sie noch gewesen sein? Wir sehen uns um. Freddys Heckkajüte ist gut abgeschlossen. Da gibt es keine Spuren von ihr. Meine Kajüte hat auch eine Tür. Aber an der Seitenwand rechts, wo die Toilette angrenzt, ist eine Öffnung. Da durchzukommen, sollte für eine Ratte nicht schwierig sein. Aber vorher muss sie in die Toilette eindringen. Auch kein Problem. Hat sie mich gar mit dem Schwanz unter der Nase gekitzelt, als sie des Nachts über meine Bettdecke huschte? Kökel kann ich nicht finden. Gott sei dank! Vielleicht ist sie doch nicht ganz so frech, in meine Kajüte einzudringen, wenn ich darin schlafe. Was können wir nun tun? Gern würden wir mit jemandem über unsere Misere reden. Unser Bootsnachbar kommt aus seiner Kajüte gekrochen. Wir versuchen uns verständlich zu machen, wie immer aus einem Gemisch aus englisch, spanisch und deutsch. Obwohl er uns aufmerksam zuhört, ist er, aus welchen Gründen auch immer, nicht bereit, sich den Rattenfraß anzuschauen. Auch nicht, einen Rat zu geben. Was nun? Ratlos starren wir auf das Ensemble von Mehl, Apfel und Rattenspuren. „Wir werden das in der Rezeption melden", meine ich und überlege, wie wir das mit unseren Sprachkenntnissen wohl anstellen wollen. „Nein, besser, wir holen einen Marinero aufs Boot. Dann kann er sich das anschauen und unser Problem weitergeben." Freddy stimmt mir zu. Lange brauchen wir nicht warten. Da kommt einer auf dem Moped angeknattert. Wir stoppen ihn, und er schaut ins Boot. Teilnahmsvoll starrt er auf den Tatort und verspricht uns Hilfe. Schnell mache ich heißes Wasser, gebe viel Reinigungsmittel hinein und wasche alles gründlich ab. Trotzdem schmeckt das Frühstück nicht so richtig. Den Tag über hängen wir müde herum und warten auf die Problemlösung durch den Marinero. Endlich kommt er mit einem Tütchen voller Rattengift. Zuversichtlich starten wir damit am Abend eine Großaktion. Wenn wir das Vieh damit vergiftet haben, können wir endlich wieder sorglose Urlauber sein, hoffen wir und verteilen im Boot die roten Körnchen.

Mit der Dunkelheit schleicht sich bei mir ein schauderhaftes Gefühl ein. „Bitte Freddy, lass mich heute Nacht bei dir schlafen", bitte ich ihn. Freddy versteht mich. Seine Liegefläche ist breit genug für uns zwei, und das Schnarchen könnten wir überhören bei unserer großen Müdigkeit. Fast glücklich liege ich neben meinem Beschützer, aber nur kurze Zeit. Ein anderes Problem macht uns zu schaffen. Es ist einfach zu heiß und zu stickig in dieser Kajüte. Wir wälzen uns stöhnend herum. Freddy springt an die Tür und reißt sie auf. Angenehm kühle Luft dringt in unser Schlafgemach. Statt zu schlafen liegen wir angespannt und hören auf alle Geräusche. Plötzlich ein „Platsch!" Eindeutig ist unser Bootstierchen soeben auf den Planken gelandet. Wir hören es klettern und knabbern. Freddy kann das Zwischendeck von seiner Liegeposition aus einsehen, so gut es bei der Dunkelheit geht. Die Cockpitscheibe ist von außen durch eine Hafenlampe beleuchtet. Plötzlich sieht er eine Ratte über das Cockpit huschen, hin und zurück. Ich merke nur, dass Freddy angestrengt in eine Richtung starrt und wage nicht, mich zu bewegen. „Da rennt eine Ratte", flüstert er. Dann ist es ganz still auf dem Boot. Der Spuk ist vorbei. „Stell dir vor", berichtet Freddy aufgeregt, „da flitzt doch dieses Rattenvieh mehrmals auf der Ablage im Cockpit entlang. Munter und ungeniert! Oder waren es gar mehrere Ratten?" Entsetzt schauen wir uns im Dämmerlicht an. Freddy schaltet das Licht ein und inspiziert die Giftkörner. Es wurden nur wenige gefressen. Ich entspanne mich langsam ein wenig. „Freddy, wollen wir in ein Hotel ziehen?" Meine Frage bleibt unbeantwortet. „Komm, leg dich wieder hin", sagt er. Wir versuchen, in den Schlaf zu kommen. Das dauert lange, denn wir horchen immer noch angestrengt auf jedes Geräusch.

Am Morgen fühlen wir uns wie gerädert. Nach dem gründlichen, widerwilligen Putzen und nach einem appetitlosen Frühstück wollen wir mal das Hafengelände nach Rattenverstecken absuchen. Wir begeben uns auf einen Spaziergang und schauen forschend mit Rattenfängeraugen in Regenabflussschächte und in die Höhlungen, die durch die Felssteine der Mole gebildet werden. Welch ein Rattenparadies! Auch an Abfällen mangelt es nicht. Plötzlich entdecken wir etwas Erfreuliches. Ein deutsches Segelboot ist eingelaufen! Das ist im Port el Balis etwas Besonderes. Auf dem Boot ist ein Pärchen aus Hamburg. Sie stellen sich vor: Christa und Rolf. Viele Fragen haben sie an uns, wie es uns in diesem Hafen gefällt, wo man einkaufen kann, ob jeder den Pool und die Liegen benutzen darf, wo der Bahnhof ist. Wir hatten alles mühselig selbst herausgefunden, weil uns das keiner auf Deutsch sagen konnte. Deshalb geben wir ihnen gern Auskunft. Dann können wir endlich mit unserem Problem rausrücken: „Was können wir noch tun gegen Ratten an Bord?" Wir erzählen ihnen, was wir Schauerliches erlebt hatten an den letzten drei Tagen. Dabei überwerfen wir uns fast vor Mitteilungsbedürfnis. Rolf hat wirklich einen Tipp für uns: „Ihr müsst Kochtopfdeckel über die Festmacheleinen ziehen, dann kann die Ratte nicht darauf entlang klettern und ins Boot gelangen!" Wir sind wieder voller Hoffnung, unsere Plagegeister loszuwerden und dem Rolf für seinen Ratschlag sehr dankbar. Sofort laufen wir die zwei Kilometer in den Ort und kaufen extra große Kochtopfdeckel aus Aluminium mit vierzig Zentimeter Durchmesser. Sehr geschäftig bohren wir ein Loch in die Mitte jedes Deckels. Freddy schneidet mit einer großen Schere einen Schlitz in die dünnen Aluminiumdeckel, bis zum Loch in der Mitte. Dadurch kann er die Deckel über die Festmacheleinen ziehen. Lösungen hat mein Freddy immer parat, wenn sie mir auch manchmal äußerst kurios erscheinen. Aber warten wir mal ab, sage ich mir, vielleicht klappt es ja mit der Rattenbremse. Zufrieden betrachten wir unser Werk. Die Deckel glänzen in der Sonne. Hafenspaziergänger bleiben davor stehen und wundern sich. Was mögen sie denken? Dass wir ein Kunstwerk geschaffen haben? Oder erkennen sie unser Rattenproblem? Freddy lächelt sie mit essigsaurer Miene an. „Das sind Stopper für ungebetene Seiltänzer", erklärt er ihnen. Sie nicken ohne zu verstehen und gehen weiter. Dann naht der Abend, und ich habe so ein Kribbeln im Bauch, als hätten wir ein Ungeheuer zu erwarten. Na wenigstens sind wir nicht mehr allein mit unserem Problem. Christa und Rolf sind in Gedanken bei uns, haben sie uns versprochen. Nur tröstet das wenig. Na ja, vielleicht helfen die Kochtopfdeckel wirklich, die Ratte abzuhalten. Bevor wir uns für die Nacht wieder zu zweit in die stickige Heckkajüte legen, streut Freddy vorsichtshalber abgezählte Giftkörner aus, falls die Deckel nicht helfen sollten. Wir bemerken diesmal nichts, obwohl wir erst mit der Morgendämmerung einschlafen.

Und welche Überraschung erwartet uns, als wir zerknirscht aus unserer Kajüte kommen? Ein Kochtopfdeckel liegt auf dem Grund des Hafens. Circa dreißig Giftkörner vom Boot sind weg- gefressen. Freddy tobt: „Da wird man doch verrückt! Was sollen wir denn jetzt noch tun?" Ich habe eine Antwort und sage stoisch: „Erst mal alles gründlich abwaschen, Freddy", wobei ich widerwillig meine Putzutensilien zusammensuche. Welch Glück, dass wir eine Ablenkung haben durch die Hamburger. Sie sind sehr mitfühlsam und laden uns auf ihr Segelboot ein. Dort dürfen wir uns umschauen. Dabei stellen wir fest: Schön, so ein Segelboot. Man kann es rattensicher verschließen. Und was besonders wichtig ist, vor allem die Küche befindet sich rattensicher unter Deck. Diese Segler sind beneidenswert. Sie sind morgens ausgeschlafen und müssen nicht täglich den Ekel erregenden Putz verrichten. Sicherlich haben sie auch einen viel größeren Appetit als wir. Rolf gibt Freddy Segelbootprospekte, welche er interessiert durchblättert. „Lass uns mal zum Bootsgeschäft gehen", schlägt er mir vor, „da kann ich mir noch mehr Prospekte holen." Jede Ablenkung ist mir willkommen. Wir schlendern durch den Hafen und kommen bei den Gebrauchtbooten vorbei. Sie liegen im Wasser an den Steganlagen und haben ein blaues Schild: „en vento". Die Segelboote betrachten wir interessierter. Alle haben eine Steuerpinne und leider kein so echt seemännisch, wie antiquarisch aussehendes, großes Steuerrad. Freddy winkt ab. „Das ist nichts für uns". Also rein ins Geschäft. Mit einem Packen farbiger Prospekte gehen wir wieder hinaus. Jetzt ist Freddy zu nichts weiter zu gebrauchen. Stundenlang liegt er in seiner Koje auf dem Bauch und blättert in den Heften vor und zurück. Ja, er studiert sie scheinbar. Das gibt mir nun doch zu denken. Will er ein Boot kaufen? Wer soll das bezahlen? Er spricht nicht über einen Bootskauf, also lasse ich ihn gewähren.

Wieder ein Abend. Bekanntes Unheil verkündend legt sich Dunkelheit über den Hafen. Wir sind vorbereitet. Ausgeklügelte Giftverteilung überall, sogar auf der Bootsspitze. Unser gefräßiger Besucher muss doch mal genug davon haben! Oder hat er vielleicht doch viele Kumpel dabei? Es ist wieder heiß. Ich überwinde mich, allein in meiner Vorderkajüte zu schlafen. „Ich lasse einfach das Licht an", verkünde ich Freddy meine tolle Idee. Zuerst schmökere ich unkonzentriert, denn eigentlich bin ich viel zu müde dazu. Dann lege ich mir ein Kissen über die Augen und schlafe tief und fest. Um 10.30 Uhr komme ich strahlend aus meiner Kajüte. „Guten Morgen Freddy! Wir sind endlich mal ausgeschlafen! Was machst du denn für ein Gesicht? Du hast ja ein richtiges Rattengesicht!" Mürrisch entgegnet er: „Ich habe wenig geschlafen. Zuerst hat es immer geknabbert. Danach hat es lange Zeit geknistert, ganz laut. Ich kann mir nicht erklären, was das gewesen ist. Habe schon das Boot abgesucht, aber nichts Knisterndes gefunden, nur Kökel. Die ausgestreuten Giftkörner habe ich wieder gezählt. Es fehlt nicht eins." Ich nehme meinen Freddy tröstend in die Arme und mache ihm einen Vorschlag: „Mit dem Gift hat das keinen Sinn. Ich nehme an, wir locken die Ratten damit nur an. Es ist sicher sehr lecker für sie, aber sterben tun sie daran offensichtlich nicht. Wir sollten schleunigst alles Rattengift von Bord schaffen." Daraufhin wenden wir uns dem Holzkasten zu, in dem wir die Gifttüte aufbewahren, um sie zu entsorgen. Aha, nun ist das Rätsel um das Knistergeräusch gelöst! Wir hatten die Tüte mehrfach eingewickelt, und an dem zerfetzten und beknabberten Zellophan erkennen wir, dass das Vieh sich durch die vielen Schichten hindurch fressen wollte. Geschafft hat sie es nicht. „Was geht nur in einem Rattengehirn vor?" sinniert Freddy. „Was wir ihr hingelegt haben, lässt sie liegen, und durch die vielen Tüten knabbert sie sich an das Gift heran. Das wird wohl noch verführerischer geduftet haben." Wir sitzen ratlos an Deck und verfolgen neidisch, wie die anderen Urlauber unternehmungslustig an den Strand gehen, oder an den Pool, oder sich anderweitig amüsieren. Ich dagegen betätige dann vergrämt den Wasserkocher, nehme lustlos meine Putzlappen und sorge für die notwendige Hygiene an Bord. Meine Moral ist stark angeschlagen. Meine Laune auf dem Tiefpunkt. „Weißt du was, Freddy? Wir sollten mal wieder richtig essen gehen, weitab von Boot und Hafen. Was meinst du?" „Gute Idee", meint Freddy. „Und außerdem, wir müssten auch mal darüber reden, was wir tun sollten. In vier Tagen ist unsere Urlaubszeit hier abgelaufen, dann kommen unsere Nachbarn hierher."

Wir beschließen, zum Strand zu gehen. Dort legen wir uns auf eine Sonnenliege zwischen all die glücklichen Menschen und beraten: Unsere Nachbarn aus Deutschland, Hannes und Erika, wollen auf unserem Boot ein paar schöne Urlaubswochen verbringen. Können wir ihnen das „Rattenboot" zumuten ? Sollten wir sie telefonisch vorwarnen? Sie werden aber sehr enttäuscht sein, wenn wir ihnen nahe legen, zu Hause zu bleiben. Wir brauchen für das Boot einen anderen Liegeplatz! Das könnte die Lösung unseres Problems sein!

Am Abend verfasse ich einen Brief an die Hafenrezeption – auf Spanisch, was mir nicht leicht fällt, da ich in meinem Selbstkurs für Touristenspanisch erst bei Lektion fünf bin. Ich kann z. B. kein Präteritum bilden. Trotzdem schreibe ich drauflos, dass wir die Ratten nicht loswerden, somit um unsere Gesundheit fürchten und deshalb für das Boot einen anderen Liegeplatz fordern. Am Morgen, es war wieder eine Ratte an Bord, gebe ich den Brief etwas verschämt einer Dame in der Rezeption. Sie kann sich beim Lesen ein Lächeln nicht verkneifen, beteuert aber, alles gut zu verstehen. Sie bittet den obersten Chef herbei. Der ist sehr, sehr freundlich und meint, dass Ratten kein Problem wären. Mittels Handy ruft er den Hafenmanager herbei. Der teilt uns einen neuen Liegeplatz zu. Auch verspricht er uns großzügig eine Rattenfalle mit einem grooßen Stück Käse. „Na bitte, vielleicht kommt doch noch alles in Ordnung", sage ich mit einem Seufzer der Erleichterung. Wann wir die Falle mit dem Käse bekommen, verstehen wir nicht richtig. Darauf warten wollen wir nicht, da in Spanien immer alles etwas länger dauert. Wir wollen uns in einem Bootsgeschäft ein paar Boote ansehen. Also schlendern wir zum Bahnhof und singen: „Ratating und Ratatong, darum sing ich meinen Song…" (Ratte heißt auf Spanisch „rata") Nach zwei Stationen steigen wir aus dem Zug, in Arenys de Mar. Wir bummeln an der Küste entlang und treffen bei dem Hafen auf eine moderne Halle mit riesigen Fensterscheiben, auf das Bootsgeschäft „Motyvel". Beide wollen wir reingehen, nur, um mal so zu gucken. In der Halle stehen zwei nagelneue Segelboote. Wir steuern auf das kleinere zu, die „Gib Sea 33", und klettern hinein. Interessiert machen wir Probesitzen und Probeliegen. Freddy steht an dem großen runden Steuerrad und träumt: „Das wäre was für uns!" „Ja", sage ich, „alles riecht so einladend neu, keine durchgelegenen Matratzen." „Das Steuerrad! Und ein eingebauter Dieselmotor!" fügt Freddy hinzu. Ein junger, sportlich aussehender Verkäufer bemerkt unsere Begeisterung und stellt sich vor: „Mani". Mit guten Englischkenntnissen berät er uns. Die Marex – die könnten wir natürlich in Zahlung geben, wenn wir das Boot kaufen würden. Grübelnd, und mit einem Prospekt der „Gib Sea 33" in der Hand, treten wir die Heimfahrt an. Hört sich alles ganz gut an. Ich hätte doch immer schon lieber ein Segelboot gehabt. Nun stehen wir vor der quälenden Frage: Wie könnten wir die „Gib Sea 33" bezahlen? Sie ist wahrhaftig eine komfortable Segelyacht, wäre genau die richtige für uns.

Am Abend gibt es in unserem Hafen unter freiem Himmel spanische Shantymusik live. Von unserem neuen Liegeplatz aus haben wir eine gute Sicht auf eine kleine Bühne, die auf den Anlegestegen aufgebaut ist. Wir stellen uns eine Kerze auf den Tisch, Gläser und Sangria und sitzen gemütlich an Deck. Andächtig verfolgen wir das Konzert. Wir sind mal wieder glücklich, nach langer Zeit. Sicher gibt es ein Ratten – Happy End. Die Falle mit dem grooooßen Käse stellen wir noch auf, aber nicht auf dem Boot, sondern auf der Steganlage. Nach Rattengequieke, Blut und einem zerquetschten Viech in unserer Nähe ist uns nach diesem schönen Abend nun wirklich nicht mehr.

Was sind Ratten doch für kluge Tiere! In der Falle ist keine, und der Käse stinkt vor sich hin. Jetzt haben wir wirklich genug von den Rattengeschichten. Deshalb werfen wir den grooooßen Käse ins grooooße Meer und bringen die Falle in die Rezeption zurück. Wir erwarten nämlich unsere Nachbarn aus Deutschland. Außerdem den Motyvel – Bootsverkäufer, der sich für den Fall aller Fälle, also für den Fall, dass wir unseren Bootshandel mittels Fax und Internet weiter betreiben werden, die Marex anschaut. Dieser Mann erscheint uns zuverlässig. Wohlwollend inspiziert er unser Boot. Dann trifft nach langer Autofahrt ziemlich erschöpft das Rentnerehepaar Hannes und Erika ein. Man merkt ihnen an, wie sehr sie sich auf den Urlaub freuen. Zunächst bewundern sie unser schönes Boot, atmen tief die würzige Meeresluft ein und sind voller Spannung auf das bevorstehende Abenteuer in einem Hafen. Wir weisen sie ein und Freddy beginnt zögerlich: „Wir müssen euch etwas sagen. Wir hatten Ratten an Bord. Nachdem

77

wir vergeblich versucht hatten, sie mit Gift zu vertreiben, wechselten wir den Bootsliegeplatz. Heute Nacht scheint keine mehr an Bord gewesen zu sein. Dennoch, ihr dürft keine Essware offen liegen lassen!" Ich höre ganz gespannt darauf, was Hannes dazu zu sagen hat: „Ratten? Da macht euch mal keine Sorgen. Mit denen werden wir schon irgendwie fertig." Erika nickt zustimmend. „Bloß gut, dass ihr deswegen nicht so empfindlich seid", sage ich zu ihr erleichtert und gehe mit ihr an den Strand zu einem erfrischenden Bad. Bald darauf muss ich unsere Sachen packen. Das Bettzeug, das wir benutzt hatten, ist etwas durchgeschwitzt. Damit es ihnen nicht den bemessenen Platz wegnimmt, verstaue ich es in einer Backskiste und bitte Erika: „Wenn ihr abreist, dann leg doch die Kissen und Decken in meiner Kajüte auf die Polster, damit genug Luft rankommt." Wir machen uns auf zum Flugplatz, winken und rufen noch einmal: „Denkt an die Essware!"

Zuhause machen wir uns Gedanken darüber, wie es den beiden wohl auf unserem Boot gefällt. Sicher sehr gut, glauben wir, denn erst nach drei Wochen fahren sie automobil in den „Heimathafen" ein. Braungebrannt – und glücklich? Sie schwärmen: „Es war sehr schön. Es war romantisch, auf dem Boot zu wohnen. Wir hätten uns super gefühlt, wenn, ja wenn… die Ratten nicht gewesen wären!" Auch sie fanden angefressenes Obst, dass sie doch hatten liegen lassen. Und Erika scheuerte jeden Morgen die Küchenplatten. Hannes hatte in morgendlicher Frühe eine Ratte auf dem Deck rumflitzen sehen. Der kluge Hannes mit der großen Lebenserfahrung hatte leider auch nicht die erlösende Idee, die aufdringlichen Plagegeister loszuwerden. „Man muss halt mit ihnen leben", sagt er, ohne dass es für mich überzeugend klingt.

Wir informieren uns über Ratten und ihre Gewohnheiten. Unser Boot haben sie mit Exkrementen gekennzeichnet. Jede Ratte im Hafen wird das riechen und wissen, dass es dort etwas zu holen gibt. Möglich, dass wir sie nie wieder loswerden. Wir könnten den Hafen wechseln oder zurückfahren. Die artverwandten Nager würden sich schon freuen, wenn wir in eine Hafeneinfahrt einbiegen. Zurzeit ist kein Mensch auf der ATLANTIS. Die Ratten haben freien Zugang, denn sie können unter der Plane bequem durchschlüpfen. Was mögen sie dort für Orgien feiern?

Bootskauf

Mit Mani, dem spanischen Bootsverkäufer, bleiben wir weiterhin in Verbindung. Wir teilen ihm unsere Preisvorstellung mit und warten ungeduldig auf seine Reaktion. Er faxt uns, dass er mit unserem Preisvorschlag einverstanden ist. Etwas hält uns noch zurück, das Boot zu kaufen. Wir können den Vertrag nicht übersetzen und die Sprachen, in denen er abgefasst ist, nicht genau verstehen, weder spanisch noch englisch. Sollte man im Ausland ein solches Geschäft doch lieber nicht abschließen? Oder sind das nur Vorurteile, dass man einem Ausländer nicht trauen sollte? Unsinn! Sagen wir uns schließlich. Sicher kann man unbedenklich den Bootshandel abschließen. Immerhin sind Spanien und Deutschland in der Europäischen Union. Im schlimmsten Falle kann man ein für Europa zuständiges Gericht anrufen. Immerhin geht es um 146000,- DM.

Von nun an werden wir sehr aktiv. Wir kündigen sofort unsere Lebensversicherungen und nehmen bei der Beamtenkasse einen Kredit auf. Wir überwinden sogar alle Schwierigkeiten einer Geldüberweisung und zahlen die „Gib Sea 33" an, um sie uns zu sichern.

Herbstferien. Voller Spannung sitzen wir im Flugzeug nach Barcelona. Wir haben meinen Vater dabei. Er ist schon siebenundsiebzig Jahre alt. Aber wenn es ums Segeln geht, kann ihm keiner was vormachen. Sein Traum: Mit einem Segelboot über die Meereswellen rauschen. Außerdem will er uns das Segeln beibringen. Wir machen uns wieder die gleichen, zermürbenden Gedanken: Werden wir keine Fehler machen beim Abschluss des Kaufvertrages? Können wir unserem Vertragspartner vertrauen? Wie wird es mit der Übergabe des Bootes klappen? Wir hatten Mani gebeten, neben dem neuen Boot im Hafen von Arenys de Mar einen Liegeplatz für die Marex freizuhalten, damit wir dort bequem umladen können.

Wie immer begeistert uns die sommerliche Wärme, als wir am neunundzwanzigsten Oktober in Barcelona aus dem Flugzeug steigen. Freddy hält stets seine Gürteltasche umklammert. Er schleppt die für das Boot zu zahlende Restsumme von achtzigtausend D- Mark mit sich rum. Wer würde da nicht nervös werden! Dann geht es noch viele Kilometer mit dem Zug am Meer entlang, ehe wir Port el Balis erreichen. Freddy schlägt die Plane zurück und steigt als Erster ins Boot. „Iiiih" ruft er. Ich bin dicht hinter ihm. Es stinkt unter der aufgeheizten Persenning streng und ätzend. „Guck dir das mal an!" ruft er betroffen. Ich klettere hinterher und halte mir zunächst die Nase zu. Auf den ersten Blick glaube ich, hier hätte eine Silvesterfeier stattgefunden. Konfetti scheint im Boot ausgestreut worden zu sein. Nein, es sind Schnipsel von ehemals vollen Milchtüten. „Ich kann mich erinnern, dass Hannes und Erika sagten, sie hätten uns, da sie mit dem Auto ein leichtes Einkaufen hatten, freundlicherweise Milchtüten hingestellt." Wir schütteln den Kopf. „Außerdem hatten sie die Teppiche vorsorglich zusammengerollt", sage ich zu Freddy und schaue zum Heck. Ich nehme eine der Teppichrollen von der Liegefläche und lasse sie gleich wieder fallen. „Na pfui! Da sind ja lauter Kökel drin, und richtige Löcher sind reingefressen!" In den anderen Rollen sieht es nicht anders aus. „Ein fataler Irrtum", meint Freddy, „die Rollen dienten ihnen als ideale, kleine Wohnstätten."

Freddy nimmt den Schlüssel und schließt die Kajüten auf. Wir erwarten das Schlimmste, denn das weiche Bettzeug wäre eine ideale Brutstätte. Ein unangenehmer Fäulnisgeruch schlägt uns entgegen und mischt sich mit dem Rattenkotgeruch. Ich öffne die Backskiste und erblicke unser Bettzeug, das darin schimmelt. Erika hatte vergessen, es an die Luft zu legen. Kökel finde ich in den Kajüten zum Glück nicht. Inzwischen schreit Freddy: „Dieses verdammte Viehzeug!" Er hat die Toilettentür geöffnet und starrt hinein. Ich sehe eine Rolle Toilettenpapier, die fast gänzlich verspeist wurde. „Papa, du musst das auch gesehen haben!" locke ich meinen Vater aufs Boot. Er lässt seinen Blick schweifen und rümpft die Nase: „Müssen wir heute Nacht hier schlafen?" fragt er vom Anblick angewidert. „Ich hoffe nicht", ist meine Antwort. Freddy steht mitten im Boot, geschockt, mit gerümpfter Nase und Brechreiz im Hals. „Los komm!" rüttle ich an ihm. Fluchtartig verlassen wir unser einst so geliebtes Boot und steigen wieder in den Zug, diesmal nach Arenys de Mar.

„Motyvel" macht Siesta. „Kommt, lasst uns durch den Hafen gucken", fordere ich Freddy und meinen Vater auf, „vielleicht steht ja irgendwo die Gib Sea für uns bereit." Ich laufe vor ihnen, gespannt jede Steganlage absuchend. Sie wollen schon aufgeben, da breche ich in Jubel aus: „Da steht sie! Seht doch! Eine schneeweiße Segelyacht, ganz neu! Und daneben der freie Platz für die Marex!" Freddy und Papa begreifen nicht gleich. Sie sehen mich skeptisch an und betrachten das Boot etwas genauer. Endlich fühlen auch sie sich gerettet vor der Nacht auf dem Rattenboot und lassen sich von mir überzeugen, auf „unser" Boot hinaufzuklettern. In die Kajüte können wir nicht. Sie ist verschlossen. Auf dem Mastbaum liegt ein schneeweißes Segel. An den Seiten hängen sechs neue, weiße Fender. Festgemacht ist die Yacht mit glänzenden, schwarzen Seilen. Ich kann es kaum fassen, mein Traumschiff – ein reales Boot! Da kommt auch Mani zu uns aufs Boot. Er macht uns klar: „Holen sie das Motorboot, ziehen sie um und machen sie mit uns morgen den Kaufvertrag!"

Aufgeregt fahren wir zur Marex zurück. Die Zeit drängt, denn der Abend dämmert bereits. In Eile stopfen wir die Abfalltonnen voll mit Teppichen, verschimmelten Kopfkissen und anderen Ekligkeiten. Während die Männer ablegen, wische ich im Boot den gröbsten Schmutz zusammen und bemerke dann, dass der Wassertank leer ist. „Zum Tanken haben wir keine Zeit mehr", sagt Freddy unwirsch. Ich kann mit den letzten Tropfen gerade noch notdürftig meine „Rattenfinger" reinigen. Nun konzentriere ich mich auf die Fahrt. Das Meer ist eigenartig ruhig. Leichter Nebel breitet sich aus. Dahinter ahnt man den roten Fleck der untergehenden Sonne. Ganz sentimental kann man da werden, auf unserer ATLANTIS im letzten Geleit. Ihr Motor tuckert zuverlässig im vertrauten Klang. Auf der Marex erlebten wir unsere ersten Binnen- und Seeabenteuer. Ich bemerke beim Steuern, dass sich das hölzerne Rad ziemlich rau anfühlt. Aha, auch daran haben die Ratten geknabbert! Diese elenden Viecher haben unser Boot verseucht und verschandelt. Nur weg damit, und nicht traurig sein! Neben dem neuen Segelboot legen wir an. Mani bringt uns den Schlüssel und sorgt für Wasser - und Stromanschluss. Das nötigste, noch brauchbare Bettzeug, schaffen wir hinüber, begnügen uns mit dem restlichen Reiseproviant und fallen todmüde in den Schlaf.

Ein helles Licht lässt mich am Morgen die Augen aufschlagen. Ach ja, ich bin auf unserem neuen Boot! Verzückt betrachte ich aus meiner Koje die vielen großen Fenster, die schmucke, helle Holztäfelung, die moderne, komfortable Küchenecke…Ein unbändiger Drang, das Segelboot in Ruhe von außen zu betrachten, treibt mich an Deck. Ich hatte sie fast schon vergessen, die Marex, das Rattenboot. Jetzt schaukelt sie einsam, verlassen und rattenverseucht neben uns. Da sitze ich nun in der Sonne auf meinem Traumschiff und kann doch nicht so recht glücklich sein. Die Männer kaufen uns etwas zu Essen. Nach einem hastigen Frühstück wird den ganzen Tag geschuftet. Erstaunlich, was und wie viel sich auf der Marex angesammelt hat und herüber geräumt werden muss! Von mir wird alles, was abwaschbar ist, gründlich gesäubert. Auf dem neuen Boot wollen wir keine Spur von Rattenmief mehr wahrnehmen, nichts soll uns mehr anekeln. Wir nehmen uns kaum Zeit, Hunger und Durst zu stillen. Plötzlich ist mein Vater nicht mehr zu sehen. Wo könnte er sein? Hat er sich überanstrengt? War ihm schwindelig und ist vom Steg ins Wasser gefallen? Ich entdecke ihn friedlich schlafend in seiner Koje. Wenn er wieder wach ist, werde ich uns ein gutes Essen machen und ihn loben dafür, dass er bis zur Erschöpfung fleißig beim Umzug geholfen hat.

Am späten Nachmittag wird Mani ungeduldig, denn sein Bruder möchte die Marex in eine Werft bringen. Unverständlich schaut Mani zu, wie wir immer noch jedes Utensil gründlich abwaschen. Oder weiß er längst, dass er ein Rattenboot in Zahlung nimmt? Er müsste es eigentlich riechen. Inzwischen legt die Marex ab und entfernt sich mit dem vertrauten Tuckern ihres Dieselmotors. Ziemlich beklommen stehe ich an Deck des Segelbootes und schaue nachdenklich und traurig hinterher. „Ach", flucht Freddy, „ich wollte noch den Anker rüberholen". Manis Bruder winkt und ruft: „Adios!" Mir scheint, er weiß um unseren Trennungsschmerz. Freddy sehe ich ihn jedenfalls deutlich an. Ich buffe ihm in die Seite und sage: „Nun lass! Wir verbessern uns doch jetzt." In der Ferne leuchtet am Bug der Name ATLANTIS. „Was meinst du Freddy, wollen wir unser Segelboot auch auf ATLANTIS taufen?" Freddy nickt. Dabei erhellt sich sein Gesicht wieder. Seine Augen beginnen zu leuchten.

Man bittet uns zum Unterschreiben des Kaufvertrages ins Büro. Wir setzen auf Vertrauen und unterschreiben. Anschließend kommt Mani an Bord, zeigt und erklärt uns das Nötigste. Er begleitet uns auf unserer Jungfernfahrt bis in den Port el Balis. Gut gelaunt tuckern wir mittels des 19 PS - Motors übers Meer. Mein Vater zeigt Mani seine mitgebrachten Fotos. „Das ist mein Boot", sagt er stolz und strahlt übers ganze Gesicht. „Ich habe es selbst gebaut. Ich bin Tischler." Mani nickt anerkennend. Als sich mein Vater brüstet, siebenundsiebzig und noch fit zu sein, da merkt man Mani doch an, wie baff er ist. Er klopft unserem Vater anerkennend auf die Schulter. Ich streiche indessen mit der Hand beinahe zärtlich über das Deck. Nun gehört sie uns, die nagelneue Gib Sea 33. Sie ist eine Fahrtenyacht, 9,99 m lang und 3,45m breit.

An unserem ersten Segelschultag haben wir glücklicherweise wenig Wind, so dass uns Papa in aller Ruhe mit wichtigen Details des Segelns vertraut machen kann. Er ist ein „alter Hase" im Segeln und hier auf dem Mittelmeer ganz in seinem Element. Am zweiten und dritten Tag sind Wind und Meer lebhafter. Jetzt spürt man deutlich den Unterschied zwischen beiden Booten. Während die Marex auf diesen Wellen unangenehm herum gehüppelt wäre, liegt die Gib Sea 33 stabil im Wasser und vermittelt uns trotz Schräglage ein sicheres Gefühl. Aber leider ist unser Herbsturlaub viel zu schnell zu Ende. Als wir mit unseren Reisetaschen am Bahnhof, nahe des Hafens stehen, huscht eine Ratte einen krüppligen Baum hinunter. „Ihr könnt uns nichts mehr anhaben, ihr verdammten Viecher", frohlocke ich, „wir haben unser Boot gut abgeschlossen. Darin könnt ihr nicht mehr so fröhlich und vandalistisch hausen!"

Zu Weihnachten begnügen wir uns mit einem farbigen Foto unserer stolzen Segelyacht unter dem Tannenbaum, inmitten von bescheidenen Geschenken, und planen, in den Winterferien unsere Segelkünste zu vervollständigen. Wir werden mit dem Auto nach Spanien fahren, denn wir wollen einen Anker, einen Heizkörper und eine Persenning mitnehmen. In freudiger Erwartung beschäftigt uns nur der eine Gedanke: Wie werden wir uns bloß anstellen, wenn wir mit dem Boot auf uns selbst gestellt sind?

Im winterlichen Spanien scheint die Sonne und es sind angenehme 16°C. Unversehrt, strahlend weiß und völlig rattenfrei erwartet uns unsere schmucke Segelyacht im Hafen Port el Balis. Mit unserem Elektroheizkörper machen wir den Salon am Abend kuschelig warm. Wir haben stets fließend warmes Wasser, einen Gaskocher mit Backröhre, eine Kühlbox, eine geräumige Toilette, in der man sich auch bequem waschen und duschen kann und eine gemütliche Sitzecke mit schönem Holztisch und zwei Sofas. Jeder lümmelt sich auf seinem Sofa, wobei wir ein Gläschen Rotwein trinken, vom Kassettenrekorder Musik hören und die Seele baumeln lassen. Wir fühlen uns rundum wohl und fiebern dem neuen Tag entgegen. Am nächsten Tag heißt es, richtiges Segeln lernen. Freddy fährt mittels Motor vorsichtig rückwärts aus unserem Liegeplatz. Das klappt. Dann steuere ich stolz das Boot aus dem Hafen heraus. Oh, wir haben Schaumkämme auf den Wellenbergen! Ich steuer das Boot gekonnt in den spitzen Wind, damit Freddy das Segel hochziehen kann. Er muss die Benzel lösen, die das eingerollte Segel halten. Dabei klettert er auf dem unbändig schwankenden Boot herum. „Freddy, du musst dich anseilen!", rufe ich ihm zu. „Das nächste Mal!" entgegnet er. Geschafft. Und schon geht es ab. Hei, ist das ein Spaß! Das Boot liegt sehr schräg, aber dennoch sicher im Wasser und passt sich galant den Wellenbewegungen an. In unseren Papieren steht, dass die Windstärken vier und fünf ideal für die „Gib Sea 33" sind. Das macht uns mutig, und wir rollen zusätzlich die Fock aus. Welch ein Vergnügen, so leicht vom Wind bis an den Horizont getragen zu werden. Dabei pflügt der Bug mit weit spritzender Gischt durch ein Meter hohe Wellenberge. Bei waghalsiger Schräglage jauchzt das Seemannsherz. Das Ufer ist nur noch ein nebliger Strich. Wenden! Nun lassen sich die wichtigsten Segelmanöver hervorragend trainieren, das Re – Manöver, das Wenden, die Halse, das Segeln hart am Wind. Als wir genug haben, halte ich das Boot, wie beim Auftakeln, im spitzen Wind. Freddy rollt die Fock ein. Diesmal hat er eine Sicherheitsleine in den Ring seiner Rettungsweste geklinkt. Er steht wacklig auf dem Deck und rafft unter Schnaufen und Schwitzen das Segel mit Benzeln zusammen. Diese hat er sich vorher griffbereit um den Hals gehängt. Sie verheddern sich natürlich. Und als er zugreift, erwischt er die Reißleine seiner Rettungsweste. Mit einem lauten Zischen bläst sie sich in Sekundenschnelle auf. Freddy bemüht sich hektisch, den Kragen der Weste vom Hals zu reißen. Er hat arge Luftnot, denn die Weste scheint zu klein für ihn zu sein. Anfangs erscheint die Situation komisch. Als er nach Luft japsend mit der Weste kämpft, muss ich sogar lachen. Dann sehe ich aber, dass er in ernsthafter Not ist, befestige rasch das Steuerrad und eile ihm zu Hilfe. Beide öffnen wir die Weste und lassen sie auf den Boden fallen. Freddy kann wieder richtig durchatmen. Es geht zurück an den Liegeplatz. Ich stoppe das Boot rechtzeitig vor der Steganlage auf. Dabei habe ich es noch nicht im Gefühl, dass eine Fünftonnenschubkraft viel eher gebremst werden muss. Die Spitze stößt empfindlich gegen den Steg. Der erste Lack ist ab. Indessen dreht der Wind das Heck. Nach vielen Handgriffen und eben soviel Seufzern und Flüchen bekommen wir das Anlegen in den Griff. Am Abend feiern wir stolz und vom Glück beseelt unseren ersten Segeltörn. „Das mit dem Anlegen"; tröstet mich Freddy, „das wirst du noch lernen, wir müssen es nur oft genug üben." Sein Trost tut mir gut, auch sein lautstarker Schmatzer auf meiner Wange.

Fast jeden Feierabend sitzen wir eng aneinandergelehnt am Leuchtturm und schauen sehnsuchtsvoll aufs Meer hinaus. Uns lockt die unbekannte Ferne. Mit dem Segelboot können wir nun große Strecken zurücklegen. Eigentlich stehen uns alle Weltmeere offen! Wenn es dunkel ist, führt uns die vom Mond gezauberte, silbern glitzernde Wasserstraße in eine bestimmte Richtung. „Wenn wir auf dieser Mondstraße segeln", flüstert Freddy mit einem hintergründigen Grienen, „kommen wir nach Mallorca". In unserer Fantasie segeln wir bereits dorthin. In der Praxis sind wir beflügelt, weiterhin tüchtig das Segeln und den sonstigen Umgang mit unserem neuen Boot zu üben. Zwischendurch wird es mit behördlichen Benennungen versehen und mit den schwungvollen Buchstaben **ATLANTIS**.

Der Törn nach Mallorca

Auch die Osterferien hatten wir auf der Segelyacht verlebt. Aber jetzt sind wieder ausreichend lange Sommerferien. Wir fühlen uns nicht mehr als die Neuen unter den Seglern und haben zuhause einen Plan gemacht, bis nach Mallorca zu segeln. Wir müssen zwei Tage und eine Nacht auf dem offenen Meer fahren, ohne Unterbrechung, ohne in einem Hafen Schutz finden zu können. Dass unsere Nachbarn Tommy und Ina gern mitkommen wollen, kommt uns sehr entgegen. Da sind wir wenigstens nicht so allein in der unendlichen Wasserwüste.

Etwas misslaunig verharren wir vier auf unserer Yacht. Unsere Stimmung wird immer betrübter, wenn wir in den Himmel schauen, denn dort sind entgegen der gewöhnlich schönen Wetterlage, die hier meistens herrscht, dicke Gewitter- und Regenwolken. Einem Gewitter sollte jeder umsichtige Segler möglichst aus dem Weg gehen. So bereiten wir uns gründlich auf die große Fahrt vor. Freddy und Tommy pumpen das Schlauchboot auf und tanken Diesel. Sie besorgen Ersatzglühlampen und Sicherungen. Ina und ich bunkern reichlich Lebensmittel. Dann sitzen wir vor der Seekarte und berechnen mehrmals den Kurs und die Zeit der Überfahrt. Freddy erklärt sich zum Skipper und betont immer wieder, wie wichtig es ist, dem Skipper unbedingt Gehorsam zu leisten. Keiner widerspricht ihm. Aber ich denke über seine Worte nach. Schließlich haben wir zwei immer als Team funktioniert. Ich habe doch die gleiche Ausbildung wie er und sehe nicht ein, dass ich mich unterordnen soll. „Wenn ich es für richtig halte, werde ich meine Meinung sagen. Vielleicht müssen wir auch mal im Team entscheiden", bringe ich nun doch meinen Standpunkt zum Ausdruck. Freddy erklärt, dass einer die Verantwortung tragen muss. Auf großen Schiffen war es nie gut gegangen, wenn mehrere etwas zu sagen haben wollten. Na ja, auf großen Schiffen – denke ich bei mir und schweige lieber.

Ich frage in der Rezeption nach dem Wetter in den nächsten Tagen. Die Dame schaut auf einen Bildschirm und meint, dass es gut wird. Aber wenig Wind wird sein. „Das ist egal", entgegne ich, „dann fahren wir mit dem Motor. Besser wenig Wind, als zu viel". Sie nickt und lächelt zustimmend. Am nächsten Tag, an dem wir uns entschließen loszufahren, melde ich uns mit Namen, Zielort und voraussichtlicher Reisedauer bei ihr ab. Dann heißt es: Leinen Los! Unsere *ATLANTIS* passiert den Leuchtturm. Wind und Wellen sind schwach. Wir hissen die Segel und bewegen uns langsam vorwärts. Zum Essen können wir einen Tisch im Cockpit aufstellen. Sehr gemütlich. Die Nudeln schmecken köstlich. Aber nur sehr langsam entschwinden die katalonischen Berge unseren Blicken. Das Segel schlägt gelangweilt hin und her. Also den Motor an! Erst nach über acht Stunden ist kein Land mehr zu sehen. Ein seltsames Gefühl beschleicht mich. Außer Sichtweite des Landes zu sein, ist für mich neu und kribbelnd. Unsere Blicke schweifen rundherum, in die scheinbare Unendlichkeit. Meine Aufmerksamkeit erregt eine Bewegung im Wasser. War da eben ein großer weißer Vogel? Ich schaue genauer hin. Delfine! „Guckt mal dort!" rufe ich und zeige mit dem Finger auf die Stelle im Meer. Etwa zehn Delfine schwimmen uns entgegen, als wollten sie uns freundlich in ihrem Revier begrüßen. Wir sind total aufgeregt. Erstmals eine solche unverhoffte Begegnung mit diesen intelligenten Säugetieren. Einige Zeit begleiten sie uns, schwimmen rechts und links neben und vor dem Bug und machen lustige Sprünge und amüsante Schwimmbewegungen. Mir scheint, sie wollen uns auf dem einsamen Meer unterhalten. Freddy setzt sich mit der Kamera auf die Bootsspitze und filmt die Delfine, die vor ihm mit ihrer sportlichen Geschicklichkeit prahlen. Dabei ruft er verzückt: „Jetzt liegt einer auf dem Rücken und zeigt mir seinen Bauch!" Ich versehe gerade meinen Dienst als Steuermann und habe den besten Überblick. Ina fotografiert die Tiere. Tommy beugt sich pfeifend über die Reling, weil er sich zuhause mit seinen Stubenvögeln auch pfeifend unterhält. Ich weiß eigentlich viel zu wenig über diese Tiere, denke ich. Trotzdem kann man spüren, was sie uns mitteilen wollen. Sie erscheinen sehr ausgelassen, weil sie sich wohl über eine Begegnung mit Lebewesen der anderen Art freuen. Uns ergeht es ja nicht anders. Zu unserem Bedauern nehmen sie bald einen anderen Kurs. Dennoch haben wir lange ein vergnügliches Lächeln im Gesicht. Ihre Schwimmkünste beeindruckten uns sehr.

Der Abend dämmert. Die rote Sonne taucht ins Meer. Welch ein überwältigendes Naturschauspiel! Dazu singt Freddy Quinn von der Kassette Seemannslieder. Ich nehme Freddy am Arm und sage: „Komm, lass uns das genießen." Aber Freddy hat plötzlich ein sorgenvolles Gesicht und meint etwas bedrückt: „Ich muss euch was sagen, der Dieselverbrauch wird wahrscheinlich nicht angezeigt. Kaputt. Was, wenn der Tank plötzlich leer ist?" Wir eilen alle in den Salon und starren auf den kleinen Zeiger, der am äußersten rechten Strich anliegt und lassen uns tröstende Worte einfallen: „ Wir haben doch noch das Segel." Unser Skipper setzt sich an seinen Navigationstisch und errechnet den wahrscheinlichen Dieselverbrauch entsprechend der gefahrenen Kilometer. „Eigentlich müssten wir noch lange mit dem Motor fahren können", sagt er nachdenklich, was jedoch seine Laune nicht aufbessert, denn mit dem Dieselverbrauch haben wir noch keine Erfahrung. Er setzt sich zu uns an Deck und macht ein trübes Gesicht. Ich kann es nicht begreifen. Dieser Abend könnte der schönste unseres Lebens sein. Fühlt er sich in seiner Rolle als Skipper überfordert? Ist es der Unsicherheit wegen, welche Probleme er für uns noch lösen muss? Inzwischen breitet sich über uns ein romantischer Sternenhimmel aus. Die unzähligen Sterne und der Halbmond übernehmen die Beleuchtung. Einen so faszinierenden Himmel habe ich noch nie gesehen. Alle genießen wir diese fantastische Kulisse, auch Freddy. Eine Kassette nach der anderen spielen wir ab, viel Shantymusik und oftmals La Paloma. Schmuck sieht unser Boot aus, mit den Positionslichtern weiß, rot und grün. Hell glitzert der Silberstreifen des Mondlichts, wie an unserem geliebten Leuchtturm. Manchmal sehen wir in der Ferne beleuchtete Schiffe. Eins davon strahlt ganz besonders von Lichterketten und beleuchteten Fenstern, fast wie das „Traumschiff" aus der Fernsehserie. Wir machen die Beobachtung, dass sich sehr schlecht feststellen lässt, welchen Kurs die Schiffe haben und wie schnell sie fahren. Den Kurs müsste man an dem roten Backbordlicht und dem grünen Steuerbordlicht erkennen. In dem bunten Lichtergemisch an den Schiffen sind diese schlecht auszumachen.

Wir bekommen unangenehme Seitenwellen, obwohl der Wind nicht stärker wird. Das Schaukeln macht Ina zu schaffen, die lesend in ihrer Koje liegt. Es vergehen die Nachtstunden. Feuchte Kühle legt sich über das Cockpit. Ich bedeute Tommy, das Steuern, wobei wir zwei uns eigentlich alle zwei Stunden abwechseln, durch den Rest der Nacht selbst übernehmen zu wollen, weil ich die Eindrücke von Meer und Himmel intensiv in mich aufnehmen möchte. Gegen Morgen wird die Sonne aufgehen. Darauf bin ich jetzt schon gespannt. Er legt sich zum Schlafen zu Ina in die Koje. Der Mond wird dunkler und sinkt tiefer. Als er wie die Scheibe einer Blutapfelsine aussieht, taucht er ins Meer. Nun ist es stockdunkel. Von Steuerbord rollen noch immer lang gezogene Wellen heran. Man sieht sie nicht kommen, man spürt nur, wie das Boot behäbig schaukelt. Ich stehe am Steuer und Freddy kontrolliert wie jede Stunde mit Hilfe des GPS´ unsere Position. Er hat Licht im Salon, was mich ein wenig blendet. Plötzlich nehme ich vor uns ein schwaches Licht wahr. Ich stutze. Was soll das mitten auf dem Meer? Weit und breit kein Anzeichen eines anderen Bootes. Ich rufe Freddy ans Steuer. Auch er starrt verwundert auf das Licht. Noch ehe er ein Wort hervorbringen kann, erfasse ich die Gefahr, reiße in letzter Sekunde geistesgegenwärtig das Steuer herum. Unsere Yacht fährt haarscharf an einer beleuchteten Boje vorbei. Wir sind für einen Moment wie elektrisiert. „Puh!" fährt mein gestockter Atem aus meinem versteinerten Körper, „das war knapp!" Mein Herz puchert bis zum Hals. Ich bilde mir ein, auch Freddys rasenden Herzschlag zu hören. Welcher Havarie sind wir gerade entgangen? frage ich mich besorgt und stelle fest, dass auf dem Meer Entfernungen immer täuschen, zumal in einer so stockfinsteren Nacht.

In dieser Nacht wurden wir gewarnt, den wachen Blick stets voraus zu halten. Zum Glück gibt es für uns keine unverhofften Lichter mehr. Umso spannender wird es am Himmel. Ein schwacher, hellgrauer Streifen am Horizont kündigt den neuen Tag an. Er wird immer breiter und färbt sich rot, bis langsam und majestätisch der große Feuerball aus dem Meer emporsteigt. Freddy und ich erleben dieses grandiose Naturschauspiel mit kaum zu beschreibenden Gefühlen.

Unsere aneinander geschmiegten Körper wärmen sich in der morgendlichen Kühle. Etwas Wind setzt ein, und wir unterstützen den Motor durch die Fock. Die Sterne werden blasser und verschwinden alsbald gänzlich. Das Meer färbt sich von schwarz über grau zum Tintenblau. Unsere Anoraks sind feucht vom Tau. Die müden Augen verlangen nach Schlaf. Ich bin froh, als Tommy das Steuer übernimmt und ich mich in meine weichen Kissen hauen kann. Noch ist mein Gehirn aktiv. Werde ich jemandem beschreiben können, was mir Himmel und Meer für ein unvergessliches Schauspiel geboten haben? Kann jemand überhaupt meine Begeisterung und meine unbeschreiblich starken Gefühle nachempfinden? Mit wunderbaren Gedankenbildern schlafe ich ein.

Als ich wieder an Deck komme, brennt die Sonne heiß und blendet mich. Ich halte die Hand über die Augen und schaue in die Weite. Rundherum ist kein Land zu sehen. Ich muss Tommy schnell ablösen, weil ihm die Hitze zu sehr zu schaffen macht. Vorher schlüpfe ich in leichte Kleidungsstücke, die meinen Körper fast völlig bedecken und mich vor der Sonne schützen. Außerdem installiert Freddy über mir einen Schatten spendenden Regenschirm. Kühle Getränke beleben meinen ausgelaugten Körper. Jede Stunde wechsle ich mich nun mit Tommy ab. Zeit zum Baden nehmen wir uns nicht, denn wir kommen nur langsam voran, trotz voller Takelung und Motorkraft. Ungeduldig suchen unsere Augen den Horizont ab. Wer wird sie zuerst rufen, die berühmten Worte: Land in Sicht? Tommy glaubt als Erster, Land zu entdecken. Aber was er als ein Gebirge deutet, sind doch nur die dunkleren Wolken am Horizont. Ich beobachte den Horizont mit Argusaugen und konstatiere, dass sich auf einmal Dunkel vom Dunkleren auffällig abhebt. Ich greife zum Fernglas. Richtig! Tiefdunkel sind die Berge. Darüber im helleren Grau die Wolken. Sofort rufe ich im Tone eines echten Seemanns: „Land in Sicht! He, Leute! Land in Sicht!" Die anderen, die vor sich hingedöst haben, schnellen hoch und blicken in die Richtung meines ausgestreckten Armes. Ich komme mir in dieser Haltung vor wie Columbus auf seinem Monument. Immer deutlicher werden die Umrisse von gewaltigen Bergen. Ich stoße begeistert hervor: „Dort ist Mallorca! Kinder, wir sind auf Mallorca!" Wie im Taumel drücken wir uns alle. Ich küsse Freddy. Ina küsst Tommy. Welch kindliche Freude uns gepackt hat? Wir steuern auf eine Bucht zu, schippern am Cap de Formentor vorbei, blicken ehrfurchtsvoll zu dem hünenhaften Felsen hinauf. Das Cap besteht aus riesigen, kahlen Felsen, die wacker der tosenden Brandung standhalten. Wir filmen und fotografieren und sind so enthusiastisch, als würden wir als hartgesottene Seeleute eine Insel nach langer Flaute entdecken. Die schroffen Felswände werden immer wieder von kleinen Ankerbuchten unterbrochen. Die Bucht Formentor zieht sich lang und breit hin – ist ein wahres Segelparadies. Endlich laufen wir in den Hafen Port de Polenca ein. Hinter uns liegen 33 Stunden Fahrt auf einem Seeweg von 208 Kilometern, bei einem Kurs von 161° SW. Und die Dieselanzeige? Sie funktioniert. Wir hatten so wenig Diesel verbraucht, dass sich der Kontrollzeiger kaum von der Stelle rührte. Grund zur Freude, dass der Motor sparsamen Verbrauch hat und Freddys Sorgen umsonst waren.

Der dreitägige Aufenthalt auf Mallorca dient uns zum Erholen und zum Erkunden eines kleinen Teils der Insel. Nach unserer Ankunft schwankt noch lange der Boden unter unseren Füßen, selbst auf dem Festland.Erst nach einem herzhaften Essen bei einem Chinesen geht es uns wesentlich besser. Wir machen noch einen kleinen Bummel und beschließen, uns für den nächsten Tag gut auszuschlafen.

Am anderen Tag spazieren wir auf der bunt bevölkerten Strandpromenade, schwimmen im angenehm lauwarmen Wasser der Meeresbucht und aalen uns unter azurblauem Himmel am Strand.

Heute ist eine Busfahrt in den romantischen Ort Pollenca geplant. Das alte Dörfchen in den Bergen war sehenswert. Mit blauen Türen und blauen Fensterläden waren die kleinen Häuschen gut gesichert gegen böse Hausgeister und vor intensiver Sonnenstrahlung. Früher verschanzte man sich darin vor den Piraten, die vom Meer in die Berge hoch geklettert waren und auf reichlich Beute hofften. Von dort oben war der herrliche Ausblick über graue Felsen und gleichfarbene Dörfchen für uns beeindruckend. Wir schauten tief nach unten bis zum Meer. Es glitzerte blau in der Sonne. Ein Frage zwängte sich mir auf: Wird das Meer uns gnädig sein auf der Rückreise? Fast bat ich darum, ganz still in Gedanken, irgendwen oder irgendwas.

Das Abendbrot nehmen wir heute, an unserem Abschiedsabend, auf dem Boot ein. Als es dunkel wird, verschwimmen die Konturen der Berge, welche die Bucht umgeben. Während die Atlantis am Steg liegt und wir an Bord bei Kerzenschein unseren Rotwein trinken, ankern andere mit ihren Booten frei in der Bucht. Diese sind bunt beleuchtet. Ihre Besatzungsmitglieder setzen in kleinen Ruderjollen ans Ufer über. Unwillkürlich denke ich an Venedig. Wir sind alle vier begeistert von dieser romantischen Bucht und können uns von dem wunderschönen Anblick nicht trennen. Deshalb sitzen wir bei leiser Musik bis in die Nacht an Deck, statt schlafen zu gehen. Da beginnt plötzlich ein Feuerwerk. Es ist so schön, wie wir dergleichen in unserem Leben noch nie gesehen hatten.Große Blüten und riesige Palmen entstehen am Himmel in den herrlichsten Farben. Es scheint kein Ende zu nehmen, bis dann doch ein heftiges Donnern, das gewaltig in den Bergen widerhallt, das Finale ankündigt. Als es vorbei ist, bedanken sich die für uns unsichtbaren Zuschauer mit klatschen, rufen, pfeifen, Boots- und Autohupen. Ja, auch wir danken all den glücklichen Umständen, die uns hier her führten und uns den kurzen Aufenthalt auf Mallorca so erlebnisreich machten. Darauf erheben wir unser Glas: Auf Mallorca! Auf die Seefahrt! Auf die Rückfahrt!

Am Morgen legen wir ab. Langsam verlassen wir den Hafen, wobei wir etwas wehmütig zurückschauen, auf unsere schöne Bucht. Sehr heiß war es in ihr allerdings. Der erfrischende Meereswind hatte hier keine Chance, weil ihm die Berge den Weg versperrten. Jetzt ist uns der Wind doppelt willkommen, denn er soll uns kühlen und „nach Hause" bringen. Als wir das Cabo Formentor passieren und das offene Meer erreichen, sind wir enttäuscht, denn es lohnt sich nicht, den Motor auszuschalten. Wir tuckeln dahin, bis die Berge hinter uns mit dem Himmel verschmolzen sind. Da beginnt das Wasser sich zu kräuseln. Wellen entstehen. Zuerst sind nur einzelne weiße Wellenkämme auszumachen, dann kommt Bewegung ins Meer. Windstärke fünf messe ich. Wird sie weiter zunehmen? Nein. Bei dieser Stärke pendelt sich der Wind ein. Er weht zuverlässig gleichmäßig. Wir segeln mit Großsegel und Fock durchweg in Schräglage. Leider haben wir starke Seitenwellen, da muss man kräftig gegensteuern. Das Boot macht gute Fahrt. „Sieben Komma acht Knoten!" ruft Freddy aus dem Salon herauf. Er ist wieder der Navigator und sitzt zuverlässig vor dem GPS und seiner Seekarte, wo er mit Bleistift, Zirkel und zwei Dreiecken herumzirkuliert. Tommy und ich wollen uns alle zwei Stunden am Steuerrad ablösen. Tommy steht breitbeinig, recht seemännisch an dem großen Steuerrad. Man sieht ihm die Begeisterung an, die er dabei empfindet, so flott über das Meer zu „fliegen". Aber seine Dienstzeit ist um. Außerdem möchte ich auch diesen Nervenkitzel erleben. Als ich nach dem Rad greife, entgleitet es uns. Das Boot dreht sich einmal im Kreis und beginnt dabei bedrohlich zu schwanken. Die Segel flattern heftig und schlagen laut. Ina legt in ihrer Koje ängstlich den Roman beiseite. Freddy kommt an Deck gestürzt: „Was macht ihr denn da? Was ist passiert?" Er bekommt keine Antwort. Schnell bringen wir das Boot wieder auf den richtigen Kurs, und alles ist wie vorher. Nicht ganz, Ina hat einen kleinen Schock erlitten. Sie konnte sich das Ganze nicht erklären und sah sich schon in Poseidons Reich. „Wir nehmen das Großsegel runter", ordnet unser Skipper an. „Warum denn?" protestieren Tommy und ich und meinen: „ Der Wind ist gerade richtig, um zügig nach Hause zu kommen, außerdem ganz gleichmäßig und berechenbar. Dass uns das Steuerrad wegrutscht, wird nicht wieder passieren." Freddy ist skeptisch: „Ihr seid übermütig! Nehmt doch etwas mehr Rücksicht! Lasst uns wenigstens das Segel reffen". Wir schütteln den Kopf. Freddy gibt sich geschlagen und steigt vergnatzt die Stufen hinab. Ina macht sich an die letzten Romanseiten. Ich habe so richtig Freude an der wilden Fahrt, obwohl das Steuern gegen die Wellen tüchtig Armkraft erfordert und sich die Handflächen aufreiben. Im rasanten Tempo segeln wir unserem Ziel entgegen. Mitternacht. Punkt zwölf Uhr auf hoher See bei Wellengeplätscher, Silbermondlicht und einer starken Brise, die mein Haar zerzaust. Dazu La Paloma. Das schnürt mir nun doch die Kehle zu. Es ist nicht nur der kühle Nachtwind, der mir eine Gänsehaut beschert. Ich habe Geburtstag. Freddy kommt mit gefüllten Sektgläsern ins Cockpit. Er, Tommy und Ina gratulieren mir. Wir stoßen an auf viele schöne Dinge, die sie mir wünschen, auch auf: „Allseits eine Handbreite Wasser unter`m Kiel!" Kosend entschuldigt sich mein Freddy: „Leider habe ich jetzt kein Geschenk für dich". Ich tröste ihn und beteuere: „Wenn ich hier an dem großen Steuerrad stehe und das Boot unter vollen Segeln und in flotter Fahrt über das Meer jage, das ist das schönste Geschenk für mich. Und schau mal, wie schön Sterne und Mond heute für mich leuchten!"

Gegen drei Uhr sinkt der Mond ins Meer, und es ist wieder unheimlich dunkel. Plötzlich tauchen aus der schwarzen Nacht weiße Segel auf. Lautlos, wie ein Geisterschiff, gleitet steuerbord ein Segelboot an uns vorbei. Wir starren hinüber und versuchen, einen Menschen zu erkennen. Es scheint keiner am Steuer zu sein. Wahrscheinlich fährt es mit Autopilot. Würden wir das auch, hätte es jetzt eine Karambolage geben können. Verdutzt schauen wir hinterher, bis es wieder in die schwarze Nacht eingetaucht ist. Es hätten sich aber auch Piraten in dem Boot verstecken und uns überraschend entern können, spinnen Freddy und ich allerlei Seemannsgarn zurecht.

Als wir aus der Dunkelheit durch die aufgehende Sonne erlöst werden, waren wir fünfzehn Stunden flott gesegelt. Der Wind flaut ab und ich lasse den Motor an. Tommy torkelt verschlafen aus der Kajüte und löst mich ab. Als ich nach drei Stunden Schlaf wieder an Deck komme, ist es warm, jedoch die Sonne ist vom Dunstschleier verdeckt. Meine Augen suchen den Horizont ab. Nichts. „Guck mal nach vorn! Guck mal genau!" fordert mich Tommy auf. Tatsächlich, ganz schwach sind die Pyrenäen zu erkennen. Aber die Fahrt dauert noch sechs Stunden, erst dann laufen wir im strahlenden Sonnenschein in den Port el Balis ein. Unser alter Bekannter, der Leuchtturm, begrüßt uns. Bei ihm war die Idee zu dieser Überfahrt gereift. Ganz stolz passieren wir ihn. „Während wir für die Strecke nach Mallorca dreiunddreißig Stunden brauchten, schafften wir den Rückweg in nur zweiundzwanzig Stunden", verkündet uns Freddy mit dem Logbuch in der Hand. Tommy und ich stehen da mit geschwollener Brust, denn immerhin haben WIR den günstigen Wind seemännisch ausgenutzt. Unseren ersten großen Segeltörn haben wir aber alle vier erfolgreich bestanden. Diesen Erfolg wollen wir gleich auf meiner Geburtstagsparty feiern. Erst mal krabbelt jeder in seine Koje, um für eine kleine Sause gut ausgeschlafen zu sein.

Der Urlaub mit Ina und Tommy war angenehm gesellig. Ansonsten sind wir im Port el Balis allein. Freddy beschäftigt sich gern auf dem Boot, während ich lieber am Strand liege und ein bisschen die Leute beobachte. Meist sind größere Familien dort, von der Uroma bis zum Enkelchen. Ich schaue zu, wie sie viel miteinander reden und lieb zueinander sind und mache mir meine Gedanken über Vor- und Nachteile einer Großfamilie. Eine Sehnsucht kommt bei mir auf nach meinen drei Kindern und fünf Enkelkindern. Für unseren Sohn und eine Enkeltochter hatten wir schon mal einen Flug spendiert. Doch leider sind wir finanziell eingeschränkt. Außerdem bewältigen wir die Strecke von Deutschland nach Spanien jetzt oft mit dem Auto. So eine Fahrt von sechzehn Stunden ist für ein Enkelkind zu lang.

Einmal gelingt es mir, Kontakt zu einer Spanierin zu knüpfen. Am Strand, neben mir auf einer Liege, liegt eine ältere, schwarzhaarige Frau. Sie beginnt, sich umständlich mit Sonnencreme einzureiben. Ich bedeute ihr, sie möchte mir ihre Creme geben. Dann reibe ich ihr den Rücken ein. Freundlich bedankt sie sich und sucht einen Bonbon für mich aus ihrer Tasche. Ich kann ihr einen von meinen Bonbons zurückgeben. Nun sitzen wir stumm nebeneinander und ich beginne langsam, etwas auf Spanisch zu formulieren, von dem schönen Wetter, dem herrlichen Spanien. Als ich meinen Namen sage, stellt sie sich vor als – wie sollte es anders sein – Carmen. Leider zuckt Carmen meistens die Schultern, wenn ich ihr etwas gesagt habe. Wir kommunizieren noch an zwei weiteren Tagen miteinander, ohne unseren Spaß daran zu verlieren, obwohl wir kaum etwas von dem verstehen, was wir uns mitteilen wollen. Aber schon ihre Nähe genügt mir, um ein bisschen glücklicher zu sein. Ist doch komisch, der Mensch ist eben ein Herdentier. Carmen macht mir klar, dass sie nicht spanisch, sondern nur katalanisch sprechen kann und bittet junge Leute, die sie kennt, zu dolmetschen. Diese jugendlichen Katalanen legen los in einem fließenden Englisch. Das beherrsche ich nun auch wieder nicht. Mir wurde acht Jahre lang Russisch eingehämmert. Ich hatte schon öfter bemerkt, dass die Katalonier das Spanisch nicht mögen, obwohl sie es in der Schule auch gelernt haben. Sie springen eher auf Englisch an.

Wir haben noch etwas anderes beobachtet, was nicht mit der Sprache zu tun hat. In den Geschäften ist man immer sehr freundlich zu uns. Unsere Bootsnachbarn sind es auch, aber die Leute verhalten sich reserviert. Die Katalanen sind eher kühl und distanziert. Selten, dass uns jemand auf dem schmalen Badesteg Platz macht, wenn man aneinander vorbei muss. Einen Blickkontakt vermeiden sie meistens. Ich lese in einem Reiseprospekt darüber, dass sie diese Mentalität auch im Umgang untereinander ausleben. Nur in der Familie, da besteht ein herzlicher, dauerhafter Zusammenhalt. Ach ja, die Familie! Ich hätte so gern jemanden von meiner Familie hier, seufze ich öfter laut, was Freddy gar nicht begreifen kann. Er schwärmt von hier, will in Ruhe gelassen werden. Irgendwie hat er Recht. Eigentlich fühlen wir uns ja sehr wohl hier. Die herrliche Hafenanlage mit dem Swimmingpool, der lange gelbe Sandstrand mit kostenlosen Sonnenliegen und Sonnenschirmen, die Nähe von Barcelona und die praktischen, billigen Zugverbindungen. Keinesfalls zu vergessen das mediterrane Wetter! Aber der Weg hierher ist weit und kostspielig und mir fehlen menschliche Kontakte.

Der Törn ins Ungewisse

Als Freddy und ich im nächsten Sommer im Auto sitzen, auf der Fahrt zum Port el Balis, will ich mit ihm ein Gespräch führen und beginne zögerlich: „Ich denke darüber nach, dass wir uns ja eigentlich keine Finca, sondern eine Fahrtenyacht angeschafft haben. Wollten wir nicht näher an zuhause ran? Zur Ostsee vielleicht? Oder woanders hin, nach Kroatien?" Mein Mann reagiert zunächst nicht, hängt seinen eigenen Gedanken nach. Von Deutschland aus hatte er an Motyvel Geld überwiesen, damit sie in der Werft den Motor durchsehen und den Bootskörper reinigen. Weil man dazu das Boot aus dem Wasser heben muss, sollten sie gleich ein Echolot einbauen. Freddy hatte den Bootsschlüssel deshalb bei Mani gelassen. Gedanken machen wir uns schon bei eintausend Euro Vorkasse. Und unsere Sorgen sind nicht unbegründet. Wie sind wir enttäuscht, denn das Boot steht noch völlig unberührt im Hafen. Bei Motyvel ist Mani nicht zu sprechen. Er soll verreist sein. Eine junge Dame macht uns klar, dass man es nicht geschafft hat, sich um unser Boot zu kümmern. Wir erklären ihr, dass wir schon viel Geld überwiesen haben, dass wir einen weiten Törn vor uns haben. Immerhin hat mir Freddy inzwischen zu verstehen gegeben, dass auch er einem neuen Abenteuer gegenüber aufgeschlossen ist. Die Dame telefoniert herum. Wir sitzen sauer in einer Beratungsecke. „Müssen wir uns das Geld zurückerkämpfen?" fragt sich Freddy entrüstet. Die freundliche Dame erklärt uns nun: Morgen, ja morgen würde man sich um unser Boot kümmern. Wir wissen schon, morgen – manjana – das kann in Spanien auch übermorgen heißen, oder nächste Woche. Unser ersehnter Urlaub beginnt, ist begrenzt, da wollen wir ihn auch genießen und uns nicht auf unbegrenzte Zeit hier festmachen. Und wo wollen wir eigentlich wohnen, wenn das Boot auf dem Trockendock steht? Wir möchten unser Geld zurück haben, sagen wir ihr, woraufhin die Dame wieder telefoniert. Misstrauisch beobachten wir sie. Ich wende mich an Freddy: „Wir werden solange hier sitzen bleiben, bis man uns unser Geld zurückgegeben hat. Zur Not machen wir einen Sitzstreik. Einverstanden?" Freddy ist einverstanden. Unsere Blicke schweifen umher. Hier, in dieser Halle stand einst unsere Atlantis. Ein gutes Geschäft hatten sie mit uns gemacht. Warum haben sie uns nun hängen lassen? Nach einer ganzen Weile, wir sind prompt sitzen geblieben wie die Glucke auf dem Ei, kommt ein Mann herein, mit einem Packen Geldscheine in der Hand. Korrekt zählt man uns das Geld vor, sehr freundlich, mit vielen Entschuldigungen. Als wir aufatmend draußen stehen, meinen wir, das war wenigstens fair. Nur an unserem Boot ist nichts gemacht. Vielleicht hätten wir uns doch auf „manjana" einlassen sollen?

Also bitten wir einen Schlosser der Volvo – Werkstatt vom Port el Balis, den Motor zu überprüfen, indem wir ihm zwanzig Euro zustecken. Dafür kommt er dann auch gleich, aber nur, um erst einmal zu gucken. Weil wir darauf warten, dass er wiederkommt, bleibt Freddys Kajüte ausgeräumt. Dort müsse er etwas überprüfen, hatte er uns zu verstehen gegeben. Im Salon nerven uns nun die großen Seekarten, das Bettzeug und eine ganze Menge Utensilien, einschließlich ein kaputter Aldi – Staubsauger. Der ist zwar nagelneu, aber gibt keinen Ton von sich. In der sonst üblichen Urlaubshochstimmung sind wir nicht. Irgendwann am nächsten Tag steht der Monteur vor dem Boot. Freundlich gestikulierend macht er uns klar, dass er etwas bestellt hat, was noch geliefert werden muss. Wenn er so freundlich ist, denken wir, kann er den Staubsauger unter die Lupe nehmen. Interessiert fingert er daran herum. Ob er ihn mitnehmen darf? Ja, natürlich. Am dritten Tag kommt er mit dem Staubsauger zurück, hat ihn aber leider nicht reparieren können. Der ist ölverschmiert und zerkratzt. Kein Umtausch mehr möglich. Aber der Monteur hat wenigstens Werkzeug dabei, womit er nun endlich die Motorüberprüfung bewerkstelligt.

An einem heißen, sonnigen Morgen beginnt der eigentliche Urlaub. Ich setze mir zum Frühstück an Deck meinen großen Strohhut auf. Es wird heute länger dauern am Frühstückstisch, denn wir wollen einen neuen, abenteuerlichen Törn planen. Wir diskutieren: Eine ganz große Sache wäre die Reise bis zur Ostsee, in mehreren Etappen. Vor dem Befahren des Atlantiks wird zwar allgemein gewarnt, aber wir könnten uns beweisen, dass wir uns trotzdem gut bewähren. An der Ostsee würden wir auf unserem Boot schöne Tage mit Freunden und Verwandten, vor allem mit Enkeln verbringen, denn der Anfahrtsweg wäre nicht so weit. Jedoch ist es dort die meiste Zeit kalt, es regnet oft, das Boot müsste jährlich zum Überwintern aus dem Wasser gehoben werden.

Wir erwägen eine andere Alternative: Vielleicht sollten wir nach Norditalien fahren, in die Adria, und bei Rimini einen festen Hafen suchen? Von zuhause könnten wir in nur zwölf Autostunden dort sein. Warm ist es da auch meistens. Freddy schaut in den Atlas. Unsere erste Fahrtroute wäre: Marseille – Korsika – Rom. Und wie kämen wir von Rom wieder zu unserem Auto in Spanien? Mit einem kurzfristig zu buchenden Flug? Wir haben die nötigen Seekarten, aber die Rückfahrt nach Port el Balis, wo unser Auto steht, ist nicht so leicht zu organisieren.

Im Wechselbad unserer Gefühle gefällt uns auf einmal auch der Gedanke, wir würden nochmals einen Törn nach Mallorca unternehmen, diesmal zu zweit. Das hieße, wir würden unseren geliebten Hafen Port el Balis noch nicht für immer verlassen.

Schließlich kommen wir wieder auf die Ostseetour zurück. Freddy meint, dass wir es bis San Sebastian schaffen sollten. Dort beginnt die Überquerung des Golfs von Biskaya. Den kann man dann in den Herbstferien überqueren. „Auch ohne mich?" frage ich spontan, denn dieses Gewässer ist berühmt für seine starken Winde. „Da ließe sich sicher jemand finden, mit dem ich den Golf überqueren kann", antwortet Freddy. Im Atlas lese ich die klangvollen Städtenamen VALENCIA, MALAGA, GIBRALTAR. Unsere Fahrt verläuft parallel zu Küste. „Werden wir anlegen, wenn der Wind zu stark ist?" frage ich Freddy prüfend und schaue ihm in die Augen „Ja, natürlich", ist seine überzeugende Antwort. Die Nordseeküste betrachte ich mit weniger sehnsuchtsvollen Augen. Dort gibt es den Tidenhub, aber andere segeln schließlich auch durch den Kanal von Dover, sage ich mir. Vielleicht kehren wir ja irgendwann zurück in die warmen Gewässer. Bestimmt im Rentenalter. Während ich so meinen Gedankenspielen nachhänge, legt sich Freddys Stirn in Falten. „Unsere Karten reichen nur bis zur Straße von Gibraltar", gibt er zu bedenken. „Aber bis wir dort sind, haben wir viele Male angelegt. Wir müssen uns eben um neue Seekarten kümmern", entgegne ich. „Die Karten sind sehr wichtig, schon deshalb, weil wir der Umstände halber nun keinen Tiefenmesser haben." Freddy stimmt mir zu. Unschlüssig und gequält sitzen wir da. Freddy hat die Idee, endlich eine Entscheidung herbeizuführen. Er wirft einen Euro. „Zahl ist Adria und Bild ist Ostsee", legt er fast euphorisch fest. Eigentlich finde ich diese Art der Entscheidungsmethode albern, dennoch schließe ich mich von dem Spaß nicht aus. Das Ergebnis? Einmal Adria und zweimal Ostsee. Freddy steckt den Euro ein und verkündet spontan und entschlossen: „Also fahren wir zur Ostsee! Damit basta! Wir sollten keine Zeit verlieren." Ich bin unsicher. Wieso bestimmt dieser alberne Münzwurf jetzt über unser Schicksal? Was fasziniert Freddy an dieser Ostseefahrt? Mit Verwandten hat er es doch nicht so sehr im Sinn. Eher mit Kollegen, denen er gern sein Boot vorführen würde. Ach egal, ob wir bis dahin kommen werden, ist noch dahingestellt. Es wird jedenfalls abenteuerlich und ich bin gespannt auf den Süden des schönen Spaniens, wo die Menschen kontaktfreudiger sein sollen. Wichtig ist, dass wir jetzt ein Ziel haben. Verlockend ist für mich die berühmte Straße von Gibraltar. Wenn man diese durchfahren hat, kann man den Atlantik kennen lernen. Zwei bedeutende Kaps werden wir umrunden, welche sich am südlichsten und südwestlichsten Punkt Europas befinden. „Okay Freddy", entschließe ich mich, „wir fahren Richtung Ostsee. Nur eins musst du mir versprechen: Wenn es auf dem Meer zu windig ist, legen wir eine Pause ein und wir vermeiden es möglichst, in einen Sturm zu geraten". Freddy nickt wie immer so ganz nebenbei, wenn ihn die Abenteuerlust gepackt hat. Es gibt nichts mehr vorzubereiten. Beide hätten wir es nicht gedacht: Kurz entschlossen legen wir ab mit Kurs auf unbekannte Seeabenteuer.

Traurigen Herzens passieren wir jetzt unseren Freund, den Leuchtturm vom Port el Balis. Wehmut überkommt uns ebenfalls, als wir an Barcelona vorbeifahren. Vieles, was wir uns an schönen, erlebnisreichen Tagen angesehen hatten, ist vom Meer aus zu erkennen: Das Kolumbusdenkmal, die Sagrada Familia, die Berge Tibidabo und Mont Juic. Adios, mein geliebtes Barcelona! Ich winke und komme mir wie ein kleines Kind vor, das Abschied nehmen muss von einem geliebten Menschen. Dann konzentrieren wir uns auf die uns unbekannte Küste, die nun folgt. Weil zum Segeln zu wenig Wind ist, tuckern wir stundenlang mit dem Motor dahin. Eine Vollmondnacht kündigt sich an. „Was hältst du von einer Nachtfahrt?" fragt mich Freddy. In Erinnerung an die zwei wundervollen Nächte auf der Überfahrt nach Mallorca stimme ich dem gern zu. Es dunkelt, aber der Mond spendet uns viel Licht und bringt einen breiten Wasserstreifen zum Glitzern. Manchmal wird er von kleinen Wölkchen verdeckt – ein ganz besonderes Schauspiel. Es ist wieder zauberhaft auf dem Meer. An der Küste ebenfalls. Dort erscheinen immer wieder Orte in buntem Lichterglanz. Zwei mal schauen wir Feuerwerken zu. Über dem Landesinneren zucken Gewitterblitze. Aber sie beunruhigen uns nicht, denn der Himmel über uns ist fast sternenklar. Leise spielen wir unsere Musikkassetten ab. Wenn Freddy am Steuer steht, sitze ich träumend neben ihm, in Decken und Kissen gekuschelt. Unser Glück scheint vollkommen.

Irgendwie ist mir, als würde ich ein Gluckern im Boot hören. Ich denke darüber nach. Sicher war es Einbildung. Aber war es nicht doch ein schwaches, unbekanntes Geräusch? Langsam macht sich Unruhe in mir breit. „Freddy, hast du ein leises Gluckern unten im Boot gehört?" Ich bekomme keine Antwort, denn Freddy steigt sofort den Niedergang hinab, um nachzusehen. Als er im Salon steht, sagt er nichts. Dann klappt er die Treppe hoch und guckt in den Motorraum. „Wasser!" ruft er, „Ganz viel Wasser!" Ich mache das Steuerrad fest, laufe zur Treppe und schaue in seine entsetzten Augen und in den Motorraum. Das Wasser steht so hoch, dass es kurz davor ist, über den Holzfußboden in die Bilge des Salons zu laufen. „Wo kommt es her?" fragt er aufgeregt und eilt sogleich in seine Kajüte, um im hohen Bogen das Bettzeug auf die Couch im Salon zu werfen. Hastig räumt er die großen Seekarten von seiner Koje. Ich helfe ihm, noch anderen Kleinkram von der Matratze zu nehmen. Nun wuchten wir die Matratze hinaus. Freddy hebt die Holzplatte an und ruft: „Schnell die Taschenlampe!" Da sehen wir auch schon die Bescherung! Wo sich die Welle von der Schraube mit dem Gestänge, das zum Motor führt verbindet, läuft aus einer Gummimanschette ununterbrochen Seewasser ins Boot. Freddy hat bald erkannt, dass er diesen Wasserfluss nicht stoppen kann. Schnell greift er nach Schöpfgefäßen, um den Wasserstand im Motorraum zu verringern. Ich aber gehe ans Steuerrad zurück und nehme Kurs Richtung Küste. Sie ist noch weit entfernt. Freddy hat ein hochrotes Gesicht und schwitzt stark beim Schöpfen und Leeren des Behälters im Waschbecken. Ich mache mir Sorgen um seinen Bluthochdruck. „Freddy, du darfst dich nicht überanstrengen, sonst muss ich noch ganz allein fertig werden mit dieser Havarie! Warum nimmst du nicht die Lenzpumpe?" Freddy nickt. Schnaufend und atemlos erklärt er mir, dass wir dazu das Wasser in die Bilge des Salons laufen lassen müssen, weil die Lenzpumpe es nur dort auspumpen kann. Das wollte er vermeiden, um die neuen Bodenplatten zu schonen. Dass er so nicht mehr weiterschuften kann, ist ihm aber klar. Er geht an Deck und sucht die Küste ab. Um einen Leuchtturm zu erkennen, sind wir viel zu weit ab. Scheinbar gelassen begibt sich Freddy jetzt an den Kartentisch und zeichnet unsere Position ein. „Wir sind circa vierzig Kilometer von der Küste entfernt!" ruft er mir nach oben und sucht auf der Karte nach dem nächstgelegenen Hafen. Indessen läuft das Wasser in die Bilge. Freddy drückt nun auf den Knopf der Bilgenpumpe und brummend verschwindet das Wasser aus dem Boot. Er schaltet die Pumpe aus, bis wieder genug neues Wasser nachgelaufen ist, um es wiederum auszupumpen. Das geht wunderbar, ist vor allem Kräfte schonend. Die größte Anspannung fällt von uns ab. „Irgendwie schaffen wir das schon", bemüht sich Freddy, mich zu trösten.

Ich fixiere ständig die Küste, bis ich einen blinkenden Turm erkenne. Etliche Stunden halte ich darauf zu. Ungefähr dort befindet sich auch der Hafen, hat Freddy herausgefunden. Es ist weit nach Mitternacht. Der Mond berührt schon fast das Meer. Dann wird wieder völlige Finsternis um uns sein. Nur sehr langsam kommt die Küste näher, mit ihr aber auch die Gefahr aufzulaufen. Freddy navigiert äußerst konzentriert. Er stellt fest, der Hafen liegt weit vor dem Leuchtturm. Laut Karte müsste er jetzt vor uns liegen. Angestrengt suchen wir mit unseren müden Augen die Küste ab. Unser Fernglas macht es uns nicht leichter. Was ich sehe, sieht aus wie eine große, hell beleuchtete Brücke mit fantastischen Lichtmustern. Die Hafeneinfahrt müsste aber mit einem grünen Licht auf Steuerbordseite und mit einem roten auf Backbordseite gekennzeichnet sein. Wo sind diese Lichter? Wir sind sehr verunsichert. Keine Markierung ist eindeutig. Dichter heranfahren ist sehr gefährlich, wir könnten Grundberührung bekommen. Notgedrungen entscheiden wir uns für das Unbequeme, aber Sicherste. Wir bleiben dort, wo wir jetzt sind, fahren lediglich einen Kreis. Der Motor muss laufen, sonst fließt das Wasser noch stärker. Freddy bedient in regelmäßigen Abständen die Bilgenpumpe. Trotzdem, wir hatten in unserer Ausbildung gelernt, im Zweifelsfall den Hafen nicht anzulaufen. Das tun wir nun auch. Zu viele Unfälle gab es auf diese Art schon. Man könnte zum Beispiel eine Straßenampel für einen blinkenden Leuchtturm halten.

Die Nacht scheint kein Ende zu nehmen. Wann geht endlich die Sonne auf und enträtselt uns das Bild der Küste? Immer noch fahren wir langsam im Kreis. Mich fröstelt in der Morgenkühle. Mein Problem ist aber mehr die Müdigkeit. Meine Augen wollen nicht aufbleiben. Zum Zeitvertreib verstricke ich mich mit Freddy in banale Gespräche. Nun endlich wird es langsam hell. Der nicht zu deutende Lichtzauber verschwindet und ein Hafen liegt vor uns, so als würde er uns erwarten. Aber welch ein Bild überrascht uns! Was hindert uns bei der Einfahrt? Viele Fischerboote haben sich dort in einer Linie aufgestellt. Auf ein plötzliches Kommando starten alle und fahren mit vollem Tempo direkt auf uns zu. „Mensch! Die wollen uns entern!" rufe ich verdutzt. „Ach wo", meint Freddy, „das ist doch keine Kriegsflotte, das sind Fischerboote, die zu einem Wettfischen fahren". Sie sausen an uns vorbei und bringen uns arg ins Schwanken.Jedoch sie interessieren sich nicht weiter für uns.Uns steht nur der Sinn danach, endlich in den Hafen zu fahren. Nun nichts wie los und festgemacht! Es ist noch früh, und kein Marinero ist im Hafen zu sehen, dem wir unser Problem mitteilen könnten. Dabei brauchen wir unbedingt Hilfe. Das Wasser läuft und läuft, jetzt besonders stark. Wie gern würden wir in die Koje fallen und schlafen. Wir müssen aber immer wieder die Bilgenpumpe einschalten. Deshalb halten wir weiterhin nach Hilfe Ausschau.

Neben uns liegt eine große Motoryacht. Ein Mann klettert darauf herum. Ist er vielleicht ein Millionär? Darf man ihn ansprechen? Wir grüßen ihn freundlich und bemerken, dass er ein Franzose ist. Egal, ob Millionär oder Franzose, sagen wir uns und bitten ihn, in unser Boot zu sehen. Wir bedienen uns hauptsächlich der Zeichensprache. Das Wort „Katastrophe", das wohl international ist, erweckt seine Hilfsbereitschaft. Nachdem er einen Blick auf unseren Wasserfluss geworfen hat, ruft er kurz entschlossen mit seinem Handy jemanden an. Er gibt uns zu verstehen, dass um zehn Uhr die Werkstatt aufmacht und ein Mechaniker zu uns kommen wird. Erschöpft sitzen wir im Salon am Tisch. Freddy hat den Kopf auf seine Arme gelegt, schaut mich mit verquollenen Augen an, sagt gequält: „Wir werden dann nach der Reparatur wohl zurück fahren, zum Port el Balis." Mir ist alles egal, nur erst einmal schlafen. Auf dem Deck poltern Schritte. Zwei junge Männer sehen sich den Schaden an und telefonieren mit der Werkstatt. Irgendwas erklären sie uns. Unsere dumpfen Gehirne erfassen die Situation kaum noch. Als sie uns verlassen, haben wir nur begriffen, dass die Sache geregelt wird. Kurz darauf kommen sie in einem Boot und schleppen uns mit dem unsrigen an eine Anlegestelle, wo Hebekräne installiert sind. Wir müssen aussteigen und dürfen zusehen, wie das Boot auf Land gehoben wird. Interessiert betrachten wir den Bootskörper von unten. Er ist schön glatt, noch nicht von Muscheln verkrustet. Der Mechaniker rüttelt an der Schraube. „No bueno", sagt er und meint, sie ist nicht stabil, das ist nicht gut. Dann wird repariert. Freddy und ich sitzen währenddessen vor dem Hafen auf einer Parkbank unter Palmen. Besser, wir liegen halb und stützen uns gegenseitig. Dabei schauen wir durch halbgeschlossene Augen dem Treiben in Cambrills zu. Junge Menschen verschiedener Nationen promenieren auf der Strandpromenade entlang, sexy angezogen und sehr attraktiv. Auch die Älteren, vornehm oder ausgeflippt, sind es wert, betrachtet zu werden. Wenn wir nur nicht so verdammt müde wären!

Endlich ist die Reparatur beendet und das Boot ins Wasser gesetzt. Die

Reparaturkosten schlagen uns auf den Magen. Doch die Müdigkeit zwingt uns in den Schlaf. Den Abend verbringen wir mit einem guten Essen und geizen auch mit Sangria nicht. Am nächsten Morgen sind wir wieder so richtig fitt und in bester Laune. „Ich meine, ein bisschen weiterfahren sollten wir noch, bevor wir wieder umdrehen", schlage ich vor. „Ich will nämlich noch mehr sehen von Spanien." Freddy lacht: „Ja? Ich will auch weiterfahren, bis zur Ostsee. Wir lassen uns doch nicht durch dieses Missgeschick von unserem geplanten Törn abbringen. Ich gebe doch nicht gleich auf, wenn Schwierigkeiten auftreten". Ausgeschlafen und gut gelaunt fahren wir wieder auf die See hinaus, die uns noch viele Erlebnisse verspricht.

Seefahrerromantik und Seemannsgarn

Unser Kurs führt uns ins Ebrodelta. Dort, wo der Ebro in das Mittelmeer mündet, gibt es ausgedehnte Flachwassergebiete mit reichlichem Fischbestand. Unzählige Fischereifähnchen sind auf dem Meer verteilt, die wir achtsam umfahren müssen. Außerdem muss mich mein Navigator peinlichst genau durch die Untiefen manövrieren , während ich am Steuer ganz penibel seinen angegebenen Kurs einhalte. Als sich der Tag dem Ende neigt, sind wir wie geplant dort, wo sich auf der Seekarte ein Yachthafen befindet.Tatsächlich, zwei große Leuchttürme zeigen die Einfahrt in den Ebro an. Das Wasser scheint dort sehr flach zu sein. Felssteine lauern als Gefahr links uns rechts. Da können wir nicht hineinfahren, erkennen wir beide sofort und hoffen, dass der Hafen hinter dieser Einfahrt liegt. Aber weder Boote, noch Fischer oder Angler sind hier zu sehen. Auch keine Mastspitzen hinter der Mole, die gewöhnlich einen Hafen signalisieren. Langsam tuckern wir an der Küste entlang und achten angespannt auf genügend Abstand. Wir können den Hafen nicht finden. Allmählich macht sich die Gewissheit breit, dass uns wieder eine Nachtfahrt bevorsteht. Betroffen schauen wir uns an. Freddy meint: „Aus dem Flachwassergebiet werden wir wahrscheinlich raus sein, wenn es ganz dunkel ist. Wir fahren ein wenig schneller!" „Und wer vom Pferd gefallen ist, soll gleich wieder aufsteigen", füge ich hinzu, im Gedenken an den Wassereinbruch während der vorigen Nachtfahrt. Still und höchst aufmerksam fahren wir weiter über das Meer mit den vielen Fischereifähnchen.

Vor die untergehende Sonne ziehen einzelne, zerfetzte Wolken. Das gibt ein besonders imposantes Schauspiel am Himmel. Durch Wolkenlücken fallen Strahlen der Abendsonne auf die ruhige See, gelbe, rote, violette. Bald legt sich die Nachtstimmung über das Meer und färbt alles in ein tristes grau. Wir fahren auf einen großen Leuchtturm zu, der gespenstisch und verloren weit draußen aus dem Meer ragt. Er dient zur Orientierung und Warnung vor Flachwasser. Unheimlich ist es, als wir ihn umfahren. Stumm und drohend schaut er auf uns herab. Wenn ich in die kleinen, plätschernden, grauen Wellen schaue, habe ich das Gefühl, böse Wassergeister lauern darunter, um uns gierig hineinzuziehen, sobald wir von der sicheren Wasserstraße abkommen. Als wir auf das tiefe Gewässer zufahren, gibt Freddy noch etwas Gas dazu.Endlich, wir atmen erleichtert auf. Jetzt können uns die Flachwassergeister nichts mehr anhaben.

Der Vollmond leuchtet uns auch in dieser Nacht. Unsere Musik tönt weit über das einsame, stille Meer und belebt wieder unsere beklommene Stimmung. Der Meeresspiegel ist fast glatt. Auf einmal erblicken wir vor uns etwas Seltsames.Weit in der Ferne zieht sich ein langer, schwarzer Streifen quer zu unserer Fahrtrichtung über das Meer. „Was ist das, Freddy?" frage ich ihn erstaunt. Er zuckt die Schultern. Der Abstand wird immer geringer, und wir starren beide wie hypnotisiert auf diese unerklärliche Erscheinung. Als wir heran sind, hebt sich die Bootsspitze und – hup- huschen wir über eine Welle, die uns unter dem Heck davon rollt. Eine einzelne, lange Welle war das, etwa einen halben Meter hoch. Wie kam diese mysteriöse Welle zustande? Wo kam sie her? Das bleibt uns wohl ein Rätsel.

Weit entfernt zieht die Küste vorbei, mal düster und mal stark beleuchtet. Ich bin hundemüde und lege mich schlafen. Ein tiefer Schlaf gelingt mir nicht. Nach unbestimmter Zeit gehe ich wieder an Deck. Irgendwie verwirrt steht Freddy am Steuerrad und berichtet mit schauerlicher Grimasse: „Stell die mal vor, ich habe des Öfteren Stimmen gehört. Sie hörten sich an wie wimmernde Frauenstimmen, so als riefen hier immer wieder Schiffbrüchige". Dann amt er mit gekünstelt bibbernden Lippen die angeblichen Frauenstimmen nach:„Hil…Hil…Hil…fe!" Ich verkneife mir ein lautes Lachen. Hat mein wackerer Freddy jetzt schon Halluzinationen? Schon jetzt, bei einem fünftausendsechshundert Kilometer langen Ostseetörn? Mir liegt auf der Zunge: Und warum hast du sie nicht gerettet? Freddy ist aber so ergriffen, dass ich ihn nicht kränken möchte. Er erzählt weiter: „Zwei mal stellte ich sogar den Motor ab, um genauer hören zu können. Gesehen habe ich nichts. Aber ich kriegte richtig eine Gänsehaut, so schauerlich war das". Obwohl ich jetzt auch angestrengt in die Nacht lausche, höre ich keine unheimlichen Stimmen. „Ich wollte dich nicht wecken, aber gehört habe ich das wirklich", beteuert er. Dann fügt er schmunzelnd hinzu: „Waren es etwa die berühmten Sirenen des Odysseus? Oder nur liebeshungrige Nixen?" Was mag Freddy sich da eingebildet haben? frage ich mich. Eine Erklärung können wir natürlich nicht dafür finden. Es ist eben geheimnisvoll und schauerlich auf dem Meer, das haben die Seeleute schon immer gespürt und dann ihr Seemannsgarn daraus gesponnen. Überhaupt ist diese Nacht für uns nicht nur gespenstisch, sondern auch unruhig. Immer wieder schaut

100

Freddy in den Motorraum nach eindringendem Wasser. Obwohl ein zärtliches „La Paloma" von der Kassette erklingt, können wir nicht richtig entspannen. Die Zeit schleicht zähe dahin. Das war aber wirklich unsere letzte Nachtfahrt, beschließen wir. In den hübschen Hafen von Oropesa laufen wir dann ein. Doch viel haben wir von diesem Aufenthalt nicht. Bei 35°C ist es zum Schlafen zu heiß. Also hängen wir müde auf dem Boot herum. Nicht mal auf einen Landgang haben wir Lust.

Am nächsten Morgen sind wir dann wenigstens ausgeruht. Freddy hat entschieden, dass wir die Bucht von Valencia schneiden, denn dann sparen wir viele Seemeilen. Ein bisschen enttäuscht bin ich, denn ich hätte gern mal eine längere Fahrpause eingelegt, und mir Valencia angesehen. Es ist ein heißer, sonniger Tag. Der Wind ist schwach. Wir kommen nur mit Segel und Motor vorwärts. Wenn ich am Steuer abgelöst werde, liege ich so ganz ohne auf dem Deck und aale mich in der Mittelmeersonne. Oder ich vertiefe mich in mein Buch. Die Musik umspült unser Gemüt und macht uns selig. Der herbeigesehnte Wind kommt auf. Endlich reicht er aus, um unsere Segel aufzublähen. Die ersten Schaumkämme zeigen sich. Wir haben genug Wind für ein flottes Segeln. Vorsichtshalber halte ich nach Land Ausschau, falls sich der Wind, der stark böig wird, in unberechenbaren Sturm verwandelt. Kein rettender Küstenstreifen ist in Sicht, kein schützender Hafen. Einige Wellen erreichen die Höhe von zwei Metern. Das Boot fliegt darüber hinweg und schlägt mit dem Bug hart auf. Das Wasser spritzt ins Cockpit. Wir haben Windstärke fünf. „Lass uns Rettungswesten anziehen"! mahne ich Freddy und wappne mich für den Ernstfall. Nun stehe ich in leuchtendem Rot am Steuer. Irgendwann habe ich das Gefühl, die Atlantis nicht mehr richtig im Griff zu haben, denn die starken Böen zerren sie hin und her. Ich müsste vom Wind abfallen, aber Freddy hat etwas dagegen, weil er unser Ziel genau anpeilen möchte, um es schnell zu erreichen. Also holen wir das Großsegel ein, um den Böen Angriffsfläche zu nehmen. Ein versierter Segler mag darüber schmunzeln, aber wir waren in solch einer Situation noch nicht gesegelt. Und ich bestehe darauf, kein unnötiges Risiko einzugehen. Wir kommen mit der Fock trotzdem zügig voran und haben jetzt unseren Spaß an den Wellen. Schon bald ist die Küste in Sicht.

Am Cabo Cullera wollen wir einen Hafen anlaufen. Wie immer beginnt eine nervenzehrende Suche. Verdammt, wo ist er? Wir erkennen unscharf eine Flussmündung. Das muss die Mündung des Rio Jucar sein. Hier können wir nicht einlaufen. Also suchen wir weiter die Küste ab. Vergeblich. Die Sonne geht unter. Dieses schöne Schauspiel kann ich nicht genießen, denn wir werden wieder im Dunkeln auf dem Meer sein, und das macht mich jetzt richtig wütend. Als die Küste in tausend Lichtern erstrahlt, wird die Suche nach dem Hafen wieder einmal zur Glücksache. Die bunten Lichter irritieren wie immer, die Seitenwellen nerven uns, und die müden, schmerzenden Augen müssen uns sicher in den Hafen führen. Weil wir beide absolut keinen Bock auf eine Nachtfahrt haben, strengen wir uns mächtig an, ein Nachtquartier zu finden. Wir entdecken endlich die Einfahrt für den Port de Gandia, stellen aber enttäuscht fest, dass wir in einem Industriehafen sind. Unsere Karte zeigt aber einen Yachthafen an! Wir fahren suchend darin herum. Wo sind die Masten der Yachten? Rätselhaft sind uns an einer Stelle kleine grüne

Lichter. Sie scheinen auf einen Durchstich hinzuweisen. Sollen wir es riskieren, sie als Wegweiser zu betrachten? Uns bleibt keine andere Wahl. Gestresst und mit klopfendem Herzen fahren wir sehr langsam an den Lichtern entlang. Tatsächlich! Wir gelangen nach etlichen Kurven in den voraus nicht einsehbaren Yachthafen! Es ist bereits Mitternacht. Ich habe das Gefühl, dass meine psychischen und körperlichen Kräfte gerade nur noch zum Anlegen ausreichen. Wie ich dann in die Koje gekommen bin, weiß ich nicht mehr. Am Morgen habe ich eine heftige Diskussion mit Freddy: „Wir müssen uns mal richtig ausruhen!" fordere ich in scharfem Ton. „ Außerdem ist mal wieder ein Einkauf fällig! Oder willst du wieder Knäckebrot essen?" Freddy zieht eine essigsaure Miene. „Heute fahren wir nicht so weit, nur bis Moraira. Dort können wir schon am Nachmittag gemütlich einkaufen gehen", verspricht er mir mit zuckersüßem Lächeln. Seine Umarmung wehre ich ab. Aber ich lasse mich wieder bezirpsen und gehe auf sein „großzügiges" Angebot ein, auch wenn kein ganzer fahrfreier Tag dabei herausspringt.

Wir sind wieder auf Tour. Wie fast immer kommt der Wind spitz. Und das wie meist gegen Freddys Zeitplan. Also wieder nichts mit Segeln. Mit Motorkraft geht es entlang einer bezaubernden Steilküste mit felsigen Grotten und Buchten. In einer malerischen Felsenbucht liegt der Yachthafen von Moraira. Wir bekommen einen Liegeplatz und gönnen uns tatsächlich schon am Nachmittag Landgang. Zuerst entscheiden wir uns für ein schönes Restaurant, wo wir auch gut essen. Dann begeben wir uns zum Einkaufen weiter in den Ort. Uns fällt auf, dass die Straßen mit Girlanden und Lichterketten geschmückt sind. Erstaunlich viele Menschen flanieren durch die Straßen. Aber nicht zum Shoppen, denn die Geschäfte sind geschlossen. Die Geschäfte sind geschlossen - das enttäuscht uns sehr! So wird es wieder nichts mit dem Auffüllen unseres Proviants! „Wir holen uns Brot von einer Tankstelle", schlägt Freddy vor. Mit einem langen Baguette, was aus dem Rucksack heraussteht, und einem Magnum- Eis in der Hand, schlendern wir durch die Straßen und gelangen schließlich zu einer Kirche. Dort warten viele Menschen. „Wo viele Menschen sind, ist was los", sage ich zu

Freddy. „Lass uns auch warten! Ich bin jetzt neugierig." Es kommen Männer aus der Kirche, die ein Podest auf ihren Schultern tragen. Auf diesem sitzt die Heilige Maria mit dem Jesuskind. Beide sind lebensgroße Puppen. Die zwei sind umgeben von Blumen und leuchtenden Lampen. Vor den Männern formiert sich eine Instrumentalgruppe. Bei monotonen Instrumentalklängen setzt sich dann ein langer, festlicher Zug in Bewegung. Alle gehen in einem „seitlichen Wiegeschritt". Freddy und ich müssen kichern, weil das so komisch aussieht. „Ich glaube, das nennt man eine Marienprozession. Die hat hier bestimmt eine sehr alte Tradition", belehre ich Freddy. Im Zug laufen die Bürger des Ortes, viele in Kostümen. In das frühere Spanien zurückversetzt fühlen wir uns. Wir stehen am Straßenrand und schauen uns das Spektakel an. Wegen dieser unerwarteten Show sind wir in bester Stimmung. Freddy ist ausgelassen und übermütig und macht seine Witze: „Schau mal! Der Lange mit dem Buckel ist der Lehrer, und der mit der krummen Nase der Bürgermeister. Der da drüben, siehst du ihn? Das ist der Pfarrer", wobei er mit seinem Zeigefinger auf einen dicken Kullerbauch zeigt. Schnell ergreife ich seinen ausgestreckten Finger und weise ihn zurecht: „Reiß dich zusammen, du störst hier die Heiligkeit! Wenn dich jemand versteht, werden wir noch ausgewiesen und müssen die Nacht wieder auf dem Meer verbringen!" Eigentlich mag ich seine amüsanten Fantasien, und so kommt meine Kritik nicht ernsthaft bei ihm an. Die Leute am Straßenrand sind auch in ziemlich fröhlicher Stimmung, winken und scherzen, schauen zu oder laufen tänzelnd im Zug mit. Die Prozession geht durch mehrere enge Gässchen, bis sich der Zug auf einem Platz auflöst. Auf diesem stehen Verkaufsbuden, und es gibt moderne Livemusik. Die Einwohner feiern hier zusammen mit den Touristen ein fröhliches Volksfest. Im Hafengelände ist man dabei, eine mobile Stierkampfarena aufzubauen. Hier könnten wir die Gelegenheit wahrnehmen, live einen echt spanischen Stierkampf zu erleben. Aber wir sind uns einig, dieses grausige, blutige Spektakel muten wir uns nicht zu.

Gegen Abend versammeln sich immer mehr Menschen auf der Hafenmole. Aus welchem Grund? Ich habe noch nicht genug gefeiert und bitte Freddy, dass auch wir dort hingehen. In großer Erwartung setzen wir uns zwischen die Menschen, die in vielen verschiedenen Sprachen miteinander zu reden scheinen. Bald sind alle Blicke auf einen alten Festungsturm gerichtet, der auf einem kleinen Hügel am Strand steht. Es ist jetzt dunkel und die Kirchenglocken ertönen. Dazwischen krachen plötzlich Salutschüsse. Funkensprühende Feuerwerkskörper lassen oben am Turm das Abbild von Maria und Jesus erstrahlen. Die Zuschauer spenden tosenden Beifall, bis die Figuren erloschen sind. Dann beginnt ein wundervolles, großes Feuerwerk. Die bunten Raketen steigen hoch in den Himmel. Ihre vielfältigen

Gebilde, Palmen, Blumen, Kometen fallen dann direkt zu uns herab, so dass wir das Gefühl bekommen, mittendrin zu sein, in diesem knatternden Lichtertanz. Faszinierend sind auch die Spiegelbilder auf dem Wasser. Wir kommen uns vor, als befänden wir uns in einem Meer von fröhlichen, glücklichen Menschen, was ungemein ansteckend wirkt. Arm in Arm schlendern wir nach dem Feuerwerk auf der Mole entlang zu unserem Boot. Dieses überraschende Fest war für uns ein schönes Erlebnis und eine willkommene Abwechslung. Der Mond sieht schmunzelnd einem Ehepaar zu, das sich in diesem romantischen Augenblick unbedingt küssen muss, innig wie vor dreißig Jahren.

Als später jeder in seiner Koje versucht einzuschlafen, erweist sich das als sehr schwierig. Was die Feiernden jetzt glücklich macht, ist für uns eine Folter. Superlaute Diskomusik nervt die ganze Nacht hindurch und raubt uns den Schlaf. Als die Sonne kaum am Himmel steht, wird ein Schießverein aktiv. Die Schüsse krachen, verstärkt durch ein Echo der Felsenberge, ununterbrochen. Aber nicht nur das. Unser Besucherliegeplatz erweist sich als sehr ungünstig, weil die Meereswellen, die bis in das Hafenbecken dringen, das Boot mächtig in Schwankungen versetzen. Da wir an einer Mauer festmachen mussten, schrammen sich die Fender am Beton. Auch der Tidenhub trägt dazu bei. Nach ungewollt durchwachter Nacht machen wir die Leinen los und sagen uns: Bloß weg hier!

Wie fast schon gewohnt ist das Meer am Vormittag ruhig. Doch dann legt der Wind ordentlich zu. Diesmal sind Kurs und Windrichtung günstig, um zu segeln. Der Wind heult geradezu, das Meer schäumt und die Wellen werden schnell zu Bergen von mehr als zwei Metern Höhe. Das ist für uns schon ein außerordentliches Erlebnis. Es ist diesmal nicht unangenehm, denn wir können die Wellen schräg anlaufen und somit das harte Aufschlagen des Bootes gekonnt verhindern. Weil am Steuerrad jetzt viel Muskelkraft erforderlich ist, übernimmt Freddy es. Vor uns liegt eine lange Strecke. Ich sitze bei Freddy an Deck und schaue den heranrollenden Wellen zu. Sie bauen sich auf, bis dann eine besonders hohe Welle unser Boot auf ihren Kamm hebt, von dem es schnell ins Wellental hinabsaust. Wie in einer Berg- und Tal- Bahn fühle ich mich. Meine Kinderträume werden wach. Bei unserem Tempo kommen wir schnell voran und erreichen noch im Hellen den Hafen Santa Pola. Während der Fahrt gibt es stets nur einen Schnellimbiss, ein Würstchen oder eine Stulle, denn das Hantieren unter Deck bei Wellengeschaukel ist beschwerlich und zudem reizt es den Magen. So sind wir nach einem Tagestörn meist ausgehungert. Abends wird warm gegessen. Wir essen oft das praktische Aldi – Kartoffelpüree mit Gemüse und Fleisch aus Büchsen und Gläsern. Heute schlemmen wir Kohlrouladen. Der Hafen bietet uns zum Abschluss des Tages ein Feuerwerk. „Wieder ein Feuerwerk", stöhne ich gequält, denn ich mag nicht mehr die Augen öffnen, so verdammt müde bin ich.

Wieder eine ruhige Motorbootfahrt. Die Eintönigkeit unterbrechen sechs Delfine, die auf uns zu schwimmen und neugierig das Boot umrunden. Mein Wunsch ist es, dass sie uns nicht so schnell wieder verlassen. Ich will mit ihnen spielen, indem ich das Boot im Kreis herum lenke. Das mögen sie anscheinend gar nicht. Freddy natürlich mag das auch nicht. Ich soll geradeaus fahren, damit wir unsere Seemeilen „schruppen" können. Die Delfine suchen schnurstracks das Weite. Ich habe eben noch nicht genug Erfahrung mit ihnen, gestehe ich mir enttäuscht. Weil wir unbedingt einiges zu erledigen haben, beenden wir die Fahrt am frühen Nachmittag im Hafen Carrucha. Während Freddy unser Schlauchboot aufpumpt, das als mögliche Rettungshilfe auf dem rauen Atlantik dienen soll, wasche ich Schlüpfer und Strümpfe. Als diese flatternd auf der Reling hängen, wische ich mir den Schweiß aus dem Gesicht. Es sind hier 37°C. Fast wünsche ich, wieder auf dem luftigen Meer zu sein. Auch Freddy sucht stöhnend ein Schattenplätzchen. „Lass uns essen gehen", schlage ich vor. Freddy sieht ein, dass wir uns die Küchenkramerei ersparen sollten. Nach dem Essen folgt dann aber unser wichtigstes Vorhaben, der Einkauf, denn unsere Lebensmittelvorräte müssen nun unbedingt aufgefüllt werden. Unseren Beach – Rolley jonglieren wir durch verkehrsreiche, enge, spanische Straßen mit unwegsamen Bürgersteigen. Bei unserem Konsumbedarf müssen wir schwer beladen diesen Weg zweimal gehen.

Am nächsten Morgen legen wir zeitig ab, denn wir müssen die große Bucht von Almeria schneiden. Als ein Marinero uns freundlich nachruft: „Adios Amigos!" finde ich das sehr nett, so als würde uns ein lange bekannter spanischer Freund eine gute Weiterfahrt wünschen. Auf dem Meer ist es diesig, obwohl die Sonne scheint. Die Sonne sieht wie ein verschwommener, roter Ball aus. Die Wasseroberfläche ist eigenartig glatt. Es ist heiß. Schweiß treibt aus allen Poren. Wir schalten den Motor ab. Nun ein Bad im erfrischenden blauen Meer! Erst jetzt bemerken wir die himmlische, fast unheimliche Ruhe. Kein Schiff, kein Mensch weit und breit. Wie einsam sind wir doch auf diesem endlosen Meer! Wir brauchen keinen Anker werfen, denn das Boot steht fast auf der Stelle. Freddy steigt über die Badeleiter ins Wasser. „Huch! juchzt er. „Hier spürt man schon den Atlantik. Das Wasser ist kühl." Ich begebe mich auch ins Wasser, begierig darauf, mich abzukühlen, und plansche an der Badeleiter herum. Freddy will das Boot umrunden. Als er auf die Spitze zu schwimmt, plätschert plötzlich laut das Wasser, weil er umkehrt und hastig auf mich zu schwimmt. Keuchend ruft er mir zu: „Raus! Klettere schnell raus! Eine Rückenflosse!" Ich erklimme schnell die Leiter am Boot. Freddy folgt mir mit auffallend blassem Gesicht, am ganzen Körper bebend. Sein schneller Atem faucht mich an: „Hol die Kamera!" Das tu ich prompt, während er intensiv die Wasseroberfläche absucht. Doch nichts Außergewöhnliches ist zu entdecken. „Was war denn los?" frage ich ihn gespannt. „Von der Spitzt her ist eine Rückenflosse auf mich zu geschwommen!" antwortet Freddy noch immer außer Puste. „Die muss zu einem Fisch gehört haben", gebe ich klug zum Besten. „War es ein großer Fisch?" will ich wissen. Freddy überlegt. Und wie aus einem Munde sagen wir: „Ein Hai!?" Uns wird wieder bewusst, dass wir mit dem kalten Wasser die Nähe des Atlantiks gespürt hatten, und im Atlantik gibt es fressgierige Haie. Wir hatten uns auf dem Mittelmeer bisher in Sicherheit gewiegt, weil die Haie hier ungefährlich und nur einen Meter lang sein sollen. So erfuhren wir es jedenfalls im Meeresmuseum in Barcelona. Jetzt sind wir geschockt. Beklommen und sensationsbesessen beobachten wir das Wasser. Tatsächlich sehen wir für einige Sekunden schwarze Rückenflossen, gleich zwei. Wem mögen die wohl gehören? Als danach nichts Aufregendes mehr passiert, setzen wir unsere Fahrt über das glatte Wasser fort, nicht ohne aufmerksam die Umgebung im Auge zu behalten. Irgendwann döse ich vor mich hin, als Freddy ruft: „Da!" Erschrocken fahre ich zusammen, richte mich auf und schaue aufs Wasser, in der Richtung, die mir Freddy mit seinem Finger weist. Diesmal ist es keine Flosse, auf die wir starren, sondern ein schwarzes, rohrähnliches Gebilde, das senkrecht aus dem Wasser ragt. „Dreißig Zentimeter hoch und im Durchmesser fünf Zentimeter", hält Freddy sachlich fest. Er frotzelt: „Das ist bestimmt ein Teleskop von einem U – Boot. Lass uns hier verschwinden!" „Spinner!" sage ich und gebe trotzdem lieber ein bisschen mehr Gas.

Wir erreichen den Puerto Deportivo, der uns sehr beeindruckt. Auf einer künstlichen, kleinen Halbinsel steht das Empfangsgebäude zusammen mit einem architektonisch beeindruckenden Leuchtturm. Wir kommen in die Rezeption, wohl bemerkt in Andalusien, und treffen dort auf einen Japaner, der überraschenderweise fließend deutsch spricht. In typisch japanischer Freundlichkeit erledigt er das Einklarieren und weist uns einen Hafenliegeplatz zu. Wir steuern ihn an und fahren auf einem Wasserarm mitten in die City. Um uns herum sind Straßen, Geschäfte, Bars, Wohnhäuser. Es brummt, quietscht, scheppert, musiziert, quatscht. Diese Stadtatmosphäre ist originell, aber anfangs nicht angenehm. Abends jedoch, als wir an Deck sitzen, genießen wir die Straßenromantik. Um uns herum haben wir viel buntes Licht. Aus den Restaurants dringt leise Musik. Urlauber schlendern vorbei. Wir haben das Gefühl, selbst an einem der Straßentische Platz genommen zu haben. Genüsslich trinken wir unseren Sangria, den wir mit Früchten aus Büchsen veredelt haben. Zur Krönung des Abends wird uns wieder mal ein Feuerwerk geboten.

Die Delfinschule

Wieder stehe ich an meinem Steuerrad und schaue genüsslich über das weite Meer, indem ich die frische Meeresluft einatme. Das Meer ist ruhig. Der Himmel ist ein wenig diesig und doch leicht sonnig. An der Küste ziehen sich die andalusischen Berge entlang. Plötzlich wird meine Aufmerksamkeit gefesselt. Ein langer, breiter Meeresstreifen, zur Küste parallel verlaufend, sieht eigenartig holprig aus. Sofort erscheint mir in meiner Fantasie das Bild einer Straße mit Kopfsteinpflaster. Meine „Steine" im Meer sind allerdings sehr lebendig. „Freddy! Schau doch mal!" rufe ich in den Salon. Freddy kommt von seinem Kartentisch nach oben und staunt: „Das sind Delfinrücken! Klar, das sind Delfine! Aber so viele?" Sogleich sind wir uns einig, was wir tun werden. Wir lenken das Boot hinein, in dieses Delfinrudel. Plötzlich sind sie alle um uns. Ich rufe aufgeregt: „Guck doch mal! Das sind ja mehr als hundert Delfine!" Ich weiß gar nicht, wo ich ihnen beim Schwimmen und Auftauchen zugucken soll. Sie sind an beiden Seiten des Bootes, hinter uns, vor uns! Wir beobachten sie und sind uns bald sicher, sie mögen es, dass wir sie auf ihrer Wanderung begleiten. Einige betrachten das Boot wohl als Leittier. An der Bootsspitze kämpfen immer welche um den vordersten Platz. Wer längere Zeit diese Stellung gehalten hat, wird irgendwann von einem anderen ehrgeizigen Delfin weggedrängelt. Das Wasser ist klar und durchsichtig. Begeistert bestaunen wir ihre Schwimmkünste. Mit sparsamen Bewegungen vermögen sie es, in einem straffen Tempo zu schwimmen. Mit ebensolcher Leichtigkeit gleiten sie geschmeidig aus dem Wasser, um kurz Luft „einzuatmen", und zeigen dabei ihren gekrümmten Rücken. Und das immer wieder, scheinbar ganz ohne Anstrengung. Geschickt tauchen sie auch unter dem Boot hindurch. Die Motorschraube stört sie dabei offensichtlich nicht. Wir filmen und fotografieren. Dabei stellen wir fest, dass wir aufmerksam ihr vorgegebenes Tempo einhalten müssen, ebenso den von ihnen bestimmten Schwimmkurs, der zum Glück fast genau dem unseren entspricht.

Wir überlegen: Wie könnten wir einen intensiven Kontakt zu ihnen herstellen? Freddy setzt sich auf die Badeplattform und lässt vertrauensselig seine Beine ins Wasser baumeln. Dicht an seinen Füßen schwimmen die Delfine. Diese könnten sie mit der Schnauze berühren, sie tun es aber nicht. In Freddy ist sofort der Trieb nach Experimenten geweckt. Er muss immer alles ausprobieren, hofft er doch stets, etwas ganz Außergewöhnliches zu erleben. Damit kann er zuhause bei den Landratten ein wenig angeben. Diesen Tick will er nur nicht gern zugeben. Ich amüsiere mich dann immer. Was tut er jetzt? Freddy wird ganz mutig. „Ich werde zu ihnen ins

Wasser springen", verkündet er mir mit großer Ernsthaftigkeit. Wir wissen, dass man erzählt, Delfine hätten schon Menschenleben gerettet. Sie würden uns im Wasser sicher nichts tun. Man spürt eben gerade jetzt ihre Menschenfreundlichkeit, wie sie sich um unser Boot scharen. Die Art, wie sie harmlos aussehen und sich bewegen lässt den Schluss zu, dass sie freundlich und lustig sind. Als Freddy zum Sprung ansetzen will, bitte ich ihn schnell: „Warte noch! Ich erinnere mich an eine Fernsehsendung, wo gezeigt wurde, dass Delfine ihresgleichen manchmal böswillig unter Wasser drücken. Weshalb, weiß man nicht. Es wurde gesagt, dass das Menschen vielleicht auch passieren könnte. Sind eben wilde Tiere. Zieh dir doch bitte wenigstens dabei eine Rettungsweste an!" Freddy zieht die leuchtend rote Weste über, nimmt das Ende eines am Boot befestigten Taus und lässt sich ins Wasser plumpsen. Die Delfine, die vorher dicht am Heck schwammen, halten jetzt respektvollen Abstand zu ihm. Ich schaue gespannt durch die Kamera, was passieren könnte, muss ich für meinen Held, für die Freunde und Verwandten, gut im Bild haben. Freddy guckt fragend umher. „Sie sind alle noch in unserer Nähe", rufe ich ihm zu, „nur bei dir sind keine! Sie verzichten lieber auf eine nähere Bekanntschaft mit dir!" Sicher, Freddy ist enttäuscht, vielleicht aber auch erleichtert, dass er nicht attackiert wird. Schließlich will er sie unter Wasser sehen und ruft: „Ich tauche mal!" Das Bild, das er jetzt abgibt, ist urkomisch und reif für die „Versteckte Kamera". Mehrmals versucht er vergeblich, seinen Körper unter Wasser zu bekommen. Sein Po guckt oben heraus und die Beine strampeln in der Luft. Gerade mal das Gesicht kann er eintauchen, mehr Tiefgang lässt die Rettungsweste nicht zu. Hat er vergessen, dass er sie an hat? Ich lache herzlich, denn diese Aufnahmen sind doch etwas Besonderes für seine Bewunderer. Wegen der Tauchkünste meines Mannes hatte ich unser Tempo gedrosselt. Die meisten Delfine sind jetzt vor uns. Ich will sie wieder einholen und ziehe das Tempo an. „Nicht so schnell!" schreit Freddy schon fast ertrunken, denn er schluckt bereits Seewasser. Gnädigerweise nehme ich ihn wieder an Bord. Ich will ihn ja schließlich nicht ertränken. Er jappst nach Luft und schnauft ein wenig vor Wut. „Na ja, war blöd von mir, mit dieser leuchtenden Weste. Die mögen die Delfine wohl nicht". Vorwurfsvoll schaut er mich trotzdem an. Er ist enttäuscht, wegen seiner missglückten Delfinshow.

Die ersten Tiere des Rudels haben wir bald wieder erreicht. Freddy übernimmt das Steuer, während ich mich auf die Spitze des Bootes setze und wieder den Delfinen zusehe. Wie galant und geschmeidig sie durchs Wasser gleiten. Auch sie beobachten mich, legen sich beim Schwimmen auf die Seite und schauen mich mit ihren großen Augen an. Mir geht ein wohliges Kribbeln durch den Körper und ich frage mich: Was mögen diese klugen Tiere denken? „Habt ihr keine Lust mit mir zu spielen?" frage ich sie und halte ein Tauende ins Wasser. Nein, haben sie nicht. Aber sie haben einen Ehrgeiz, zügig und brav im Kollektiv ihr Ziel anzuschwimmen. Eine solche Disziplin gibt es eben nur in einer Delfinschule. Ich spüre, dass Freddy die Kamera abwechselnd auf mich und die Delfine hält, mit denen ich gerade spreche. „Wie unterhaltet ihr euch denn", fragt er grinsend, „auf delfinisch?" „Ach Freddy", schwärme ich, „diese Meeresbewohner haben mich wahrhaftig verzaubert. Ich könnte ihnen stundenlang zuschauen." „Eine Stunde lang tun wir das nun schon", sagt Freddy und schaut über das vor uns liegende Meer. Er nimmt das Fernglas. „Guck mal! Was schwimmt denn da hinten im Wasser?" Ein breiter, orangefarbener Schmutzstreifen zieht sich quer zur Fahrtrichtung. Wir müssen durch diesen Umweltfrevel hindurch. Die Delfine aber bremsen ihre Geschwindigkeit und sind sichtlich irritiert. Ich bin um sie besorgt und verärgert und frage mich laut: „Ist diese Brühe vielleicht giftig?" Wir nehmen den exakten Kurs wieder auf. Unsere Wege trennen sich. Der Tag endet im Hafen Marina de Este. Ich liege in meiner Koje und träume. In meinen wunderschönen Träumen sehe ich sie – die Delfine!

Die Straße von Gibraltar

Um sieben Uhr klingelt der Wecker. Eine lange Strecke liegt vor uns, denn wir wollen die Bucht von Malaga schneiden. Zum Frühstück gibt es mal wieder Knäckebrot. Der Atlantik naht. Es weht ein lebhafter, kühler Wind, direkt von vorn. Ich ziehe mir meinen Winteranorak an. Die Wellen, zwei Meter hoch, sind kurz und steil. Um in den Hafen von Marbella zu kommen, biegen wir in eine Bucht ein. Wir haben die Wellen jetzt längere Zeit von der Seite. Genervt und verdammt taumelig landen wir im Hafen. Ich sehne mich danach, festen Boden unter den Füßen zu haben. Deshalb kochen wir nicht an Bord, sondern gehen in die Stadt. Dort finden wir einen „Supermarcet" und kaufen Brot. Mir ist übel zu mute, denn die Regale dort scheinen zu schwanken. „Lass uns ein Restaurant suchen", bitte ich Freddy, „denn ich muss unbedingt was Vernünftiges essen, damit es mir wieder besser geht". Wir gehen durch die Straßen. Die Restaurants sind geschlossen. Kein Wunder, niemals wird ein Spanier um neunzehn Uhr zu Abend essen. „Ist man denn hier in der Nähe des Hafens nicht auf Ausländer eingestellt"? frage ich entrüstet. Da! Ein Mc. Donalds – Schild! Wir können uns sicher sein, Mc. Donalds hat geöffnet. Der Magen knurrt. Also nichts wie hin. Wir gehen in die Richtung, in die das Schild weist. Eine Straße entlang, und noch eine. Kein Mc. Donalds. Wir glauben schon, uns in der Richtung geirrt zu haben, bis wir wieder ein Hinweisschild entdecken. Nun müssten wir doch gleich da sein, hoffen wir verzweifelt und durchlaufen hungrig und vergnatzt die nächsten Straßen. Verunsichert spreche ich einen Passanten an: „Donde hay Mc. Donalds?" Der Spanier zeigt mit seinem Finger eine breite Allee hinauf. Sie führt bergauf. Hübsch gepflastert ist der Bürgersteig. Die Gehwegplatten sind mit Wellenmotiven verziert. Als ich ein paar Schritte nach oben geschnauft bin, geraten die Wellen in Bewegung, stärker und immer stärker. „Bleib stehen, Freddy!" keuche ich. „Ich habe jetzt Windstärke zehn. Siehst du nicht das tobende Wellenmeer?" Meine schwitzigen Hände wische ich an der Hose ab, dann streiche ich mir über die Augen und schaue die Allee hinauf. „Da oben am Horizont, da sind wir da", versichert mir Freddy ebenfalls schnaufend. Ich setze mich wieder in Bewegung und vermeide den Blick nach unten. „Dass ich wegen einem Hamburger mal bis ans Ende der Welt laufen würde, hätte ich mir nie gedacht!" schimpfe ich laut. Aber Freddy hatte Recht. Am Stadtrand flattern nun endlich die verlockenden Fahnen. Wir sind bei Mc. Donalds, direkt an einer belebten Autobahnabfahrt. „Wollen wir drinnen oder draußen sitzen?" fragt mich Freddy. Eigentlich ist mir das piepegal. Drinnen wie draußen sind die Tische unabgeräumt und beschmutzt. Einiges von dem Müll liegt auf der Erde. Ein unangenehmer Lärm von Rock und Pop macht mich noch nervöser. Unerzogene Kinder rennen wild und laut grölend umher, aus dem Restaurant und wieder rein und wieder raus. Eine Geburtstagsfete – auch das noch! Wortlos falle ich auf einen Stuhl. Freddy holt das Essen. Ich kann über die Stadt gucken, sehe dahinter das Meer. Auch Berge machen die Landschaft reizvoll. Jedoch ist mir nicht danach, die spanischen Naturschönheiten zu bewundern, diesmal nicht. Ich schließe die Augen und verkrieche mich in mein Inneres, dahin, wo ich die ersehnte Ruhe suche. Freddy schiebt mir einen Big Wopper unter die Nase. Na endlich! Verkrampft lächle ich ihn dankbar an.

Die Cola sorgt in der Nacht für einen schlechten Schlaf. Ich wälze mich im Bett hin und her und mache mir Bilder von dem nächsten Tag. Wie mag es aussehen, in der Straße von Gibraltar? Morgen ist es endlich soweit. Wir werden diese berühmte Straße durchfahren. Afrika kann man sehen, sagt man. Hoffentlich ist der Wind nicht zu stark und der Schiffsverkehr nicht zu dicht. Starke Strömungen soll es geben. Ob sie uns gefährlich werden? Und die Seekarten, die wir haben, gelten nur noch bis Gibraltar. In den letzten Häfen habe ich Freddy immer gedrängt, nach einem Kartengeschäft Ausschau zu halten. Haben wir aber nur so nebenbei getan. Er hielt den Kauf dieser Karten noch nicht für so ganz dringend. Jedenfalls wollte er mit dem Suchen keine Fahrzeit verschwenden. Ich bin besorgt und eher ratlos. Kann ich mich darauf verlassen, dass er sich in Gibraltar darum kümmern wird? Die Seekarten sind eine unverzichtbare Grundlage für die Sicherheit auf dem Meer. Das haben wir beide in unserer Ausbildung für den „Führerschein für See" gelernt! So richtig kenne ich meinen Ehemann leider noch nicht, muss ich zugeben. Ach, und außerdem ist morgen mein Geburtstag.

„Herzlichen Glückwunsch zum Geburtstag!" begrüßt mich Freddy am Morgen im Salon. „Ein Geschenk habe ich nicht für dich, aber ich verspreche dir heute einen schönen Tag in Gibraltar. Die Strecke ist nicht lang. Wir werden gegen fünfzehn Uhr dort sein. Dann können wir schön essen gehen und herumbummeln." Ich lasse mich umarmen und finde seinen Vorschlag verlockend. „Und dann werde ich mir ein Souvenir kaufen", ergänze ich fröhlich. Das Meer ist unruhig und düster. Der Himmel ist bedeckt. Während ich warm bekleidet am Steuer stehe, sucht Freddy mit dem Fernglas den Horizont ab. Er sucht die „Säulen des Herakles", wie man die Berge rechts und links der Einfahrt der Straße von Gibraltar nennt. Wir müssen nicht lange fahren. Da werden sie verschwommen im Dunst des Meeres sichtbar. Zwei große Berge, dazwischen das Meer. Beide sind wir sehr gespannt und starren gebannt in diese Richtung, wo sich das Land immer deutlicher aus dem Himmel abhebt. Der Weg dort hin ist aber beschwerlich. Der Wind ist kalt und scharf. Er pfeift mit Stärke fünf durch die Meeresenge. Wir haben nicht nur den Wind von vorn, sondern auch die Strömung gegen uns. Das Segel können wir nicht einsetzen. Mühsam kämpft sich unsere Atlantis mit Motorkraft vorwärts. Die Wellen werden aggressiver, schäumen und spritzen uns nass. Wir haben den Eindruck, kaum von der Stelle zu kommen. Weit vor uns, zwischen den „Toren", also in der Einfahrt bietet sich mir ein unerklärliches Bild, fast so etwas wie eine Fata Morgana. Ich sehe zwischen den Ufern eine Brücke mit Brückenpfeilern. Aber eine Brücke über das Meer gibt es dort nicht! Dieses Phänomen ist für mich zunächst unerklärlich. Scheinbar ein Bild der Wasserspiegelung. Das Rätsel löst sich mit dem Näherkommen teilweise. Was ich für die Pfeiler gehalten habe, sind große Frachtschiffe. Sie warten darauf, gelotst zu werden. Wenigstens ist unsere Atlantis dort nicht so ganz einsam, denke ich. Den riesigen Pötten macht der Wind und der Wellengang nichts aus. Ich aber bin zum ersten Mal richtig ängstlich. Wie gefährlich wird es in dieser Wasserstraße noch werden? Kann der Motor, der mit neunzehn PS nur als Hilfe für das Segelboot gedacht ist, den Anforderungen von Wind und Strömung gerecht werden?

Wir nähern uns mehr und mehr einem riesigen Felsen steuerbord und den Bergen von Marokko backbord. Die schmalste Durchfahrt zwischen Europa und Afrika soll etwa vierzehn Kilometer betragen. In der Einfahrt liegen gigantische Containerschiffe und Tanker, die wir jetzt von nahem bestaunen können. Immer wieder schauen wir beeindruckt auch den steilen, hohen Felsen hinauf, den Felsen von Gibraltar. In den nackten Felsen stehen orientalische Bauten und verschiedenartige Türme, sogar ein Minarett. Über die bekannten Affen von Gibraltar habe ich gehört, kann aber keinen von ihnen entdecken und bin ganz gespannt darauf, hier an Land zu gehen. Das große Ereignis, mit unserem Segelboot diese berühmte Sehenswürdigkeit erreicht zu haben, halten wir wieder begeistert und gründlich in Bild und Ton fest. Dabei ist es recht schwierig, keine Wackelbilder zu produzieren. Um dem scharfen Wind und den aggressiven Wellen zu entgehen, erscheint uns die Bucht von Gibraltar wie eine Erlösung. Gleich hinter den Felsen biegen wir rechts ein. Endlich lässt der Wind nach. Aber die nächste Folter erwartet uns sofort. Sie besteht aus hohen, unangenehme Seitenwellen und Schnellfähren, wuchtigen Katamaranen und anderen rasenden Schiffchen, die uns rücksichtslos überholen. Ein Gaudium für Besatzung und Passagiere, die vor Schadenfreude gehässig lachen und uns obendrein noch zuwinken. Sie bekunden ihren Spaß mit mehrmaligem lauten Hupen. „Arschlöcher!" flucht Freddy laut. Unser Boot schaukelt heftig und ziemlich bedrohlich von einer Seite auf die andere. Ich kann mich kaum festhalten. Da klingelt das Handy. Aus Deutschland bekomme ich einen Geburtstagsgruß. Ich muss meinen gereizten Ton unterdrücken und schwärme: „Ganz dicht bei Afrika bin ich! Ich kann es sehen! Stellt euch mal vor!" Dem Magen wird langsam übel. Wenigstens ist der Hafen von Gibraltar schon in Sicht. Freddy knüpft die englische Flagge an die Wandte, weil die Stadt unter englischer Herrschaft steht. Reizvoll hängt der Ort in den Felsen, mit gepflegten Gebäuden, Mauern und Türmchen. Einen Tower wie in London, glaube ich zu entdecken.

Langsam fahren wir in den Hafen ein, können uns aber kaum orientieren. Verwaiste, flache Anlegestege scheinen für uns nicht geeignet zu sein. Was ist dahinter? Wir kreisen im Hafen und hoffen auf helfende Hinweise. „Wir haben kaum noch Diesel im Tank", sagt Freddy, um die Notsituation wieder mal komplett zu machen. Endlich erscheinen zwei Männer auf der Hafenmauer. „How long is your Boot?" rufen sie herüber. Freddy hält seine zehn Finger in die Höhe. „Then meter!" Beide winken sie ab, indem sie die Arme mehrmals nach vorn schieben. „Das ist eindeutig", sagt Freddy. „Die wollen uns hier nicht haben. Wir müssen uns einen anderen Hafen suchen." Ich bin perplex. Wie können die mit einigen Armbewegungen meinen Traum von einem schönen Geburtstag kaputt machen?! Diese Leute müssten doch wissen, wie sehr man sich nach einem Hafen sehnt, wenn man über das Meer gekommen ist! Haben denn Engländer kein Herz? „Und jetzt wieder in die Straße von Gibraltar?" frage ich missmutig und ängstlich Freddy, in der schlimmen Vorstellung, mich wieder der Gefahr von Wind und Strömung aussetzen zu müssen, mit dem Ergebnis, die Nacht auf dem unheimlichen Atlantik zu verbringen. „Nein", meint Freddy,

„es gibt auf der gegenüberliegenden Seite der Bucht auch einen spanischen Hafen. Den fahren wir jetzt an. Nur müsste ich Diesel auftanken. Im Kanister haben wir noch welchen." Das Wasser ist im Hafen verhältnismäßig ruhig. Also tankt er auf, ohne auch nur einen Tropfen zu verschütten.

Wir durchqueren die Bucht bei starken Seitenwellen, indem wir wieder zwischen großen Containerschiffen und Fähren jonglieren müssen. Dabei lassen wir größte Aufmerksamkeit walten, wobei ich wieder unpassend einen telefonischen Geburtstagsgruß entgegennehme. Sonst waren wir solchen Riesen immer in großem Bogen ausgewichen, jetzt müssen wir uns dicht an ihnen vorbeischlängeln. Aufatmen können wir erst, als wir zwei große Leuchttürme sehen, die eindeutig eine Hafeneinfahrt signalisieren. Wir stellen fest, der Hafen ist unvorstellbar riesig, nicht zu überschauen, ein Fähr-und Handelshafen. Langsam fahren wir weit hinein, um den Yachthafen zu finden, der hier integriert sein müsste. Wir sehen keinen Yachthafen und der Wasserweg führt uns wieder an den Leuchttürmen vorbei in die Bucht hinaus. Suchend fahren wir an der Küste dieser Bucht entlang. Die Sonne neigt sich dem Horizont. Wo sind nur die Masten von Segelbooten, die für einen Yachthafen ein typisches Signal darstellen? Es ist wie verhext. Freddy schaut in mein abgespanntes Gesicht. Er hält mir die Karte hin. „Sieh doch mal! Hier ist doch der Hafen eingezeichnet! Lass uns noch mal in den Fähr-und Handelshafen fahren, wir müssen den Yachthafen übersehen haben." Also wieder zwischen den Leuchttürmen hindurch und noch eine Hafenrundfahrt. Kein Yachthafen! Wir irren im wahrsten Sinne des Ortes wie blinde Hühner im Hafen herum, ohne Aussicht auf Erfolg. Stunden sind vergangen. Ich könnte heulen, als wir wieder zu den Leuchttürmen zurückkommen. Etwas müssen wir uns jetzt einfallen lassen. Ein kleines Polizeiboot fährt an uns vorbei. „Freddy, das ist die Lösung!" rufe ich. „Wir müssen die Polizisten fragen!" Freddy ruft zu ihnen herüber: „Wo ist der Port von Algercias, Club Nautico?" Der Polizist am Steuer stoppt seinen Motor und zeigt an der Küste entlang und dann nach rechts. Wir bedanken uns. Er fährt los und ich schaue Freddy verzweifelt an. „Dort waren wir doch schon." „Macht nichts", sagt Freddy entschlossen, „wir müssen ihn übersehen haben." Wir suchen noch einmal hinter den Mauern des großen Hafens und entdecken eine unscheinbare Einfahrt, die wir vorher nicht wahrgenommen hatten. Wir fahren in unserer Verzweiflung mutig hinein und sehen erst dann die Masten der Segelboote. Na endlich!

Inzwischen ist es Abend. Es ist keiner mehr von der Hafenbesatzung zu finden. Wir machen an einem Kai fest und haben weder Wasser- noch Stromanschluss. Egal! Der Hunger quält uns. Ich bereite uns ein Essen zu: Kartoffelbrei, Bratwurst und Sauerkohl. Ein leckeres Geburtstagsessen. Damit erschöpfen sich aber die Feierlichkeiten. Freddy will uns mit Sekt und Schokolade noch einen schönen Abend machen. Ich aber habe nur einen Wunsch, sofort auf meine weiche Matratze zu fallen. Ach ja, ich habe noch einen zweiten Wunsch, einen ganzen Tag lang auszuruhen. Freddy sitzt enttäuscht allein am Tisch und schaut sinnend auf meine Füße, die unter der Bettdecke hervor lugen. Indessen denke ich an die netten Anrufe, die ich an diesem Tag erhalten hatte. Zu meiner siebenjährigen Enkelin Jacqueline sagte ich, dass ich nur einen einzigen Geburtstagsgast habe, den Opa. Daraufhin kicherte sie und bemerkte schlagfertig: „Ist ja klar, du kannst doch nicht mit einem Fisch feiern." Manchmal höre ich in dieser Nacht den Wind heulen und fühle mich sicher und geborgen. Daran, wie es weitergeht, will ich vorerst nicht mehr denken.

Der Morgen ist sonnig und heiß. Es ist es außerdem windstill und stickig. Wir inspizieren den Hafen. Die Wasseranschlüsse passen nicht, Hafenpersonal ist nicht zu finden, ein Geschäft für Seekarten ist auch nicht auszumachen und eine Tankstelle gibt es nur in der Stadt. Was nun? Also schnappt sich Freddy den Beach- Rolly und holt damit dreimal je zwei Kanister Diesel von der Autotankstelle. Dabei kommt er sehr ins Schwitzen. Ich mache indessen „Hausarbeiten." Erschöpft leisten wir uns eine Siesta und gegen Abend einen Spaziergang am Stadtrand. Wir spazieren auf knochenbrecherischen Bürgersteigen durch eine laute, verkehrsreiche Stadt mit dauernd hupenden Autos. Mir gefallen die reichen, spanischen und orientalischen Villen mit üppigen Gärten, in denen herrliche exotische Gewächse gedeihen. Leider liegt auf der Straße überall Müll herum. Auf einer Art Wiese stehen zwei angebundene Esel. Insgesamt vermitteln uns diese Bilder den Eindruck einer reizvollen Fremde.

Als wir zum Boot zurückgehen, sehen wir am Kai eine Gruppe Menschen stehen. Wir gehen neugierig dort hin und entdecken auf dem Kai einen sehr großen Fisch. Er ist mit einer Decke abgedeckt. Die Männer unterhalten sich und wir schnappen ein Wort auf, das wie „Thunfisch" klingt. Ja sicher, das ist ein Thunfisch. Wir kennen ihn ja nur aus einer kleinen Büchse. Ob ich das Tuch hochnehmen kann? Ich tue es, denn als Tourist darf man sich das sicher erlauben. Ein großes, totes Fischauge guckt mich an. Ein Weilchen bestaunen wir den gewaltigen Fisch. Dann sitzen wir noch ein bisschen in unserem Boot an Deck bei einbrechender Dunkelheit und schauen dem Treiben auf dem Kai zu. Ein Kühlauto kommt mit einem Hebekran und zieht den Fisch nach oben. Links und rechts von dem Thunfisch postiert sich je ein Fischer. Sie lassen sich stolz fotografieren. Es ist ein wirklich großer Fisch, er ist länger als die Fischer, vielleicht zwei Meter lang. Wir haben noch nie einen solch großen Fisch gesehen. Nun wird er in das Auto gehoben und weggefahren. Die Männer verlassen auch den Kai, sie gehen bestimmt den außerordentlichen Fang begießen.

Wir müssen uns nun wieder Gedanken darüber machen, wie wir unsere Fahrt fortsetzen. „Was machen wir nun ohne Seekarten?" frage ich Freddy. Er hat eine Notlösung in Form einer Touristenkarte. Darauf sind aufgereiht, wie Perlen an einer Schnur, die nächsten Orte an der spanischen Küste zu sehen. Ungläubig schaue ich ihn an. „Na ja", meint er verunsichert, „wenigstens haben wir noch den Hafenführer des ADAC. Wir sollten damit bis Cadiz fahren, denn in einer großen Stadt wie dieser bekommen wir ganz bestimmt Seekarten." Ich fühle mich in der Klemme. Als ich sage: „Dann müssen wir das so machen", ist mir nicht wohl dabei. Einesteils wegen der fehlenden Karte, zum anderen ist mir die Straße von Gibraltar doch ziemlich unheimlich.

Aus meinem Nachtschlaf werde ich von heulendem Sturm geweckt. Das Boot liegt aber ruhig. Im Hafen ist kein Wind. Das Heulen kommt von der tückischen Wasserstraße. Ich lausche und hoffe, dass es sich bis zum Morgen beruhigt. So lange brauche ich nicht zu warten. Plötzliche Stille. Ich schlafe wieder ein, bis ich erneut von dem schauerlichen Heulen geweckt werde. Es ist schlimmer als vorher. Vor meinem geistigen Auge sehe ich unsere Atlantis zerschellt an den Felsen. Der Motor hatte nicht die Kraft, uns gegen Wind und Strömung in der Wasserstraße zu halten. Nein, um ein solches Risiko habe ich diese Fahrt nicht gemacht. Es ist nicht wichtig, schnell weiterzukommen. Bei Sturm müssen wir nicht auf das Meer. Wie denkt Freddy darüber? Ich krabble zu ihm in die Koje. „Kannst du auch nicht schlafen?" Freddy brummt etwas und nimmt mich lieb unter seine Decke. Er weiß schon, meine Angst. Da brauche ich ihm nicht viel zu erklären. „Natürlich fahren wir bei einem solchen Wind morgen nicht raus. Das machen wir auf keinen Fall", tröstet er mich. Ich bin beruhigt und kann in meinem Bett wieder einschlafen. Trotzdem bekomme ich mit, dass es nochmals windstill wird, der Wind dann aber erneut aufheult. Das ist seltsam, grüble ich. Wie unberechenbar ist das Meer? Und wie wenig kennen wir seine Tücken überhaupt?

Der Atlantik – Flachwasser und andere Tücken

Eine Hand rüttelt mich aus dem Schlaf. „Steh auf! Komm! Lass uns losfahren! Es ist kaum Wind und es sind höchstens zweieinhalb Stunden Fahrt bis zum nächsten Hafen." Verstört öffne ich die Augen. Die Morgensonne scheint. Es ist ruhig und friedlich. Ich fühle mich überrumpelt, krieche schläfrig und benommen aus der Koje und greife nach meinem Jogginganzug. Dann kommen mir erst die Gedanken: Wo wollen wir jetzt hin? In die Straße von Gibraltar? Da hat doch heute Nacht immerzu der Sturm geheult! Ehe ich protestieren kann, ich weiß auch noch gar nicht, ob ich das will, erklärt mir Freddy seine Entscheidung: „Du weißt doch, dass morgens das Meer immer am ruhigsten ist, und wir können uns doch hier nicht für längere Zeit festsetzen, wir haben kein Wasser und keinen Strom". Schon ganz automatisch nehme ich meinen Platz am Steuer ein, während Freddy flugs die Leinen löst. Vielleicht hat er Recht, denke ich schläfrig. Ja stimmt, das Meer ist morgens immer am ruhigsten. „Unter deiner Verantwortung!" drohe ich ihm noch, als wir den Hafen verlassen.

In der Seestraße sind die Wellen nicht so hoch wie bei unserer Ankunft. Dennoch ist das Wasser schaumig und aufgewühlt. Der Wind heult nicht, sondern pfeift. Ich messe die Stärke fünf. Links von uns erstreckt sich die afrikanische Bergkette. Wir befinden uns auf der rechten Seite der Wasserstraße und gleiten an einer felsigen Steilküste vorüber. Plötzlich stockt uns der Atem. Ich bekomme eine Gänsehaut. Ein gefährlicher Felsen ragt unweit neben uns aus dem Wasser. Zwischen diesem und der Steilwand guckt ein Wrack hervor. Ein größeres Motorboot ist an dem Felsen leck geschlagen und halb versunken. „Siehst du Freddy", sage ich, „so habe ich uns heute Nacht auch gesehen". Wortlos fahren wir weiter. In mir sitzt immer noch die Furcht, dass jeden Moment der Sturm losheult, wie heute Nacht. Aber das Gegenteil tritt ein. Es wird tatsächlich immer gemütlicher. Während links das Land entschwindet, legt sich der pfeifende Wind. Mit den Schaumkämmen verschwinden dann auch meine Bedenken. Die Wellen werden breit und lang und haben eine Höhe von etwa zwei Metern. Sanft gleiten wir über sie hinweg. Ein wirklich angenehmes Gefühl. „Willkommen Atlantik!" rufe ich erfreut über das Meer. Mir fällt ein Stein vom Herzen, dass wir den weiten, unberechenbaren Atlantik nicht gleich von der rauen Seite erleben müssen. Weil das Reisewetter wieder ideal ist, laufen wir den Hafen „Barbate" nicht wie geplant an, sondern fahren in den Tag hinein. Unser Ziel ist der Hafen „Sancti Petri". Die Windrichtung hat sich auch auf dem Atlantik gegen uns verschworen, vornehmlich gegen Freddys Zeitplan, denn er bläst uns von Nord spitz ins Gesicht. Wir probieren es mit dem Großsegel, aber es schlägt nur nervend hin und her, und zum Kreuzen nehmen wir uns nicht genug Zeit. Freddy hält noch immer an seinem Etappenziel fest, am Ende des Urlaubs in San Sebastian zu sein.

Am späten Nachmittag glauben wir, „Sancti Petri" zu sehen. Vor der Hafeneinfahrt tummeln sich Segelboote. Zunächst verdeckt uns aber ein Landstreifen noch die genaue Sicht auf die Einfahrt. Er zieht sich wie eine Landzunge vom Festland ins Meer. Auf dieser schmalen Halbinsel steht eine alte Burg. Bevor wir uns Zeit nehmen, sie genau zu betrachten, beschließen wir, sicherheitshalber einen großen Bogen darum zu machen. Ich lenke das Boot auf das offene Meer. Plötzlich kratzt, knirscht und schürft es laut. Ungefähr fünf Sekunden hängt das Boot fest. Wir stehen auf der Stelle, und ich stehe wie versteinert am Steuerrad. Freddy reißt es mir aus der Hand und dreht es, um die Fahrtrichtung zu verändern. Tatsächlich löst sich das Boot vom Grund und nimmt rumpelnd und ruckelnd seine Fahrt wieder auf. Endlich gleitet es wie gewohnt ruhig durch das Wasser. Der Schreck sitzt uns in den Gliedern. Wir müssen unsere Gedanken sammeln. Erst mal weit weg von der Küste! Was kann passiert sein? Ich schaue in die Bilge, ob irgendwo Wasser ins Boot dringt. Gott sei Dank, das ist nicht der Fall. Freddy überprüft die Lenkung. Sie funktioniert tadellos. Der Motor tuckert im vertrauenswürdig und spuckt zuverlässig das Kühlwasser aus. Auch die Schraube scheint unversehrt. „Da haben wir wohl noch mal Schwein gehabt", sagen wir fast gleichzeitig. Nur gut, dass wir in einem mäßigen Tempo gefahren waren. Sicherlich wird der Kiel einen Kratzer abbekommen haben, sagen wir uns. Jeder schweigt dann vor sich hin und malt sich in Gedanken jene Katastrophe aus, die uns glatt erwischt haben könnte. Die Sache mit der fehlenden Seekarte bleibt unausgesprochen, vielleicht, weil wir uns beide schuldig fühlen. Vom fehlenden Echolot ganz zu schweigen.

Jetzt halten wir angestrengt nach der Hafeneinfahrt Ausschau. Sie ist verdammt schlecht gekennzeichnet. Mit großem Respekt betrachten wir die typische Flachwasserfärbung vor der Küste. Inmitten einer flachen Landebene scheint der Hafen zu sein, dort ragen Masten in den Himmel. „Verdammt", schimpft Freddy, in den Hafenführer schauend, „warum informiert uns der ADAC nicht genauer über diesen Hafen?!" Unser Handeln ist noch immer vom Auffahrschock beeinflusst. Wir fahren nicht auf die flache Küste zu! Bloß kein Risiko mehr eingehen! Es geht weiter.

Auf dem Meer ist es weiterhin wunderschön, flache Kräuselwellen, leichter Wind und herrlicher Sonnenuntergang. Ich habe ein unangenehmes Kribbeln im Bauch. „Ich kann das gar nicht schön finden", jammere ich Freddy etwas vor. „Es wird dunkel und wir sehen keinen Hafen. Was machen wir nur, wenn wir heute Nacht fahren müssen? Hier, wo es überall Flachwassergebiete gibt." Freddy sucht angespannt mit dem Fernglas die Küste ab. „Wir waren gut vorangekommen", meint er. Wir müssen kurz vor Cadiz sein. Das ist eine große Stadt, die können wir nicht verfehlen. Außerdem gibt es dort gleich mehrere Häfen." Ich bin skeptisch. Es ist schon verdammt schwer, mit der Hilfe von einem Autoatlas und einer Touristenkarte sicher einen Hafen anzulaufen. Hinzu kommt nun noch, dass wir, wie schon des Öfteren, in einer doppelt prekären Situation sind. Der Tank ist fast leer. Wen sollte ich darum bitten, dass der Tag noch ein gutes Ende nimmt? Poseidon?

An der Küste sind große Industrieanlagen zu erkennen. Cadiz! Wo nähern wir uns am besten der Küste? Ich weiß es nicht. Mein Skipper befiehlt irgendwann: „Jetzt! Jetzt halte mal auf die Küste zu!" Unsere Umgebung ist bei der einbrechenden Dunkelheit gerade noch erkennbar. Im Meer liegt eine Insel mit einer Festung, umgeben von bedrohlichen Felsen. Ich mache einen großen Bogen darum. Bloß einen sicheren Abstand halten, denke ich und steuere mit pochendem Herzen vorbei, während Freddy mit dem Fernglas nach einer Hafeneinfahrt Ausschau hält. Wenn wenigstens mal ein Boot zu sehen wäre, dann wäre wahrscheinlich auch ein Hafen nicht weit. Oder man könnte die Besatzung fragen. Poseidon hat ein Herz für uns. Es blinkt ein einsam Segel! Sofort steuere ich darauf zu und gebe mehr Gas, weil ich befürchte, es könnte unseren Blicken entschwinden. Da fährt mich Freddy zornig an: „Fahr nicht so schnell! Siehst doch die Klamotten!" Wieder drohen uns Spitzen von Felsen an der Wasseroberfläche. Wenigstens ein Warnlicht darauf. Gut, denke ich, er hat ja Recht und verdaue kommentarlos den Rüffel.Ich umrunde weiträumig den Felsen. Aber Gas nehme ich nicht weg. Dem Boot zu folgen ist unsere Chance. Immerhin ist die Dämmerung weit vorangeschritten. Und im Dunkeln möchte ich eine solche Slalomfahrt nicht veranstalten. Da mein Mann immer noch verärgert vor sich hin brubbelt, überlasse ich ihm das Steuerrad. „Fahr du jetzt! Meine Nerven sind blank!"fordere ich ihn gereizt auf. Irgendwie wurmt mich die Tatsache, dass wir hauptsächlich seinetwegen ohne Seekarten fahren. Das Segelboot führt uns in eine Bucht. Na endlich! Zwei Häfen zum Aussuchen. Freddy nutzt das letzte Tageslicht und fährt auf den näher gelegenen zu, weil die Einfahrt deutlich durch zwei große Leuchttürme gekennzeichnet ist, und weil er dicht am Stadtrand liegt, „Hier kümmern wir uns um Seekarten. Noch einmal fahren wir nicht ohne!" verspricht mir Freddy mit sicherer Stimme. Nur noch an einer Felsinsel vorbei. Auf ihr leuchtet ein Türmchen. Dann haben wir es geschafft. Freundlich bekommen wir einen Liegeplatz mit Wasser und Strom zugeteilt.

Wir liegen im Hafen „Amerika". Das erfahren wir erst am Morgen. Sicher trägt er diesen Namen in Gedenken an Columbus, der hier in See stach. An Ausruhen ist nicht zu denken. Anspruchslos, wie ich geworden bin, freue ich mich wenigstens auf ein ruhiges Frühstück und die Stadt. Ein Bootszubehör- Geschäft finden wir gleich im Hafen. Freddy kauft eine Ölpumpe, einen Keilriemen, einen Impeller und eine Portugalflagge. Seekarten soll es in der Stadt geben, man schreibt uns eine Adresse auf einen Zettel. Dann wandern wir auf einer eindrucksvollen Festungsmauer entlang in die City. Was ich von Cadiz sehe, gefällt mir sehr gut, erinnert mich an meine Lieblingsstadt Barcelona. Auf dem Marktplatz wählen wir uns ein Restaurant aus und essen eine warme, reichliche Mahlzeit. Es geht uns wieder gut, und bald sind wir in ausgelassener Stimmung. Gemütlich unter einem Schattendach sitzend, beobachten wir, wie sich vor dem Rathaus eine Hochzeitsgesellschaft einfindet. Diese lustige, lockere Gesellschaft zieht uns an. „Komm, wir mischen uns unter die Leute und feiern mit", mache ich übermütig Freddy einen Vorschlag". Er grinst und schreitet mit mir die Rathaustreppe hinauf. Hier stehen wir wie dazugehörig zwischen den festlich gekleideten Hochzeitsgästen. Plötzlich erscheint feierlich das Brautpaar, ein Bräutigam im Smoking und eine Braut in „Weiß". Fantastisch sieht die Braut aus, finde ich. Nacheinander gratulieren die Leute dem Paar, welches locker, temperamentvoll und ganz natürlich die Glückwünsche entgegennimmt. Jetzt sind wir an der Reihe, und wir trauen uns! Gratulieren in herzlichem Tonfall auf deutsch und erhalten ein ebenso herzliches „gracias". Kichernd, wie Kinder, die einen Streich ausgeheckt haben, machen wir uns dann auf den Weg zum Nautikgeschäft.

Freddy hat nun wieder Sorgenfalten auf der Stirn. Ich weiß schon, was er befürchtet, dass wir wegen mangelnder Karten in Cadiz festsitzen könnten und unsere Fahrt nicht plangemäß weiter verläuft. Ich würde das gar nicht so schlecht finden. Hier könnte man herrlich Urlaub machen. Einige Male müssen wir den Straßenpassanten unseren Zettel hinhalten, bis man uns zum Ziel weist. Der Laden bietet Schreib- und Spielzeug und Souvenirs an. Nichts Maritimes? Wir sind äußerst gespannt, als wir dem Verkäufer unseren Wunsch vortragen: Seekarten für die Fahrt bis zum Golf von Biskaya. Er versteht und nickt, bringt uns einen Kartenüberblick, und wir erkennen darauf, dass wir sechs Karten kaufen müssen. Als wir ihm sagen, dass wir sie gleich heute noch brauchen, schüttelt er mit dem Kopf. Aber er überlegt, wittert ein gutes Geschäft. Er bittet uns zu warten und geht im Hinterzimmer telefonieren. In einer Stunde können wir wiederkommen, gibt er uns danach zu verstehen. Und später – wir sind verblüfft - breitet er tatsächlich lächelnd vor uns die Seekarten aus. Wir schlendern zum Boot zurück. Freddy trägt glücklich die zusammengerollten Karten unter dem Arm.

Nach einer Siesta probiert er am Motor seinen ersten Ölwechsel. Eine aufregende und ziemlich ölige Prozedur, die er da abzieht. Öl auf den Bodenplatten, auf dem Tisch, an der Holzwand, auf der Kleidung und in seinem Gesicht. Als ich meinen Freddy so vor mir stehen sehe, so schniefend, schmutz- und ölverschmiert, da muss ich nun doch herzhaft lachen. „Du siehst aus, wie ein Kind nach dem ersten Plätzchenbacken!" Beleidigt blitzen mich seine Augen an. Sein schroffer Kommentar: „Bin ja kein Monteur!" Natürlich bin ich zum Wischen und Putzen da, was ich ja gern tu, nach dem er sich so furchtbar angestrengt hat.

Es folgt der nächste Morgen, wieder ein Abreisemorgen. Milchiger Nebel vor den Bullaugen. Und der Hafen in dichtem Nebel. Außerdem Nieselregen. Ach herrje, das hatten wir noch gar nicht erlebt! Wir müssen trotzdem ablegen, denn wir hatten uns mit dem Tankwart der Hafentankstelle verabredet. Das Tanken ist ziemlich kompliziert. Es beginnt mit dem Festmachen an nur zwei Ringen, die ziemlich weit auseinander liegen. Freddy muss dann eine Eisenleiter hinaufklettern, um die Pistole über fünf Meter zum Einfüllstutzen hinunter zu ziehen. Nach dem Bezahlen blickt sich Freddy ratlos um. Er will doch jetzt nicht auf das Meer!? geht es mir durch den Kopf. Nein, er ist vernünftig. Wir kehren zurück und krabbeln in eine Koje. Ich frage ihn: „Wie fühlst du dich eigentlich auf unserer Reise?" „Na ja", antwortet er, „ich bin auch manchmal ganz schön kaputt, aber mir ist, als ob wir auf einer Regatta sind, die ich gewinnen möchte, weswegen ich superschnell sein muss. Das macht mir eigentlich Spaß." Aha, denke ich, da geht mit ihm der Sportler durch, denn er ist von Beruf Sportlehrer. Ich will ihm den „Sieg" auch nicht vermasseln, nur hoffe ich, dass wir kein Risiko mehr eingehen und dass genügend Zeit zum Ausruhen bleibt.

Der Nebel hat sich gelichtet, und wir brechen nach einer Stunde erneut auf. Die Sonne hat das Nebelgrau in leuchtende Sommerfarben verwandelt. Das Meer ist friedlich. Aber da! Vor uns eine Nebelbank. Als wir hindurch fahren, ist es gespenstisch, bis uns das Sonnenlicht wieder erlöst. So geht es noch einige Male. Schon komisch, diese einzelnen Nebelbänke.Wir achten nicht nur auf den Nebel, sondern auch auf die vielen, kleinen Fischereifähnchen im Meer. Das Wasser ist flach und zum Fischen gut geeignet. Es sind unzählig viele Fähnchen, und sie sind bunt, schmücken das Meer. Nur, wir haben ein ungutes Gefühl. Was ist, wenn wir über die Fähnchen hinweg fahren? Über deren genaue Bedeutung sind wir nicht informiert. Aufmerksam steuern wir um sie herum. Außerdem passt Freddy höllisch auf, dass wir mithilfe der Tiefenangaben auf der Seekarte in kein zu flaches Wasser geraten.

Das Meer ändert sein Gesicht. Es bekommt Schaumkämme und Zweimeterwellen. Erleichtert erspähen wir unseren Zielhafen „El Rompidu", und zugleich viele Sportboote. Wir steuern auf die Einfahrt zu, und – setzen wieder mit dem Kiel auf! Es poltert nicht, sondern das Boot ruckt kurz und lässt sich schnell wieder frei steuern. Sofort ins Tiefe! Wieder sind wir geschockt. „Das war Sand", bemerkt Freddy geknickt. „Ist dieser Hafen wieder nicht geeignet für Kielboote?" frage ich, ohne eine Antwort abzuwarten. „Nimm mal das Steuer", fordere ich Freddy auf und gehe an den Kartentisch. Das Rätsel dieser zweiten Grundberührung muss sich doch klären lassen. Ich studiere die Seekarte, wie auch er mit Lupe und Brille. Tatsächlich, mein Navigator hat etwas übersehen, neben der großen Zwei eine kleine Eins. Das bedeutet, dass das Wasser hier nur ein bis zwei Meter tief ist. Unser Kiel hat einen Tiefgang von einsfünfzig. Menschliches Versagen! Ich mache Freddy keinen Vorwurf, er hat das Navigieren immer sehr ernst genommen, exakt navigiert. Nur, wie die anderen Sportboote in den Hafen kommen, das können wir uns nicht erklären. Nun ist es schon 19.30 Uhr, und wir müssen uns einen anderen Hafen suchen.

Im Dunkelwerden steuern wir „Isla Canela" an. Das ist aufregend wie ein Landeanflug mit dem Flugzeug. Neben uns, auf Backbord- und Steuerbordseite, warnen Türmchen und Fähnchen vor Flachwasser. Mit stark verminderter Kraft tuckern wir in die Einfahrt zwischen der rechts und links mit Steinbrocken befestigten Mole. Es ist stockfinster. Nur kleine grüne Lichter leuchten in der Ferne. Freddy stellt sich auf die Backbordseite im Boot, hält sich am Großbaum fest. Mit geschärftem Blick lotst er mich durch die tiefe Fahrrinne, denn auf Steuerbordseite befindet sich auch noch eine Sandbank. Plötzlich ruft er: „Der Wasserweg teilt sich! Sicher müssen wir geradeaus weiter, denn dort sind die grünen Lichter!" Gleich darauf korrigiert er sich: „Nach Backbord! Nach Backbord! Die grünen Lichter sind Angelpuppen!" Als ich die Bootsspitze nach links manövriere, schreit er wieder in größter Aufregung: „Nicht so weit! Da ist ein Schatten vor mir! Mitten in der Fahrrinne! He! Fahr langsam! Noch langsamer!" Ich nehme hastig das Gas noch mehr zurück. Mein Herz pocht bis zum Hals. Ich starre nach vorn, erkenne etwas Dunkles, steuere einen Bogen darum. Freddy flucht: „Idioten! Da sitzen die hier in ihrem unbeleuchteten Angelkahn! Mitten in der Einfahrt!" Im Kahn sitzen regungslos zwei dunkle Gestalten. Sie scheren sich nicht um Freddys Fluchen und schon gar nicht um unser Boot. Mir wird beinahe schwindlig am Steuerrad. Erst als ich eine hell erleuchtete Tankstelle erblicke, entkrampft sich meine innere Anspannung. Zu unserem Verdruss müssen wir gleich nach dem Tanken noch die Formalitäten erledigen. Ob der nette Hafenmeister weiß, wie uns zumute ist? Und nun wieder ablegen und den zugewiesenen Liegeplatz einnehmen! Ich bin total ausgepowert, nehme in der Nacht keine Hafengeräusche war, lasse mich in meinem Erschöpfungsschlaf durch nichts stören.

Erstaunlich, wie am Morgen wieder die Kräfte zurückgekehrt sind. Im Sonnenschein stehen wir an der Reling und sehen orientalische Paläste, so erscheinen uns die reizvollen Hotels beim Hafen jedenfalls. Sie locken mich sofort, zu Erkundungen an Land zu gehen. „Lass uns Brot kaufen!" fordere ich Freddy auf. „Ist Sonntag", knurrt er. „Aber vielleicht kann man trotzdem frisches Brot kaufen", entgegne ich zielstrebig. Wir bummeln durch diesen sehr kleinen, aber wunderschönen Ort. Auch hier wäre ich gern noch geblieben. Freddy will das nicht. Jedenfalls bekommen wir erst mal unser Brot und nehmen uns wenigstens noch die Zeit, von der erhöhten Mole aus den Hafen genauer zu betrachten. Wir sind entsetzt, welchen Gefahren wir ausgesetzt waren. Der jetzt verlassene Angelkahn liegt noch immer inmitten der Einfahrt, dort, wo ein schmaler Kanal abzweigt. Dieser Kanal, der uns in der Nacht mit grünen Angelpuppenlichtern lockte, endet vor einem Hafengebäude. Nicht nur, dass wir gegen das Gebäude gefahren wären, dieser Wasserarm ist auch sehr flach. Durch das Wasser kann man Sand und Steine sehen! Und außerdem: Unser Hafen grenzt gegenüber an flache Sandstrände, wie wir sie aus unserer märkischen Heimat kennen. Wir starren sie an, wie todbringende Ungeheuer. Boote mit flachen Kielen liegen dort ganz friedlich. Alles heimtückische Fallen! „Hatten wir gestern ein Glück!" stelle ich ergriffen fest. Irgendwie bin ich verwundert. Sicherheit darf doch nicht auf Glück basieren! Sich in der Seefahrt nur auf Glück verlassen, kommt doch einem Todesurteil gleich! Waren wir in diese heikle Situation geraten, weil die Südländer es mit der Sicherheit nicht so genau nehmen? Oder brauchen wir ein „idiotensicheres" Hafenbuch? Jedenfalls lasse ich mir von Freddy zeigen, was für einen Törn wir heute bewältigen wollen. Wir müssen eine Flachstelle umfahren, was sich bei genauer Navigation gut machen lässt. Enden soll die Fahrt am „Cabo Santa Maria". Die Strecke ist nicht lang. Wir können einen erholsamen Abend haben.

Durch die Hafenausfahrt, entlang der Sandbank, geht es auf das offene Meer. In solch einem Augenblick bin ich immer glücklich, denn ich begeistere mich jedes mal wieder für den Anblick von Meer und Himmel, und vernehme das Gefühl von grenzenloser Freiheit. Vor einem liegt die riesige Wasserfläche und ein ganzer Tag, den man im Schoß der Natur verbringen kann, der Überraschungen, welcher Art auch immer, für uns bereit hält. Auch in Freddys Augen erkenne ich dann ein Glänzen, er fühlt ähnlich. Mit dem Lauf des Tages zählt er dann die gefahrenen Seemeilen. Das wiederum entspricht nicht meinem Ehrgeiz.

Jedenfalls nimmt der Wind wieder zu. Die Zweimeterwellen wirken aggressiv und sind unangenehm. In dem schäumenden Wasser stehen hohe, graue Türme, die drohend und warnend die ausgedehnten Untiefen anzeigen. Völlig konzentriert umfahren wir diese. Nur ja keinen Fehler machen! Der Wind heult immer jämmerlicher. Diesmal haben wir Glück, dass die Hafeneinfahrt mit zwei unübersehbaren, großen Leuchttürmen eindeutig angezeigt wird. Wir kämpfen uns bis dahin seemännisch durch. Die Einfahrt ist breit, aber Freddy sieht das aufgewühlte Wasser und nimmt mir das Steuer aus der Hand, weil er eine nahende Katastrophe ahnt. Ich überlasse es ihm gern, denn vor uns tost eine Brandung, die uns wahrlich das Fürchten lehrt. Da geht es auch schon los. Hohe Seitenwellen, die von rechts und links zusammenschlagen, krachen gegen den Bug. Das Boot beginnt heftig zu schlingern. Freddys Gesicht ist wie zu einem Grinsen verzerrt, so sehr muss er sich anstrengen, das Boot durch die spritzenden Wellenberge zu steuern. Plötzlich schreit er mir fast atemlos zu: „Hol die Kamera! Schnell! So was wollen die zu Hause sehen!" Er ist total in Ekstase, kann sich kaum auf seinen Beinen halten. Aber ich soll die Treppe in den Salon bezwingen! Prompt turne ich da hinunter, greife die Kamera und hangle mich am Treppengriff zurück. Dabei geht mein Blick nach rechts oben und ich sehe, wie von dort eine Welle auf mich runterstürzt, auf das Bootsdeck kracht und mich dabei völlig durchnässt. Die nächste Welle sehe ich links über dem Boot, das sich wohl kaum noch manövrieren lässt. Es schlingert wie ein Auto auf vereister Straße. Dabei legt es sich abwechselnd gefährlich von einer Seite auf die andere. „Wir dürfen nicht an die Felsen prallen!" schreit Freddy. In die Ecke von Kajütenwand und Bootsrand gequetscht sitze ich pudelnass auf der Sitzbank und versuche zu filmen. „Mist! Sie hat gerade mal wieder ihren Geist aufgegeben!" schimpfe ich auf die Kamera. Insgeheim auch auf Freddy. Was soll das jetzt mit der Kamera?! Erst mal müssen wir hier durch. Ich nehme wahr, dass Leute auf der Mole zuschauen. Bangen sie mit uns? Genießen sie dieses gefährliche Schauspiel? Nach langen Minuten des Kampfes und Fürchtens lassen wir die tobenden Gewässer hinter uns und gleiten ruhig dahin. Total vergnatzt hantiert Freddy an der Kamera herum, während ich wieder steuere. „Das Ding hat einen Wackelkontakt!" Endlich erhellt sich sein Gesicht, und er filmt rasch noch das wirbelnde Wasser hinter uns. „Schade, dass wir schon zu weit weg sind. Das vorhin wären tolle Aufnahmen gewesen, als wir so richtig in Action waren! Als ich befürchtete, wir würden kentern." Ich habe keinen Kommentar dazu, denn Männer sind manchmal schwer zu verstehen. An die Rettungsweste hatte er nicht gedacht.

Am Ende der Einfahrt erwartet uns eine neue Überraschung: Kein Hafen, nein, ein Bodden! Langsam tuckern wir darauf herum und versuchen, die Situation zu erfassen. Rundherum flaches Land und weißer Strand. Wenigstens ist es auf dem Bodden, durch eine schützende Mauer, nur schwach windig. Surfer und Angler, Kahn- und Motorbootfahrer bieten ein buntes Sommerbild der Wassersportfreuden. So, als würde es das draußen tobende Meer nicht geben. Da muss doch irgendwo ein Hafen sein, sagen wir uns und schauen ständig in die Runde. But, but, but, but macht der Motor, aber das Boot steht auf der Stelle. Verdammt noch mal, es ist hier ganz flach und sandig! Wir beugen uns über den Bootsrand und sehen tatsächlich den Grund. Freddy probiert, das Boot ins Tiefe zu fahren. Das gelingt ihm diesmal nicht auf Anhieb. In der Ferne quert uns ein Motorboot. Ich winke mit der knallfarbenen Rettungsweste und blase in die dazugehörige Pfeife. Freddy schimpft: „Nun mach doch mal nicht solchen Aufstand! Wir müssen das alleine schaffen! Erstes Seemannsgebot: Sich selbst helfen in der Not!" Ich dagegen finde meine Idee gut, nämlich die Besatzung zu bitten, uns herauszuziehen. Aber die sieht uns nicht, oder will uns nicht sehen. Und schon hat es Freddy wirklich selbst geschafft, das Boot frei zu bekommen.

Langsam tuckern wir wieder herum, diesmal im tiefen Wasser. Wenn es in uns selbst so friedlich wäre, wie es hier auf diesem Bodden ist, könnte man ihn sogar sehr schön finden. Verzweifelt suchen wir nach einem Hafen. Was machen denn die großen Segelboote dort hinten? frage ich mich. Sie sind doch so groß wie unseres. Fahren sie? Oder stehen sie? Ich fahre zu ihnen hin. Sie ankern. Und schon haben wir die Lösung für unser Problem. Wir werden auch ankern, gleich neben ihnen, und nicht mehr nach einem Hafen suchen. Als der Anker hält, und der Motor abgeschaltet ist, atmen wir erst einmal tief durch. Wir sind „fix und fertig". Ganz energisch mache ich mir Luft: „Wir brechen die Reise ab! Ohne Echolot können wir nicht mehr weiterfahren! Diese nervenaufreibenden Hafenanläufe! Diese Flachstellen! Der verfluchte Atlantik!" Freddy antwortet nicht, sondern bereitet bereits sichtlich zufrieden das Abendbrot zu, an Deck und nicht im Salon. Er will einen romantischen Abend mit mir haben, vermute ich. Die untergehende Sonne färbt den Himmel rot. Über uns brummen in geringer Höhe Flugzeuge hinweg. Na prima, wir liegen in einer Einflugschneise. Das hat uns auch noch gefehlt! Die Idylle hier ist trügerisch.

Mit dem Sättigungsgefühl kommt etwas gelöste Stimmung auf. Freddy drückt mir eine Büchse Bier in die Hand und gießt sich selbst einen Weinbrand ein. Die Anspannung fällt von uns ab. Freddy ist dicht an mich herangerückt und sagt in weichem Ton: „Unseren Törn zur Ostsee geben wir doch nicht auf. Guck dir doch mal mein Profil an! Meine Vorfahren waren Wikinger. Und die Wikinger waren ein Seefahrervolk. Und das auch ohne moderne Technik." Ich muss lachen, wie er so süße Worte sprechen kann, und sage: „Du hast Glück, dass ich von hier aus nicht an Land kann, sonst würde ich mich mitsamt Boot nicht mehr von der Stelle bewegen." Freddy hat weiterhin verlockende Vorschläge: „Morgen ist doch unser Hochzeitstag. Den werden wir in Lagos verbringen. Wir gehen schön essen und spazieren und ruhen uns mal richtig aus. Weit ist es bis dorthin auch nicht." Ich weiß, dass er seine Versprechen einhalten will. Jedoch, er kann nicht wissen, welches Schicksal uns morgen wieder den Tag verdirbt. Freddy stellt sich den Wecker, weil er des Nachts den Anker kontrollieren muss. Die Flugzeuge stellen ihren Flug ein.

Ruckzuck ist es wieder Morgen. Der Anker hatte sich nicht von der Stelle gerührt. Wir passieren die Ausfahrt in aller Gemütlichkeit, und es ist dort nichts mehr zu erahnen von dem gestrigen Chaos. Die See ist ruhig, der Wind etwas kühl, der Tag sonnig. Wir fahren entlang der Algarve, die uns mit ihrer felsigen Küste bezaubert. Freddy befestigt die portugiesische Flagge an der Wandte, denn endlich wollen wir einen Fuß auf portugiesischen Boden setzen, nicht so wie gestern, nur den Kiel. Die Hafeneinfahrt ist gut zu finden. Sie verläuft parallel zu einer herrlichen Palmenallee. Wir müssen noch mehrere Kilometer auf ihr fahren, bis mitten in die Stadt Lagos. Plötzlich versperrt uns eine Klappbrücke die Fahrt. Aber davor kann man wenigstens gut festmachen. Wir können in der Rezeption durchsetzen, dass wir vor der Brücke weiterhin liegen bleiben dürfen, weil wir am nächsten Morgen früh losfahren wollen und die Brücke dann noch nicht geöffnet wird.

Wie üblich erledigen wir zuerst unsere Pflichten: Strom und Wasser anschließen, den Wassertank auffüllen, das Telefon aufladen, Salzwasser vom Boot waschen, Geschirr spülen, duschen gehen...Eine Duschkabine ist mir meistens ziemlich unangenehm, weil ich das Gefühl habe, sie schwankt, und ich muss sehr auf mein Gleichgewicht achten. Endlich Landgang. Zwei strapazierte „Seebären" leisten sich was: Ein riesengroßes Schnitzel mit Pommes und Pellkartoffeln, Salat und Oliven. Wir stoßen die Biergläser aneinander: „Prost zum Hochzeitstag!" Beim Spaziergang sind wir zunächst begeistert von Portugal. In den schummrigen, verlassenen Nebenstraßen fasst Freddy jedoch ständig an seine Gürteltasche und sagt: „Lass uns mal lieber hier weggehen". Hier sieht es arm aus. Die kleinen Häuschen in den engen Gassen haben abgeblätterten Putz und kaputte Fensterscheiben. Auf Bänken lungern Halbwüchsige herum. Mit einem Einkauf geht unser Ausflug zu Ende. Als wir noch draußen auf dem Boot sitzen, nähert sich uns neugierig eine deutsche Familie. Wie lange haben wir schon keine Deutschen mehr gesehen und gehört? Wie lange schon konnte ich mich mit keinem anderen unterhalten, außer mit Freddy? Drei Wochen Seefahrt nur zu zweit. Ich nehme den Kontakt zu ihnen gern auf. Sie interessieren sich für unser Segelboot, weil sie sich auch eins anschaffen möchten. Als sie sich nach unseren Abenteuern erkundigen, plaudere ich wie ein Wasserfall. Freddy schaut mich ganz erstaunt an, denn diese Redseligkeit kennt er von mir nicht. Regelrecht hungrig bin ich darauf, mich mal richtig ausquasseln zu können.

Ich bin wieder frohen Mutes, als wir morgens um sieben Uhr die Marina de Lagos verlassen. Gute Erinnerungen haben wir und sehen gedankenverloren im Morgengrauen auf die menschenleere Palmenallee. Heute müssen wir viel Zeit für unseren Törn einplanen, denn wir umfahren das Cabo de Vicente, den südwestlichsten Punkt von Europa. Auf dieser Strecke gibt es vorläufig keinen Hafen, erst in Sines, nach circa einhundertfünfzig Kilometern. Den wollen wir möglichst im Hellen anlaufen. Ich bin wieder neugierig, diesmal auf das Cabo de Vicente. Wir befahren zunächst ein ruhiges Meer. Es wird aber immer lebhafter, je näher wir dem Kap kommen. Wo die an Steuerbord verlaufende Küste scheinbar endet, befindet sich ein hoher, steiler Felsen. Wie ein gewaltiger Riese sieht er aus, muss schließlich meterhohen Wellen standhalten. Wir sehen an ihm hoch. Sein Anblick ist Furcht einflößend und majestätisch schön. Unser Boot schwankt in einem Wellenchaos lebhaft umher. Jetzt geht es um das Kap herum. Ich traue meinen Augen kaum. Die Wellen türmen sich mitunter zu drei bis vier Meter hohen Bergen auf. Solche habe ich noch nie gesehen! Das Schlimmste ist, sie lassen sich in ihrer Wirkung nicht einschätzen. Sie kommen chaotisch von verschiedenen Seiten. Es ist schwierig, das Steuer zu halten. „Freddy komm! Du musst jetzt steuern! Das halte ich nicht durch!" rufe ich ihm zu. Ich habe ausgesprochen Angst. Das ist eine Situation, die ich nicht kenne. Ich weiß nicht, welche Gefahren sie wirklich birgt. Das erste Mal, dass ich mich in den Salon verkrieche. Ich nehme mein Buch und verkeile mich auf dem Sofa mit Decken und Kissen, so dass ich nicht runterfallen kann. Dann lese ich mich nach Ägypten, an den ruhig dahin fließenden Nil. Ich strenge mich an, mich in den Inhalt zu vertiefen, um die Angst zu verdrängen. Das Boot schwankt, wippt, rüttelt, scheint zu fliegen, knallt hart auf. Freddy ruft: „Komm mal hoch! Ich muss mal! Du musst das Steuer nehmen!" Ich zögere und denken nach: Irgendwie scheint es ja zu gehen, mit unserer Höllenfahrt. Ich muss doch schließlich auch das unbändige Boot führen können, denn Freddy brauch mich jetzt. An Deck schaue ich mich um. Rechts von uns sind hohe, graue Felsen. Sie sind in Nebel gehüllt. Schäumend schlägt weiße Gicht gegen die bizarre Felswand. Das Land ist weithin nicht besiedelt. Unser Boot ist weit und breit das Einzige hier auf dem Meer. Wir sind so allein. Es ist total gespenstisch. Wenn man darüber nachdenkt, dass uns Wind und Wellen gegen diese Felsriesen treiben könnten, dann erahnt man das Grauen mancher Schiffskatastrophe. Freddy stellt fest: „Bei dem nächsten Kap müssen wir mehr Abstand halten." Ich darf gar nicht dran denken: Bei dem nächsten Kap…. Aber entschlossen ergreife ich das Steuerrad. Die Wellen sind noch immer sehr hoch, rollen aber inzwischen geordneter auf uns zu und sind somit erträglicher. Wenn ich sie etwas schräg ansteuere, kann ich langsam bis fünf zählen. Wie in einer Berg- und Talbahn geht es dann wieder hinab. Freddy will wieder mal navigieren. Ich muss am Steuer bleiben, will mich aber entspannen und beginne deshalb zu singen: „Wir lieben die Meere, die stürmischen Wogen, der eiskalten Winde raues Gesicht…" Immer wieder Strophe eins und zwei. Die anderen Strophen fallen mir nicht mehr ein. Stürmisch ist es eigentlich nicht, bei diesen Viermeterwellen, etwas kühl schon. Mit der Zeit finde ich Gefallen am Fahren. „Jetzt kannst du dich etwas ausruhen!" fordere ich Freddy auf. Stolz fahre ich unsere Strecke. Der Tag verläuft ohne besondere Zwischenfälle. Ein Flachwasserproblem haben wir diesmal überhaupt nicht. Gegen einundzwanzig Uhr, noch im Hellen, laufen wir im Hafen von Sines ein.

Am nächsten Tag fühle ich mich nicht gut. Die Angst in den hohen Wellen hat meine Verdauungsorgane zum Streiken gebracht. Ich bitte Freddy: „Lass uns doch heute noch hier bleiben. Ich muss mich unbedingt erholen." Er hat seine Probleme mit meinem Wunsch und diskutiert hartnäckig mit mir: „Wenn wir bis nach San Sebastian kommen, ist die Rückreise zum Port el Balis, wo unser Auto steht, kürzer. Wir könnten es noch schaffen. Lass es uns doch wenigstens versuchen." Er zeigt mir die Seekarte. „Morgen fahren wir nach Sesimbra. Am Nachmittag können wir schon dort sein. Dann machen wir es uns schön." Er ist ja auf seiner Regatta, opponiere ich innerlich. Es widerstrebt mir nachzugeben. Und doch tue ich es, wie so oft. Wenn er San Sebastian so anstrebenswert hält, denke ich, dann gibst du eben noch einmal nach. Und so lasse ich mich zähneknirschend auf seinen Kompromiss ein.

Der Törn nach Sesimbra verläuft problemlos. Nachmittags besichtigen wir ein Schloss und wir haben auf unserem Spaziergang Spaß und Entspannung. Ich lasse mich von Freddy filmen mit einem Hummerfischer, der einen riesengroßen, lebendigen Hummer direkt vor die Linse unserer Kamera hält. Wir lassen uns von Menschenmassen mitreißen und gelangen zu einer historischen Festung. Dort filme ich, wie sich Freddy als alter Grenadier salutierend in einem engen, muffigen Wachturm in Pose stellt.

Es folgt wieder ein Tag, an dem wir ein Kap umfahren müssen, den Cabo de Raso. Es ist nicht weit zu ihm. Obwohl wir schon am Vormittag auf ihn zu fahren, wenn gewöhnlich das Meer noch schläfrig ist, bläst uns ein kalter, heftiger Nordwind entgegen. Die Wellen sind circa zwei Meter hoch. Ich habe ja nun schon höhere erlebt und müsste wissen, dass man sie problemlos bezwingen kann. Aber diese Wellen sind kurz und steil, und greifen das Boot mit großer Wucht an. Es gleitet unruhig über die Schaumkämme und klatscht mit harten Schlägen auf. Das Pfeifen des Windes geht in ein Heulen über, und das Meer sieht schauerlich aus. Als böse empfinde ich es jedenfalls. Ich bitte Freddy, schon mal in der Karte den nächsten Hafen auszumachen, denn ich merke, dass wir die Fahrt abbrechen sollten. Ich halte das diesmal zum einen deshalb für nötig, weil das Boot unnütz arg strapaziert wird und mich eine Wahrnehmung stutzig machte.Über die Bodenplatte unter Deck rollte vor ein paar Tagen ein Wassertropfen vom Mast aus unter das Sofa. Ich machte Freddy darauf aufmerksam. Wir kontrollierten die Bilge, sie war nicht nass. Wir vermuteten, dass der Wassertropfen aus dem Getränkekorb kam, der dort stand. An den nächsten Tagen sah ich wieder diesen einen, unerklärlichen Tropfen. Das macht mich schon nachdenklich und unruhig. Zum anderen fühle ich mich heute ziemlich unwohl. Das Fahren unter diesen Bedingungen, wie wir sie gerade wieder haben, ist Nerven zehrend. Es muss nicht sein! Freddy kommt meiner Aufforderung erstaunlich widerspruchslos nach. „Der Hafen von Cascais liegt neben uns, wir müssen hart Steuerbord in eine Bucht fahren", sagt er. Ich habe den Eindruck, dass ihm das sehr recht ist, denn dieses knallharte, unangenehme Gehopse kann ihm auch nicht gefallen. Was hinter dem Cap sonst noch los ist, können wir nicht wissen. Es kann eigentlich nur noch schlimmer werden. Ich gehe auf Kurs, den mir Freddy vorgibt. Bald spüren wir eine angenehme Wasserberuhigung.

Als wir in die Bucht kommen, brennt heiß die Sonne. Von dem starken Wind ist nichts mehr zu spüren. Aber ich spüre die vorwurfsvollen Blicke meines Mannes. Deshalb gebe ich ihm zu verstehen: „Du hast mir doch im Port el Balis ein Versprechen gegeben, dass wir bei zu starkem Wind nicht auf dem Meer fahren! Zieh nicht solch ein Gesicht! Ich finde unsere Entscheidung richtig." In der Rezeption erhält Freddy einen Hafenplan. Darauf ist angekreuzt, wo wir mit dem Boot liegen dürfen. Ich muss das Boot zwischen vielen Anlegestegen hindurch manövrieren. Es sind achtunddreißig Grad im Schatten. Ich bin ausgelaugt, fühle mich zittrig und schlapp. Erstmals kommen mir die Tränen. Auf einmal wird mir der Unsinn richtig bewusst, mit dem mein Mann seine Regatta durchzieht. Ich habe mich ihm schon viel zu lange untergeordnet und seinem dämlicher Regattafimmel! Still fluche ich vor mich hin.Vermeide es aber, meine Meinung laut herauszubrüllen, weil ich sehe, wie mitgenommen auch er aussieht vom Gewalttörn. Also mache ich erst einmal ein kräftiges Mittagessen, aber das Gemütshoch stellt sich nicht so wie sonst bei mir ein. Ich spüre den stillen, aber unberechtigten Vorwurf, ein Weichei und ein Angsthase zu sein. Mein Gesicht hellt sich nicht auf. Da greift Freddy zur Cognacflasche und betrinkt sich, wie ich das eigentlich nicht von ihm kenne. Er macht mir lautstark Vorwürfe, dass er sein Ziel nun nicht mehr erreicht, dass ich ihm schon immer ein Bremsklotz gewesen sei. Ich sage beschwichtigend: „Ich bin immer dein Schutzengel gewesen. Hast du das nie mitbekommen?" Freddy kann mein Lächeln nicht erwidern. Er ist stinksauer. Was er mir zu sagen hat, ist mir auf einmal so fremd, zynisch und hasserfüllt. Immer wieder setzt er die Flasche an den Mund und kippt den Alkohol in sich hinein. Sie ihm wegzunehmen, würde ihn jetzt äußerst aggressiv machen. Ich verlasse das Boot. Als ich durch die Tür am Ende des Hauptsteges in den weiteren Teil des Hafens will, um mich bei einem Spaziergang abzulenken, stelle ich fest, dass sie ohne Chip – Karte nicht zu öffnen ist. Die habe ich nicht. Ich weiß auch nicht, wo sie sich im Boot befindet. Erregt setze ich mich auf den warmen Holzsteg. Zum Glück sind die Leute auf unseren Nachbarbooten irgendwo an Land. Sicher hat niemand Freddy toben gehört. Das wäre mir peinlich. Ich versuche meine Gedanken zu ordnen. Wie kann er so enttäuscht sein? Warum hat er sich so sehr darin verbohrt, nach San Sebastian zu kommen? Er will mit dem Kopf durch die Wand! Das ist sein Wesen. Seine Zielstrebigkeit, sein Durchsetzungswille hatte mir in unserer Ehe imponiert. Aber kaum jemals sind diese Eigenschaften so ausgeartet wie jetzt. Eigentlich war ich stolz darauf, wie gut wir bisher drei Wochen auf engstem Raum miteinander auskamen, obwohl wir nervlich sehr gefordert waren. Vielleicht hat er eine Art Nervenzusammenbruch? Wir hätten diese Wahnsinnsfahrt nicht unternehmen sollen. Wir hätten unbedingt das Echolot gebraucht. Wir hätten mehr Pausen machen müssen. So viel Sehenswertes von Küste und Land ist uns entgangen. Habe ich mich zu wenig durchgesetzt?

Ich schaue auf unser schönes Boot, auf mein Traumschiff. Erstmals will ich es nicht mehr. Würde am liebsten in den Zug steigen, nach Hause fahren und nie wieder dieses Boot betreten. Die Atlantis verschwimmt hinter meinen Tränen. Ich wische sie weg. Es könnte mich jemand weinen sehen. Dann klettere ich wieder ins Boot. Freddys Aggressionen sind jetzt in Sentimentalität umgeschlagen. Er liegt weinend am Kassettenrekorder, aus dem das Lied von Jonny Hill erklingt: „Träume, die hat jeder..." Ich möchte ihn trösten, in die Arme nehmen wie ein Kind. Er stößt mich zurück. Wenigstens kann ich ihm unbemerkt seine Cognacflasche wegnehmen. Es ist noch ein Rest drin. Den schütte ich ins Wasser. Dann schließe ich mich in meiner Kajüte ein. Freddy wimmert und gibt sich dem Selbstmitleid hin. Ich höre, dass er sich an Deck begibt. Wird er ins Wasser springen? Oder draußen eine große Show abziehen? Zur Not werde ich den Polizist holen müssen, der bei den Diskotheken auf und ab geht. Bitte Freddy, tu uns das nicht noch an!!! Ich muss nach ihm sehen. Inzwischen liegt er im Salon auf der Erde und sieht aus, als sei er eingeschlafen. Ich schiebe ihm ein Kissen unter den Kopf und decke ihn zu. Dann schließe ich die Tür zum Cockpit und lege den Schlüssel in meine Kajüte. Noch einige Male nehme ich in dieser Nacht Freddys selbstquälerisches Stöhnen wahr.

Heller Morgen. Ich schließe meine Tür auf. Freddy sitzt auf dem Sofa und schaut mich an mit verquollenem Gesicht und einem viel sagenden „Hundeblick". Einer Schuld ist er sich wenigstens bewusst, stelle ich erleichtert fest. „Was habe ich denn gestern alles angestellt?" möchte er wissen. Ich gebe ihm einen kurzen, kühlen Bericht. Freddy begibt sich in seine Koje, denn der Kater macht ihm zu schaffen. Ich bringe ihm ein feuchtes Handtuch, das er sich zum Kühlen über Gesicht und Kopf legt. „Geht es dir schlecht?" frage ich etwas sarkastisch, „das geschieht dir recht, denn Konflikte soll man nicht mit Hilfe von Alkohol lösen. Wir sollten uns wie zwei vernünftige Menschen aussprechen". Das ist ja auch seine Devise, meint er. Später sitzt er mir kleinlaut gegenüber. Er sieht erbärmlich aus, als er mit trauriger Stimme jammert: „Meine Ocean Race ist ruhmlos zu Ende gegangen. Es hat keinen Sinn mehr, weiter zu jagen. Nur eine Woche Urlaub haben wir noch. Wir müssen die Rückfahrt organisieren und den Bootsliegeplatz, den wir bis Oktober brauchen. Bitte verzeih mir das von gestern!" Ich widerspreche ihm wegen dem „ruhmlos": „Wir können stolz darauf sein, es bis hier her geschafft und schwierige Situationen im Team gut gemeistert zu haben. Denk mal, was wir auf dieser Reise alles durchgemacht und gelernt haben! Jeden Tag haben wir etwas dazu gelernt. Und die vielen sehr schönen Eindrücke und Erlebnisse! Die vergessen wir nie!"

Nach Duschen, Essen, Trinken und mehreren Debatten erkunden wir Hand in Hand Cascais. Ein idealer Urlaubsort. Er liegt an einer Meeresbucht und hat einen großen, modernen, gepflegten Hafen, außerdem eine Burg, einen Markt mit bunten Verkaufsständen und einladende Restaurants. Sogar einen Bahnhof, von wo aus Züge nach Lissabon fahren. Hier zu bleiben würde uns gefallen. Wir fragen in der Hafenrezeption nach einem Liegeplatz. Sehr freundlich und sehr selbstverständlich bietet man uns einen Platz an. Freddy lässt sich den Preis nennen. Eintausend Euro pro Monat! Er ist etwas verdattert und wendet ein, dass wir weder Trinkwasser noch Strom verbrauchen würden. Man erklärt ihm, dass der Hafen sehr sicher und gut bewacht sei. Deshalb wäre er so teuer. Wir bedanken uns und verlassen die Rezeption. Freddy macht sich Luft: „Das sind für drei Monate sechstausend D- Mark umgerechnet! Für dieses Geld könnten wir im Port el Balis zwei Jahre liegen!" Wir gehen zum Boot zurück. Unsere Entscheidung bleibt offen.

In der Nacht stürmt, donnert und blitzt es. Am Morgen setzt sich dieses Wetter fort. Es nieselt, und dicke, schwarze Wolken bedecken den Himmel. Ein Wetter, wie wir es so nie erlebt hatten. Solche Gewitter gab es auf unserer Strecke nicht. Uns ist beiden auf Anhieb klar, dass wir nicht auslaufen werden. Wir fahren mit dem Zug nach Lissabon, um uns vorsorglich Fahrkarten für einen Zug nach Spanien zu kaufen, denn wir müssen zum Port el Balis, wo unser Auto auf uns wartet, zurück. Erst mal sitzen wir fünfundvierzig Minuten bequem im Zug und können die herrlichen Brücken und Monumente dieser Großstadt bewundern. Zu dem Bahnhof für Fernzüge müssen wir nach Ankunft weiter durch die Stadt. Wir entschließen uns zu einem Fußmarsch entlang der Küstenstraße, um die Eindrücke von Lissabon in uns aufzunehmen. Auf dem Bahnhof steht eine Schlange von Menschen vor dem Schalter. Freddy stellt sich an, und ich darf auf einer Bank sitzend meinen Plattfüßen eine Erholung gönnen. Er kommt mit zwei Fahrkarten und erklärt mir: „Die sind für Montag, also übermorgen. Um achtzehn Uhr fahren wir hier in Lissabon ab. Der Zug, der direkt nach Spanien fährt, ist voll. Wir müssen mit unserem erst nördlich fahren bis nach San Sebastian und dort umsteigen. Ich grinse: „Schicksal - dass du nun doch noch nach Sebastian kommst."

Wir schlendern langsam und sinnierend zurück, auf den heißen Straßen, immer den Schatten suchend, denn das Wetter hat sich wieder geändert. Plötzlich stoßen wir auf eine urtümliche Hafenspelunke. Die laute Musik und das Stimmengewirr ziehen uns an. Außerdem sind unsere Kehlen ziemlich ausgetrocknet. Wir also rein in die verräucherte Spelunke. Erst löschen wir mit kühlem Bier den Durst, dann schlecken wir noch ein Eis. Indessen lassen wir uns von der Atmosphäre beeindrucken. Erst als wir auf der Straße sind, quält uns wieder der Gedanke an die hohen Hafenkosten. Wir überlegen: Gibt es vielleicht doch noch eine andere Lösung?

Am Abend liegen wir faul im Salon unseres Bootes auf den Sofas. Auf einmal lässt uns ein eigenartiges Heulen aufschrecken. Wir stürzen nach draußen und sehen, dass der Hafen in dichten Nebel gehüllt ist. Vom Leuchtturm tutet das Nebelhorn. Schauerlich hört es sich an. Wir sind regelrecht fasziniert von dieser überraschenden Wettererscheinung. Die bunten Hafenlichter sind vom Nebel verzerrt. Wir wollen diese Atmosphäre intensiver erleben und gehen noch einmal spazieren. Die Villen reicher Leute verschleiern sich märchenhaft mit Nebel. Wir bestaunen ein geheimnisvolles „Dornröschenschloss", das farbig angeleuchtet wird. Der Blick auf das offene, vernebelte Meer bringt nicht viel, außer der Genugtuung: Nur gut, dass wir jetzt nicht da draußen sind. In unseren Kojen fühlen wir uns an diesem Abend besonders geborgen, und denken an die bedauernswerten Seeleute, die vom dicken Nebel auf dem offenen Meer überrascht wurden. Dass uns das auch passieren könnte, kommt uns nicht in den Sinn. Das Nebelhorn tönt uns in den Schlaf.

Vernebelter Endspurt

Grelles Sonnenlicht und blauer Himmel versprechen einen schönen Tag. Freddy schnallt sich die Gürteltasche um und geht den schweren Gang zur Rezeption, um für drei Monate zu bezahlen. Ich sehe ihm nach und denke: Endstation. Eigentlich ist es doch schade. Ich fühle mich so gut ausgeruht, dass ich Lust hätte, weiterzufahren. Freddy ändert auf einmal seine Laufrichtung und kommt zurück. Er sagt zu mir: „Wollen wir noch einmal fahren, bis zum Hafen in Peniche? Vielleicht können wir dort bleiben und müssen nicht so viel bezahlen. Lass es uns versuchen!" Ich bin wirklich einverstanden. Freddy bezahlt neunzig Euro für drei Nächte. Dann legen wir zuversichtlich ab. Das Wetter ist günstig. Die Wellen am Cabo Raso, an dem wir die Fahrt abgebrochen hatten, machen mir diesmal keine Angst. Wir haben sie gegen alle Gewohnheit von hinten, denn der scharfe Nordwind bleibt aus. Wir umfahren auch den Cabo Roca, den westlichsten Punkt Europas, ohne in ein zu fürchtendes Wellenchaos zu geraten. Gegen neunzehn Uhr steuern wir erwartungsvoll den Hafen von Peniche an. Es ist für uns von großer Bedeutung, ob man einen Liegeplatz bis zum Herbst hier für uns hat. Wie wir von hier aus nach Lissabon kommen, wird sich schon finden. Praktisch wäre es gewesen, gleich mit dem Boot nach Lissabon zu fahren und dort um einen Hafenplatz zu bitten. Freddy hatte jedoch Befürchtungen, wir könnten in den Buchten ohne Tiefenmesser auflaufen. Er hält es auch für kompliziert, diese Großstadt anzufahren. Dann die Preise!

Wir passieren zwei große Leuchttürme, sehen uns im Hafen um und sind enttäuscht. Unsere Hoffnung schwindet. Das Hafenbecken ist nur eine flache Einbuchtung mit breiter Einfahrt, in die das unruhige Meer eindringt. Den größten Teil des Beckens nehmen die Fischerboote ein, während für Yachten nur ein kleines Fleckchen bleibt. Dort sind alle Liegeplätze belegt, manche doppelt und dreifach. Bei genauerem Hinsehen ist uns klar, warum es hier so voll ist. Ein Hafenfest wird gefeiert. Überall Flaggen, Fähnchen und Girlanden. Bunt gekleidete Menschen, spielende Kinder, laute Musik. Auf der Kaimauer gestikuliert ein Mann mit den Armen. Er gibt uns zu verstehen, dass wir den Hafen verlassen sollen, dass niemand von der Rezeption zu erreichen ist. Deshalb lenken wir nach gegenüber in den Fischereihafen und machen unser Boot bei einem Fischkutter fest. Während ich aufräume, sitzt Freddy auf unserer Bordtoilette. „Irgendwas stimmt hier nicht", bemerkt er von dort, „die Tür von unserem Waschschrank geht immer auf." Mehrmals schließt er sie. Ich zucke zusammen, als Freddy hektisch aufschreit: „Mensch! Verdammt! Ebbe und Flut!" Als er argwöhnisch die Tür beobachtet hatte, schoss ihm dieser Gedanke wie ein Blitz durch den Kopf. Schon prescht er an mir vorbei, jagt die Stufen hoch und sieht die fest gespannten Festmacheleinen. Er ruft aufgeregt: „ Komm hilf mir! Das Wasser sinkt!" Jetzt bemerke auch ich, dass unser Boot bereits ein klein wenig schräg in den Seilen hängt. Ich eile an Deck, wo Freddy unter großer Anstrengung versucht, die festgeklemmten Leinen von den Klampen zu lösen. Vergeblich versucht er es mit Rucken, Ziehen, Zerren. Und unaufhaltsam fällt das Wasser. Ich will schon das große Küchenmesser holen, doch endlich löst sich der Beschlag. Fünf Tonnen Gewicht können jetzt ungehindert in dem Wasser nach unten gleiten. Wir atmen auf. Was wäre das wohl geworden, wenn wir den Tidenhub viel später bemerkt hätten?

Als es dunkelt, leuchtet der festliche Hafen in bunter Pracht. An der Kaimauer uns gegenüber liegt ein geschmücktes, altes Kriegsschiff. „Wollen wir es noch einmal wagen, dort anzulegen?" frage ich Freddy. Ich habe großen Appetit auf frisches Brot. Wir könnten dort bestimmt welches kaufen. „Ich denke auch darüber nach", meint Freddy. „Wenn wir dort drüben liegen, sind wir morgen früh die Ersten in der Rezeption. Vielleicht hat man ja doch einen Platz für uns, wenn die Festtagsgäste wieder losfahren." Im Dunkeln legen wir noch einmal an der Kaimauer an, in respektvollem Abstand zu einem geschmückten Kriegsschiff. Freddy steigt auf die Mauer und geht Brot kaufen. Ich muss an Bord bleiben, den Tidenhub beobachten und hin und wieder die Festmacheleinen lösen, damit sie nachgeben. Laut spielt die Musik. Immer mehr Menschen promenieren auf der Kaimauer entlang. Wir haben nun frisches Brot, aber leider können wir nicht mitfeiern, das Boot nicht einmal verlassen, denn wir befinden uns zur Zeit unten, an der inzwischen „gewachsenen", über zwei Meter hohen Kaimauer. Neugierige sehen von oben auf uns herab, freundlich und mitleidsvoll. Sie versuchen, sich mit uns zu unterhalten. Weiter unten in der Mauer werden jetzt bogenförmige Hohlräume sichtbar, die in der Dunkelheit schauerlich auf uns wirken. Dadurch können die Fender das Boot nicht mehr abpuffern, und wir müssen ständig darauf achten, das Boot von den Betonpfeilern wegzudrücken. Tapfer stehen wir unseren Mann, lassen die Seile immer langsam nach. Inzwischen trennen uns von der oberen Kante der Kaimauer etwa drei Meter. Dort oben wird noch immer feste gefeiert, während für uns die Nacht in ständiger Wachsamkeit vergeht.

Es ist zwei Stunden nach Mitternacht. Wir sind müde und missgelaunt. Da erscheint jemand in Uniform über uns auf der Hafenmauer und fordert uns auf, den Platz zu verlassen. Wir protestieren und zeigen auf den vollen Yachthafen. Er macht uns verständlich, dass wir dort im Huckepack festmachen sollen. Diese Methode ist uns nicht unbekannt. Aber wir haben Hemmungen, als Fremde in Portugal, ohne die Erlaubnis des Bootsbesitzers, an einem dieser Boote zu hantieren. Der Uniformierte wird dienstlicher und fast böse. Er schiebt beide Arme nach vorn und signalisiert: Weg! Weg! Weg! Wir geben uns geschlagen und kehren zu unserem Fischkutter zurück. Die Nacht ist ohnehin bald zu Ende. „In diesem Hafen können wir auf keine Aufnahme mehr hoffen, die haben uns jetzt genascht", bemerkt Freddy resigniert. Ich habe auch den Wunsch, diesen ungastlichen, ungeeigneten Ort zu verlassen. Wir beobachten den Himmel. Beim ersten Dämmerlicht werden wir uns aufmachen, den nächsten Hafen aufzusuchen. Eine letzte Chance. Die Zeit sitzt uns im Nacken. Heute Abend um sechs Uhr müssen wir im Zug sitzen. Ein waghalsiges Unterfangen. Von dem Wetter werden wir uns überraschen lassen müssen. In den vorhergegangenen Häfen hatte ich immer nachgefragt, wie es sich entwickelt.

Als wir ablegen, ist das Wasser wieder um zwei Meter gestiegen. Das Meer liegt ruhig im Dunst des frühen Morgens.Unser Abreisetag ist angebrochen. Die Zugabfahrt am Abend scheint mir in unendlicher Ferne zu liegen. Eine eigenartige Ruhe hat sich in mir breit gemacht. Egal, was heute auf mich zukommt. Egal, wie Himmel und Meer mich ängstigen werden. Egal, was Freddy vorhaben wird. Vielleicht bin ich nicht mehr so recht zum Denken und zu Gefühlen fähig? Unheimlich wird der Frühdunst durch Nebel abgelöst. Ausgerechnet Nebel! Sicher nur eine Nebelbank, wenn die Sonne höher steigt, wird es sich aufklären. Freddy navigiert besonders aufmerksam wegen dem Nebel und wir müssen ein Flachwassergebiet umfahren. Melancholisch stehe ich am Steuer. Hinter dem Nebel ist nun manchmal die große, rote Sonnenscheibe zu erkennen. Wann setzt sie sich endlich durch? Die Meeresoberfläche besteht aus sanften, langgezogenen Wellenbergen. Sie gleicht einer Dünenlandschaft. Der Nebel will sich nicht auflösen, wird eher noch dichter. In Tropfen setzt er sich im Cockpit und auf unserer Kleidung ab. Ab und zu tröpfelt es vom Mastbaum. Die Wellen können wir kaum noch sehen, nur noch einen ein Meter breiten Wasserstreifen rund um den Bootskörper. Allein unser Motor durchbricht die gespenstische Ruhe. „Hoffentlich werden wir von keinem Schiff gerammt", weise ich auf eine mögliche Havarie hin. Freddy stellt fest: „Wir brauchen unbedingt Radarreflektoren. Ich bin mir nicht ganz sicher, vielleicht haben wir welche an der Mastspitze, habe nie richtig darauf geachtet." Ich weiß es auch nicht, weiß nicht mal, wie sie aussehen. Wir starren in die weißgraue Luft.

„Weißt du, wie mir das mit dem Nebel manchmal vorkommt?" fragt mich Freddy. Er erzählt gleich weiter: „So, als wäre ich in Brandenburg mit dem Auto auf einer ganz bestimmten Straße am Theater, und in einer Nebenstraße lauert unsichtbar eine Gefahr, ein Auto, das mich jeden Moment rammt." Ich muss nun lachen über so viel Fantasie, habe aber auch ein Bild vor Augen, ein Bild aus meiner Kindheit. „Weißt du was ich mir vorstelle?" frage ich Freddy. „Ich stehe im Winter auf dem Eis unseres Sees. Die schwache Wintersonne durchdringt kaum den frostigen Nebel. Die Havelwiesen hinter der Uferzone entziehen sich meinem Blick. " Wir stellen beide fest, dass wir mit gedämpften Stimmen sprechen, so als wollten wir uns nicht verraten. Plötzlich lachen wir laut in die beklemmende Einsamkeit hinein. Dann erinnern wir uns, dass es in der Waschküche früher auch so ausgesehen hat. Lange verstricken wir uns nicht in Gespräche. Wir wollen lieber die Ohren spitzen, denn was man nicht sehen kann, kann man vielleicht hören, ein anderes Schiff zum Beispiel. Freddy muss auch wieder an den Kartentisch. Nur er ist mit seiner Navigation unser wachsames Auge. Ich weiß, dass ich mich auf ihn verlassen kann. Navigieren beherrscht er gut.

Gegen elf Uhr macht Freddy auf der Karte einen Hafen aus, neben dem wir uns gerade befinden. Zu sehen ist natürlich nichts. Er erklärt mir: „Hör mal zu! In der Karte steht eine Warnung. Die Einfahrt ist gefährdet durch

Versandung und Felsen. Sollten wir es trotzdem riskieren, damit wir unseren Zug heute Abend noch schaffen?" Wir überlegen beide nur einen kurzen Moment und sind uns sogleich einig. Auf gar keinen Fall! Seine Worte jagen mir schon einen Schauer über den Rücken. Also weiter durch den Nebel, bis zum nächsten Hafen in Nazare. Die Zeit zieht sich träge dahin. Ich strenge meine Ohren an. Ist da nicht was zu hören? Gleichzeitig ruft Freddy aus dem Salon: „Hör auf zu fahren! Wir sind jetzt da!" Ich stelle den Motor ab, seine Geräusche verklingen. Irritiert frage ich ihn: „ Was heißt: Wir sind jetzt da?!" Um uns hat sich nichts verändert. Doch ja, man hört auf einmal ein Signal in der Ferne! Ein Nebelhorn! Freddy kommt an Deck und sagt verzweifelt: „Jetzt weiß ich wirklich nicht mehr, was wir noch machen können." Ich spüre, wie ratlos und verzweifelt mein Skipper ist. Ich möchte ihm helfen und sage: „Ich schlage vor, wir fahren ganz, ganz langsam weiter und halten beide unsere Augen auf". Freddy geht darauf ein. Also tun wir das.Wir werfen den Motor wieder an und fahren langsam, ganz langsam in die Richtung des Nebelhorns. In dem Nebel ist auf einmal vor uns ein weißer Strich auszumachen. „Das ist die Brandung!" ruft Freddy aufgeregt. Fast automatisch stoppe ich das Boot auf und lenke es im Kreis herum. Wir dürfen nicht weiterfahren! „Dann werden wir jetzt hier ankern!" kommt mir die Idee. „Wir können nichts weiter tun. Wir müssen abwarten, bis der Nebel sich verzogen hat". Freddy wirft den Anker, dann schalte ich den Motor aus. Die Brandung verläuft an einem Badestrand. Eindeutig hören wir jetzt Strandgetümmel, lustiges Kinderjohlen und Rufen. Dazwischen rauscht die bedrohliche Brandung. Das Nebelhorn schwillt auf und ab. Beide starren wir auf die lauernde Gefahr, die sich noch immer nur in einem weißen Strich zeigt. Besonders wegen unserer misslichen Lage beneide ich die Menschen am Strand, die da ohne Sorgen ihren Jux mit dem Nebel haben. Wir richten uns auf ein längeres Ankern ein. Der Gedanke an unseren Zug ist vorerst wieder weit in die Ferne gerückt. Erst einmal aus diesem Schlamassel herauskommen! Vielleicht hört uns jemand, der uns helfen kann, überlege ich und puste in die Pfeife der Rettungsweste. Aber niemand hört uns. Plötzlich und unerwartet hebt sich über dem Strand der Nebel wie ein Vorhang. Wir trauen unseren Augen nicht, sehen ganz deutlich unweit vor uns eine hohe, dunkle, drohende Felswand, darin die weißen Häuser eines Ortes. Nach links herum zieht sich eine felsige Landzunge, mit dem Leuchtturm und dem Nebelhorn. Und rechts…? Noch ehe wir alles erfassen können, senkt sich der graue Vorhang wieder, und der Nebel ist undurchdringlich wie zuvor. „Rechts muss die Einfahrt zum Hafen sein", sagt mir Freddy, „aber gesehen habe ich sie nicht." „Hast gut navigiert!" lobe ich meinen Skipper. „Rundherum Gefahren, und wir stehen mittendrin". Ein Lächeln huscht über sein Gesicht. Wir starren wieder verzweifelt in den Nebel und hoffen, dass sich das Wunder wiederholt und auch den Blick auf den Hafen ermöglicht. Kurzzeitig haben wir die absurde Idee, dass einer mit dem Schlauchboot an Land fährt.

Wir hören plötzlich einen Motor tuckern. Aus dem Nebel taucht der Retter in der Not auf. Ein Fischer in seinem kleinen, bescheidenen Fischerboot steuert genau auf uns zu. Ich winke zu ihm und rufe: „Hallo! Hallo!" Er kommt dicht an unser Boot heran. „Wo Port?" frage ich ihn. Er weist nach rechts. Ich halte die Hände vor die Augen und bedeute ihm, wir können ihn nicht sehen. Dann reibe ich meine Finger an meinen Daumen, als Zeichen für Geld, das wir ihm geben würden, und zeige ihm mit meiner Armbewegung, er solle vorfahren und uns in den Hafen lotsen. Sofort hat mich der Mann verstanden, denn er nickt und wartet. Freddy muss noch schnell den Anker aus dem Wasser hieven. Es dauert und dauert. Hochrot und ächzend zerrt er an der Ankerleine. Er macht eine Pause, wischt sich mit einer Hand den Schweiß von der Stirn, während die andere die Leine fest umklammert. Ein zentnerschweres Gewicht muss daran hängen. Er stöhnt: „Ich kriege noch `nen Herzinfarkt!" Der Fischer wartet geduldig. Freddy zerrt weiter an der Leine. Er kommt! Der Anker kommt nach oben! Und mit ihm etwas Undefinierbares. Es plumpst – und wir sind frei. Freddy ist völlig erschöpft und erholt sich erst wieder, als ich am Steuer stehend dem Fischer in den Hafen folge. „Es war ein Krug", schnauft Freddy, „ein alter, verrosteter Krug, ähnlich einer zylinderförmigen Vase. Etwa achtzig Zentimeter hoch und zwanzig Zentimeter im Durchmesser". Seufzend fügt er hinzu: „Das wäre vielleicht der Fund unseres Lebens gewesen!" Bestimmt ein Scherz.

Der Hafen von Nazaré ist sehr sicher ausgebaut, mit einer langen Einfahrt und hohen Mauern. Ich reiche dem Fischer einen Zehner über die Reling. Er nimmt ihn dankbar entgegen. „Wie spät ist es, Freddy?" „Noch ist nicht alles verloren. Es ist jetzt dreizehn Uhr", antwortet er mir. Im Yachthafen winkt uns ein älterer, verwittert aussehender Mann freundlich an ein Segelboot heran, denn wir sollen im Huckepack festmachen. Kein gutes Zeichen, hier hat man also auch nicht genug Platz. Wir sollen zur Anmeldung in sein Büro kommen. „Nimm die Bahnfahrkarten mit!" bedränge ich Freddy. Dann versteht er unser Problem am besten. Vielleicht hat er ein Herz für uns." Fiebernd sitzen wir in seinem Büro. Auf dem Schreibtisch steht ein Schild: Captain Michael. Er stellt sich erst mal vor, und erzählt uns auf Englisch, dass er ein gebürtiger Ire ist, den es vor Jahren mit seiner Frau Sally hierher verschlagen hat. Während diese Sally am Computer arbeitet, nimmt er dann Telefongespräche entgegen, fertigt Leute ab, und das alles in englischer Sprache. Ein wahrer Manager. Endlich rücken wir mit unseren Wünschen heraus. Klopfenden Herzens zeigen wir ihm unsere

Fahrkarten und bitten um einen Liegeplatz, wenigstens bis zum Herbst. Oder auch für den ganzen Winter. Captain Michael sieht uns ernst an und sagt, er habe keinen freien Liegeplatz und könne das außerdem nicht selbst entscheiden, denn der Hafen untersteht der Marine. Wir lassen nicht locker und hoffen auf ihn, auf seine Managerfähigkeiten. Das spürt er genau. Endlich sagt er etwas von „Trockenliegeplatz". Weil in allen Büros Mittagspause ist, kann jetzt nichts Genaues geklärt werden. Aber um vierzehn Uhr dürfen wir bei der Marine vorsprechen. Die Zeit wird verdammt knapp werden.

Schweigsam packen wir auf dem Boot unsere Taschen, in der Hoffnung, dass man es hier behält. Wie wir nach Lissabon kommen können, wissen wir noch nicht. Zeitig stehen wir vor der Tür des Marinebüros, bis uns geöffnet wird. Ein gut aussehender Mann in Uniform fragt uns streng auf englisch, warum wir denn nicht mal vorher telefonisch nach einem Hafenplatz angefragt hätten. Wir verstehen ihn geradeso, entschuldigen uns und erklären ihm, krampfhaft nach Worten suchend, dass wir uns das wegen unserer spärlichen Englischsprachkenntnisse nicht getraut hatten. Dann redet er viel. Und die Zeit verrent. Wir verstehen alles nur so halb, aber eins dann sehr genau. Kapitän Michael wird sich um unser Boot kümmern, bis wir im Herbst wiederkommen. Wir bezahlen und eilen in das Kapitänsbüro. Eigentlich ist es bis zur Zugabfahrt kaum noch zu schaffen. An der Wand des Büros hängt eine Uhr. Wir stutzen. Ach ja, in Portugal haben wir eine Stunde Zeitverschiebung! Diese Stunde kommt uns zugute! Captain Michael bittet vertrauensvoll lächelnd um unseren Bootsschlüssel. Er zeigt auf die Uhr und überlegt: Hundertachtzig Kilometer nach Lissabon zum Bahnhof. Der Zug fährt um achtzehn Uhr? Dann bestelle ich zu um sechzehn Uhr die Taxe. Ihr könnt hier um sechzehn Uhr mit der Taxe abfahren. Wir könnten den Mann küssen! Im Herbst werden wir ihm ein schönes Geschenk aus Deutschland mitbringen, nehme ich mir vor. Im Boot schauen wir noch mal nach dem Rechten. Viel Zeit bleibt uns nicht mehr. Wir haben mit uns zu tun, das Unfassbare zu begreifen, dass wir wie geplant nach Hause fahren werden und die Atlantis sicher untergebracht ist. Es ist kaum zu glauben. Alle bisherigen Sorgen fallen auf einmal von uns ab. „Nun haben wir doch noch die Regatta gewonnen!" juble ich und schmiege mich an meinen Skipper. Er sieht aus wie ein Sieger, ganz stolz. „Nach San Sebastian wäre ich aber gern noch gekommen", flüstert er mir wehmütig ins Ohr". Ich lasse ihm das letzte Wort.

In einem altmodischen Zug fahren wir durch die Nacht. In unserem Abteil sind viele jugendliche Rucksacktouristen. Wir quetschen uns mit ihnen auf die Sitzbank, versuchen wie sie, eine liegeähnliche Stellung einzunehmen und etwas zu schlafen. So übermüdet wie ich bin, sehe ich wahrscheinlich wie eine alte, runtergekommene Oma aus. Ich aber fühle mich mindestens so jung wie die Jungen und Mädchen in meinem Abteil, trotz der Müdigkeit. Ich habe unseren Sieg im Herzen. Wir haben uns erfolgreich durch alle Schwierigkeiten gekämpft, haben es mit den Tücken und Unberechenbarkeiten des Meeres aufgenommen, und hatten unvergessliche, wunderschöne Eindrücke und Abenteuer.

In San Sebastian steigen wir morgens in einen modernen, komfortablen Zug. Wenn wir nicht gerade schlafen, schauen wir in die herrliche Landschaft der Pyrenäen, später auf das glitzernde Mittelmeer. Jeder hängt seinen Gedanken nach. Ich sehe die majestätischen Segel auf dem Meer und könnte gleich wieder auf unser Boot gehen. Eine richtige Sehnsucht spüre ich nach der ATLANTIS. Etwas wehmütig denke ich an die schönen Eindrücke unserer aufregenden Reise zurück. An die vielen Häfen, die malerische Küste, die braunen Menschen, die Möwen, Fische und vor allem an die hundert Delfine. Ich sehe den großen Himmel, blau, oder schwarz mit glitzernden Sternen, und das unendliche, graue oder tintenblaue Meer.

Am Abend sind wir im Port el Balis, unserem ehemaligen Hafen, in dem wir drei Jahre gelegen hatten und meistens sehr glücklich waren. Ein bedrückendes Gefühl ist es, unseren Platz mit einem anderen Boot belegt zu sehen. Aber unser vertrautes Auto steht abfahrbereit im Hafen. Der Wind hat es mit dem rötlichen Sand der Sahara, den er von Afrika hier herübergeblasen hat, leicht bedeckt. Wir schlafen uns im Hotel erst mal richtig aus. Erst dann geht es auf kurvenreichen Straßen durch die Pyrenäen auf die Autobahn. Fotos und Filmaufnahmen im Gepäck.

Schwere Entscheidungen

Zu Hause angekommen, beginnen wir bald, unsere Weiterfahrt zu planen. Ich will mich davor drücken, im Herbst den Golf von Biskaya zu überqueren. Dieser ist wegen seiner starken Winde gefürchtet, und im Herbst sollte man deshalb sicherlich keine Überquerung wagen. Bei der weiteren Fahrt an der Küste entlang, würden wir an die so genannte „Todesküste" gelangen. Das habe ich auf der Rückseite einer Wasserkarte gelesen. Tückische Winde und gefährliche Felsen im und am Wasser dort haben schon so manchem Seemann das Leben gekostet. Ich bitte Freddy, er möge sich eine Männercrew zusammenstellen. Freddy beginnt sich im Bekanntenkreis umzuhören. Die meisten winken mit fadenscheinigen Gründen ab. „Weicheier", schimpft Freddy. Dieter sagt ihm zu. Hat jedoch keine Ahnung von der Seefahrt. Freddy sucht weiter nach einem mutigen Mann. Inzwischen bekommen wir die Herbstkühle zu spüren. Etwa dieses Wetter werden wir immer an der Ostsee haben, stellen wir etwas bedrückt fest. Wir liegen im geschützten Wohnzimmer auf dem Teppich, wo wir viele Wasserkarten ausgebreitet haben. Darauf sehen wir: Der Weg zur Ostsee ist lang. Davon haben wir erst 1800 Kilometer bezwungen. Was Nebel, Gezeiten, Untiefen und kalter Wind bedeuten, mussten wir bereits am eigenen Leib erfahren. Freddy studiert die Preislisten von einigen Ostseehäfen. Sie geben darüber Auskunft, dass uns das Boot dort teurer kommt. Es muss außerdem jeden Winter aus dem Wasser gehoben werden. Und dann die deutsche Bürokratie in den Häfen! Von Vorteil wäre dagegen der kürzere, billigere Anfahrtsweg.

Wir erwägen eine andere Möglichkeit. Der ADAC hatte uns, auf unseren Wunsch hin, Informationsmaterial darüber geschickt, wie man auf dem Binnen - Wasserweg nach Deutschland fahren kann. Man müsste den Mast extra transportieren. Richtig anfreunden können wir uns mit diesem Gedanken nicht. Die vielen Schleusen! Das flache Wasser für unseren tiefen Kiel!

Immer wieder machen wir Preiskalkulationen. Das Boot darf uns nicht zu viel kosten, sonst können wir es nicht mehr halten. Für unseren Atlantistraum leben wir zu Hause schon sehr in finanzieller Einschränkung. Freddy erwägt, für sich und Dieter einen Flug zu buchen. Er schaut ins Internet. Die Flugzeiten, welche noch angeboten werden, liegen ungünstig. Fünf Tage auf dem Wasser bleiben ihnen nur. Da lohnt es sich nicht, die Biskayaüberquerung anzugehen.

Schließlich fassen wir einen Entschluss: Wir fahren zurück auf das Mittelmeer! Wir kehren um! Ich werde zwar wieder keinen Besuch auf dem Boot haben, aber ich halte diese Lösung für die beste von allen. Einen Gedanken schieben wir noch weit von uns: Wenn uns das Boot zu teuer wird, müssen wir darüber nachdenken, es irgendwann zu verkaufen. Erst einmal wird Freddy mit Dieter nach Nazaré fahren, um nach dem Rechten zu sehen und dabei eine Woche Urlaub auf der Atlantis zu machen. Im Sommer wollen Freddy und ich das Mittelmeer erreichen, damit wir den Kampf mit den Atlantikwellen hinter uns lassen können. Aber an der spanischen Küste werden wir uns diesmal viel Zeit lassen. Es soll kein Stress aufkommen. Wir wollen das schöne Land diesmal richtig kennen lernen. Auch Flachwasser soll nicht mehr unser Problem sein.Wenn die Atlantis in Nazaré aus dem Wasser gehoben wird, soll ihr in endlich ein Echolot eingebaut werden. Freddy und ich, wir sind erleichtert, endlich unsere schwierige Entscheidung getroffen zu haben. Sofort bestellen wir über Katalog einen Tiefenmesser.

Herbstferien. Beide Männer sind in Nazaré. Sie genießen Sonne, fast 30°C und Fischereihafenromantik, während ich in Deutschland arbeite, friere und heizen muss. Eines Abends ruft mich Freddy aus Nazaré an: „Heute hat Kapitän Michael das Boot aus dem Wasser heben lassen, weil es auf Böcken überwintern wird. Stell dir mal vor, es ist kaputt! Unser Boot ist kaputt! Ich bin vielleicht fertig. Wenn ich wieder zu Hause bin, erzähle ich dir das genauer." Freddy erzählt: „Durch das Aufsetzen des Bootes hat die Dichtung zwischen Kiel und Bootskörper Risse bekommen. Und in Richtung Heck ist ein zwanzig mal zwanzig großes Metallstück vom Kiel abgebrochen." Er zeigt mir den Schaden auf dem Video, eine rostfarbene Stelle am Rumpf des Bootes. Jetzt dämmert es mir: Der einzelne Tropfen, den wir bei unserem Getränkekorb neben dem Mast hatten dahin rinnen sehen, war wohl durch die beschädigte Dichtung gedrungen. Und höchstwahrscheinlich war das beim ersten Auffahren – sicherlich auf Felsen – passiert. Dort, bei der Landzunge mit der Burg, bei Sancti Petri, im Flachwasser des Atlantiks. Ich frage völlig mitgenommen: „Und wie geht's weiter?" „Kapitän Michael musste uns wieder helfen. Er holte einen Ingenieur heran, Mr. Franco. Dieser Mr. Franco verlangt erst einmal neunhundert Euro. Er müsse den ganzen Kiel lösen, reparieren und wieder anbringen. Ich war einverstanden und überweise ihm gleich morgen das Geld." Ich unterbreche ihn: „Ohne jegliche Garantie, dass er die Reparatur auch wirklich ausführt?" Etwas aufgebracht erwidert Freddy: „Was sollen wir machen? Das Boot ist dreitausend Kilometer von uns entfernt. Wir müssen ihm vertrauen." Ich konnte seine Entscheidung verstehen, schließlich sitzen wir in der Klemme.

Weihnachten erhalten wir über das Internet Grüße von Michael und seiner Frau. Eine Information über die Reparatur leider nicht. Wir machen uns in diesem Winter viele zermürbende Gedanken: Können wir Kapitän Michael und Mr. Franco wirklich vertrauen? Außerdem: Die Kosten, die das Boot verursacht, die sind sehr hoch.Vernünftig wäre es, die Atlantis zu verkaufen. Nach qualvollen Überlegungen bietet Freddy per Internet und Zeitung das Boot zum Kauf an. „Lass uns doch nur mal sehen, wie das Interesse ist. Sicherlich wird sich kaum jemand melden", so tröstet Freddy mich und sich selbst. Mit zwiespältigen Gefühlen erwarten wir den Anruf eines Käufers. Freddy hat Recht. Nur einmal kommt eine telefonische Anfrage, dann lange Zeit nichts.

Es ist April. Wir erhalten die Nachricht, dass Mr. Franco die Arbeiten am Boot abgeschlossen und auch das Echolot eingebaut hat. Das erleichtert uns sehr.

Im Frühlingssonnenschein haben wir im noch geheizten Wohnzimmer auf dem Teppich wieder unsere Wasserkarten ausgebreitet und erwägen diese und jene Möglichkeit der Weiterfahrt. Wir schwelgen wieder sorglos in unseren Erinnerungen an den vorigen, actionreichen Sommer. Dann werden wir brutal aus unseren Träumen gerissen, denn das Telefon klingelt und ein Kaufinteressent aus der Schweiz bittet um genaue Informationen über unser Boot. Ein schmerzhafter Ruck und wir sind wieder in der grausamen Realität. Freddy lässt dem Kaufinteressenten über Internet Daten und Fotos zukommen. Augenblicklich kehrt bei uns die Winterdepression zurück.

Wieder vergehen einige Wochen. Es kommt keine Anfrage mehr. „Wir müssen bald unseren Flug buchen", bemerkt Freddy. Ich weiß, wie gern wir beide Pläne machen, wie herrlich wir dabei träumen und wie die Zuversicht die Stimmung hebt, wenn man einen Entschluss gefasst hat. Endlich greifen wir unsere schon einmal gefällte Entscheidung wieder auf, zurückzufahren auf das Mittelmeer, ohne Wenn und Aber.Wir werden uns dort einen preiswerten Hafen suchen, irgendwo an der spanischen Küste, nicht so weit hinter Gibraltar, damit die Fahrt nicht wieder in ein Rennen ausartet. Vielleicht kehren wir auch in einem späteren Urlaub zu dem Port el Balis zurück. Ist die Not ganz groß, könnten wir in Arenys de Mar das Boot zum Kauf anbieten. Oder wir fahren gar weiter, um uns in Italien, vielleicht bei Genua, festzumachen, denn den Anfahrtsweg mit dem Auto könnten wir bis dahin in nur zwölf Stunden bewältigen.

Freddy bucht unseren Flug nach Lissabon. Wir sind wieder in einem optimistischen Stimmungshoch. Jedoch diesmal haben wir Probleme beim Einchecken im Berliner Flughafen. Erstens ist unser Gepäck ein bisschen zu schwer. Man ist großzügig. Dann piepst es bei Freddys Handgepäck. Er packt aus: Gekochte Eier, Socken, Tabletten... aha, zwei GPS! Die Kontrolleure haben das aber nicht zu beanstanden. Daraufhin setzen wir uns entspannt in den Terminal und schauen durch die verregneten Fenster dem Treiben auf dem Flugplatz zu. Plötzlich ertönt eine Ansage. „Herr... - Flug Lissabon – möchte sich bitte am Abfertigungsschalter 0 einfinden. Wir glauben, nicht richtig gehört zu haben. Die meinen uns! Bei der zweiten Durchsage geht Freddy zum Schalter. Ich denke sofort an die silbernen Tüten mit Kartoffelpüree, die ich einzeln in den Taschen verstaut hatte.Vielleicht sehen sie aus wie Cocain – Tütchen? Freddy wird zur Gepäckkontrolle gebracht. Zu beiden Seiten hat er dabei einen Sicherheitsbeamten. Dann muss er das Radio herausnehmen, welches ich stoßsicher in der Mitte des proppenvollen Koffers, zwischen Kleidungsstücken verstaut hatte. Mit einem weißen Tuch vorsichtig umhüllt, legt man das Radio auf ein Prüfgerät. Sicherheitsbeamte sind froh, dass es keine Bombe ist. Freddy kehrt zurück, hochrot im Gesicht. Solch eine Aktion ist ihm sehr peinlich. „Wie hast du nur all die Sachen wieder in den Koffer reingekriegt?" frage ich ihn teilnahmsvoll.

Nazaré

Im Sinkflug dreht unser Flugzeug eine elegante Kurve über Lissabon. Das Panorama der Landschaften und der Stadt ist einmalig schön. Lissabon liegt in einer Hügellandschaft an der atlantischen Küste. Flussläufe und Bodden durchziehen diese Stadt. Sie leuchten ebenso blau wie der Himmel und das Meer. Von eindrucksvollen, großen Brücken werden sie überspannt. Wir halten Ausschau nach großen Stadien, denn jetzt finden hier die Fußballweltmeisterschaften statt. Die Maschine landet. Am Flugplatz entdecken wir gleich ein Taxi, das uns nach Nazaré fährt. Viele Autos sausen mit der flatternden Flagge Portugals an uns vorbei. Alles Fußballfans. Sämtliche Gebäude, ob Villen oder kleine Hüttchen, sind mit solchen Fahnen geschmückt. Als wir in den Hafen einfahren, sehen wir sofort unsere Atlantis, denn sie steht auf hohen Böcken auf dem Platz der Werft. Freddy findet eine Leiter, die er ans Boot stellt. Unser netter Taxifahrer hilft uns noch, die schweren Taschen ins Boot zu wuchten. Als nächstes betrachten wir den Kiel. Er ist repariert, muss aber noch den letzten Anstrich bekommen. Das Echolot ist auch eingebaut, nur finden wir dazu keine Gebrauchsanweisung. In der Hoffnung, dass man „uns" nun gleich ins Wasser setzen wird, gehen wir in das Büro von Captain Michael. „Sie wollen ins Wasser?" fragt er nach herzlicher Begrüßung gleichmütig und fügt hinzu: „Dienstag, oder wenn der liebe Gott es will, schon Montag". Wir sind ein bisschen enttäuscht, denn heute ist erst Freitag. Jedenfalls, ein Treffen mit Mr. Branco will Captain Michael für uns noch organisieren. Das ist uns sehr wichtig. Nicht nur wegen der Hinweise zum Gebrauch des Echolots, sondern auch wegen einer Bestätigung der Reparatur für unsere Versicherung, die er uns unterschreiben soll.In der Tür des Hafenmeisterbüros steht noch ein Deutscher, der auch enttäuscht ist, nicht mit seinem Boot ins Wasser zu können.

Auf dem Boot – hoch oben – begeben wir uns zur Nachtruhe. Wenn sich einer von uns in seiner Koje bewegt, oder eine Windböe kommt, vibriert das Ganze. Des Nachts muss auch jeder von uns mal auf die Toilette. Die Leiter rauf und runter, quer durch das Werft- und Hafengelände, das braucht wohl eine halbe Stunde, und da wäre man ja total wach. Also spülen wir durch die Bordtoilette unser „kleines Geschäft" auf den Betonboden unter uns. Am Morgen ist zum Glück alles getrocknet.

Wir müssen unseren Wassertank auffüllen und suchen im Gelände nach einem Wasseranschluss. Aha, der Deutsche zapft gerade von dort das Wasser. Er überlässt uns gern seinen langen Wasserschlauch und erzählt uns von sich, dass er mit seiner Freundin auf einem Katamaran ebenfalls auf Böcken wohnt. Drei Wochen hat er dort schon zugebracht, um das Boot zu streichen. Nun ist er ungeduldig wie wir, aufs Meer zu kommen. Einen Stromanschluss haben wir schnell bei der Hand. Nun lässt es sich in unserem „Baumhaus" einigermaßen gemütlich wohnen.

Zum Einkaufen laufen wir nach Nazaré. Ich schaue lange Zeit auf den flachen Strand und die gewaltigen Felsen. Heute knallt hier die Sonne, aber vor einem Jahr ankerten wir verzweifelt im dichten Nebel vor diesem Strand. Wie schauerlich war uns da zumute! Zurück auf dem Boot machen wir uns sogleich an die Arbeit. Hier muss nun tüchtig geputzt werden. Freddy übernimmt den Außenbereich, ich putze im Boot. Am Nachmittag gehen wir an den Strand. Ich mit Bikini und Halstuch, denn die Sonne hat mir schon tüchtig den Hals verbrannt. Der Strand ist von weichem, goldgelben Sand, lang, breit und fast menschenleer. Hohe blaue Atlantikwellen rollen tosend heran. Ich wähne mich im Paradies. Freddy tummelt sich wie ein Kind in den Wellen. Dabei schaue ich ihm zu und registriere wie seine Mama alle seine Kunststücke. Eigentlich bin ich noch kaputt vom Wandern und Putzen. Das Wasser empfinde ich als zu kühl und die Wellen als zu hoch, will deshalb nicht baden. Ich filme immer wieder, wie Freddy von den mannshohen Wellen umgeworfen wird. Meist taucht er erst nach für mich zu langen, bangen Augenblicken wieder auf. Seine Badehose hängt in den Kniekehlen. Kampf gegen Naturgewalten nennt er das und kommt erschöpft und nach Luft ringend aus dem brausenden Atlantik. Ich nenne das: Don Quijote gegen die Windmühlenflügel. Armer Freddy! Natürlich bewundere ich seinen Mut. Das schmeichelt ihm.

Am Abend sind wir von den deutschen Seglern auf ihren Katamaran eingeladen, zum Rotweintrinken. Ich mache mich schmuck und bekleide mich mit weißen Shorts und einem weißen T - Shirt, denn wann geht man schon mal aus! Unbeschadet versuche ich, die total verschmutzte Leiter runter zu klettern. Auf den Katamaran geht es dann auf eine ebensolch schwarze Leiter wieder hinauf. Meine Kleidung ist nicht mehr weiß! Ich unterdrücke meinen Ärger und lasse mich von unseren Gastgebern herzlich empfangen. Sie sind sehr nett, die Bremer. Sie heißen Sieglinde und Heinz. Wir trinken mit ihnen Brüderschaft, denn wir sind schließlich vier Brüder des Meeres, vom gleichen Wunsch getrieben, mit Segelbooten mutig den Atlantik zu bezwingen.

Es ist Sonntag und wir warten auf Mr. Franco. Er kommt. Nicht wie verabredet um zehn Uhr, sondern um zwölf Uhr. Entschuldigend zeigt er in seinen Mund. Wahrscheinlich schmerzte ihn ein Zahn. Er erklärt uns auf Englisch die neue Anlage von Log und Lot. Viel verstehen wir nicht. Als Service kontrolliert er noch Wasser und Öl des Motors und schmiert mit Fett die Manschette an der Welle ein. Den Kiel wird er noch streichen. Nun kommt der spannendste Moment. Wird er die eidesstattliche Erklärung über

143

die Reparatur und deren Kosten unterschreiben? Freddy legt ihm den vorbereiteten deutschen Text hin. Er schaut nicht lange drauf, kann ihn sowieso nicht lesen. Aber die Kostensumme erkennt er auf Anhieb. Er – unterschreibt! Uns fällt ein Stein vom Herzen. Die Versicherung wird also zahlen! Mr. Branco verspricht, die Gebrauchsanweisung zu Hause zu suchen. Dann werden wir ihn noch mal sehen. Freddy ist sehr erleichtert. Ich bin es auch.

Nun können wir zum Strand. Dort muss ich den Sand auf einen Haufen schieben, um mich dahinter vor dem heftigen Wind schützen zu können. Freddy ist wieder voll in seinem Element. Er nimmt es mit fast zwei Meter hohen Brandungswellen auf. Eine ganze Stunde „spielt" er mit ihnen. Am Abend sind Sieglinde und Heinz auf unser „Hochboot" eingeladen. Bis in die Nacht hinein erzählen wir uns Reiseerlebnisse. Der starke Wind lässt unser Boot gefährlich wackeln. Dann tutet – wie vor einem Jahr – das Nebelhorn.

Morgens hat sich der Nebel verzogen. Heute soll das Boot ins Wasser. Um zwölf Uhr? Um fünfzehn Uhr? Freddy hat nicht so richtig verstanden. Er bereitet alles vor und wartet ungeduldig, denn Mr. Franco wollte den Kiel vorher noch streichen. Der große, blaue Hebekran kommt auf uns zu. „Los! Nimm die Kamera und lass uns von Bord gehen!" drängt mich Freddy erregt. Ich stehe erwartungsvoll neben dem Boot, bis man mir zuruft: „Siesta!" Enttäuscht kuschle ich mich mit einem Buch in meine Koje, während Freddy ungeduldig in unserem Wackelboot auf und ab geht. Er ist genervt, bis sich endlich Mr. Franco mit Farbbüchse und Pinsel am Kiel zu schaffen macht. Danach wird die Atlantis problemlos ins Wasser gehoben. Als wir unseren Liegeplatz erreicht haben, steht schon Mr. Franco da. Noch einmal, jetzt anschaulicher, erklärt er uns Log und Lot. Wir sind glücklich und zufrieden. Alles scheint zu funktionieren, bis auf die Toilette. Die mechanische Handpumpe saugt das Wasser nicht mehr an.

Schnell verlassen wir unser Boot, um Sieglinde und Heinz zu helfen, als ihr Boot ins Wasser gesetzt wird. Gefährlich baumelt der Katamaran hoch oben am Haken des Krans. Wir halten die Luft an. Haarscharf gleitet er an einem Strommast vorbei, scheint scheppernd ein Reklameschild zu streifen. Heinz und Freddy bemühen sich, an Seilen die Schweberichtung zu beeinflussen. Endlich gleitet das Segelboot ins Wasser.

Nach all den Aufregungen gehen Freddy und ich in Nazaré zu Abend essen. Man empfiehlt uns im Restaurant: Kotelett von „kleiner Stier". Es schmeckt köstlich. Am nächsten Tag wollen wir noch nicht in See stechen. Der Wind ist sehr stark. Da sehen wir uns lieber noch die Sehenswürdigkeiten von Nazaré an. Allerdings muss es übermorgen losgehen, meint Freddy, denn wir sind in Cascais mit unserem Freund Berni verabredet. Er wird uns eine Woche begleiten und uns beim Segeln behilflich sein.

Mit einer Bergbahn fahren wir auf den hohen Felsen der Stadt, nach „O Sítio" Dort oben befindet sich ein jahrhundertalter Wallfahrtsort, ein religiöses Zentrum, verbunden mit der Sage, dass hier die Statue der „Nossa Senhora de Nazaré" von Hirten in einer Felsnische gefunden wurde. Danach, im Jahre1182 soll hier oben der Gouverneur D. Fuas Roupinho auf seinem Pferd einen weißen Hirsch gejagt haben, bis er an den Rand des Felsens kam und der Hirsch plötzlich verschwand. D. Fuas fand nur noch mit den Hinterbeinen seines Pferdes auf dem hohen Felsen Halt. Da rief er schnell die „Nossa Senhora de Nazaré" um Hilfe an. Sie erlöste ihn aus dieser lebensbedrohlichen Situation, denn das Pferd ging rückwärts und fasste wieder Fuß. Es war wie ein Wunder, und aus Dankbarkeit errichtete er ihr zu Ehren eine kleine, hübsche Kapelle, die „Ermida de Memória". Auf blauweißen Kacheln, die sich in der alten Kapelle befinden, ist diese Geschichte dargestellt. Der erste König von Portugal, viele Pilger, Fischer und Seeleute, auch Vasco de Gama, ersuchten ihren Schutz. Deshalb erbaute man der Heiligen auch eine Kirche, die ihren Namen trägt. Andächtig wandeln wir durch das reich geschmückte Kirchenschiff. Am Eingang der Empore erhebt sich ein großes Gemälde, auf welchem auch das Wunder der Erscheinung der „Nossa de Senhora de Nazaré" vor D. Fuas Roupinho darstellt ist. Ich schaue mir die gottähnliche, weibliche Person an und sage in Gedanken: Vielen Dank, dass du uns im vorigen Sommer den Fischer geschickt hast, der uns aus dem Nebel geführt hat. Und lass uns bitte auch in Zukunft nicht im Stich!

Zwischen den heiligen Stätten befindet sich ein großer Platz, auf dem Verkaufsstände aufgebaut sind und bunter Trubel herrscht. An einem Stand mit getrocknetem Obst scherzt und lacht eine lustige Oma mit ihren Kunden. Wir richten die Kamera auf sie. Sie wendet sich sofort uns zu und hebt nacheinander sechs ihrer sieben Röcke, die sie traditionell trägt. Alle sind kunstvoll bestickt und mit gehäkelter Spitze versehen. Jeder ist von einer anderen zarten Farbe. Und schon gibt sie mir Proben von all ihren Köstlichkeiten. Freddy rollt mit den Augen. Die Essware ist nicht abgedeckt und sie nimmt jedes Stück in ihre Hände. Das wird Freddy eine Griebe kosten, die er immer bekommt, wenn ihm etwas unhygienisch erscheint. Und das, obwohl er das Kosten sowieso verweigert. Ich bin fasziniert von all der Fremdartigkeit und koste brav Nüsse, Feigen, Datteln, getrocknete Bananen. Als Dank für ihre freundliche Show muss ich nun was kaufen. Ich entscheide mich für die Trockenaprikosen. Da weist sie auf drei kleine Holzkästchen. Daran steht, wie viel Euro der Inhalt kosten soll. Ich zeige auf das kleinste Kästchen, das mit drei Euro. Sie packt es voll mit einem großzügigen Berg und füllt die Früchte dann in eine Tüte um. Die werde ich

145

nun allein essen müssen. Sie schmecken mir sehr. Aber am köstlichsten ist die gesamte Situation.

Naschend wandere ich mit Freddy Hand in Hand in schwindelnder Höhe auf den Felsen von Sítio entlang, mit traumhaftem Ausblick auf Nazaré, den goldenen Strand, welcher die Meeresbucht einfasst und das Meer. Die einladende Badebucht liegt gut vor den Nordwinden geschützt am Fuße der steilen Felswand. Das Meer leuchtet herrlich blau schon am Morgen, denn das Wasser ist jodhaltig und die Sonne beleuchtet es in voller Pracht. Bis hin zum Ende des Horns gehen wir, wo sich die Festungsanlage „S. Miguel Arcanjo" aus dem 17. Jahrhundert und der Leuchtturm befinden. Ganz können wir an den Turm nicht heran, aber ich brauche trotzdem einen längeren Augenblick, ihn zu betrachten, denn von ihm aus warnte uns das Nebelhorn. Er ist gewissermaßen unser Lebensretter. „Schau doch mal nach rechts!" ruft mir Freddy zu, der hinter den Büschen einen anderen Blick genießt. Aha, von dort kann er das Meer auch hinter der Landzunge sehen. Ein scharfer Wind weht uns von dem Nord – Strand ins Gesicht. Er liegt ungeschützt im Wind, lädt deshalb nicht so sehr zum Baden ein, bietet aber ein faszinierendes Bild. Der Strand dort ist ein besonders breiter Sandstreifen, wüstenähnlich, unendlich lang. Er geht über in eine leicht hügelige, steppenartig bewachsene Landschaft. Die Ansichten von hier oben sind ein wirklich großes Erlebnis! Irgendwann müssen wir uns davon trennen und wir fahren mit dem mechanischen Aufzug wieder hinunter, um noch am Strand von Nazaré entlang zu schlendern.

Auf einem Teil des langen Strandes sind wieder die Fischer damit beschäftigt, unzählige kleine Fische in Reih und Glied auf Holzgestelle zu legen, damit sie in der Sonne trocknen. Wir wollen nicht stören und betreten wieder die Straße. Nun filme ich viele herumstreunende Hunde, die wahrscheinlich liebevoll geduldet werden. Sie scheinen sich wohl zu fühlen und liegen dösend unter den schattenspendenden Bänken. In den Straßen sehen wir Frauen in rabenschwarzer Kleidung. Ich finde sie sehr eindrucksvoll, möchte sie fotografieren und flüstere Freddy zu: „Stell dich doch mal da drüben vor das Geschäft! Jetzt da drüben vor das Haus!" Freddy wird unwirsch, denn dazu hat er keine Lust. Ich erkläre ihm: „Du musst mal als Fotokulisse dienen, denn ich kann doch den Fotoapparat nicht ungeniert auf die schwarzen Frauen halten!" Dann erzähle ich ihm, was ich in einer Touristenbroschüre gelesen habe, dass die Portugiesinnen für den Rest ihres Lebens schwarz gekleidet bleiben, weil jemand aus dem engeren Familienkreis gestorben ist. Meistens sind es Witwen, die ihre Männer an das Meer verloren haben. Oder sie betrauern einen Sohn, dem das gleiche Schicksal widerfahren ist. Die Gesichter der alten Menschen hier sehen sehr verwittert aus. Sicherlich sorgen die Meereswinde und der viele

Sonnenschein dafür, dass sie schnell altern. Einige Frauen sitzen vor ihren antik wirkenden Hüttchen und machen Handarbeiten. Andere halten ein Schild auf dem Schoß, das Fremdenzimmer anbietet. Irgendwie fühlt man sich in der Zeit zurückversetzt. Was mag das hier für ein armseliges, kleines Fischerdörfchen gewesen sein, als es noch keinen Tourismus gab? Hier herrschte bestimmt die Not.

Abends sitzen wir wieder mit Sieglinde und Heinz zusammen. Wir fühlen uns in Abschiedsstimmung. Am nächsten Tag wollen wir südwärts fahren. Bedrohlich heult der Wind. Die Wellen krachen laut ans Heck, direkt an Freddys Kajüte. Er zieht zum Schlafen in den Salon um. Die Fender knarren und knietschen. Starke Windböen heulen unaufhörlich. Am Morgen nehme ich den Windmesser und klettere über die Dünen ans Meer. Dort sind keine Schaumkämme und höchstens vier Windstärken. Freddy beäugt mein Tun argwöhnisch. „Okay, wir fahren", willige ich ein", „aber erst gehen wir noch in die Rezeption und schauen auf die Wetterkarte". Freddy trottet hinter mir her. Schon läuft uns Captain Michael über den Weg. Er zeigt auf einen Anschlag an seiner Bürotür. Dort steht für heute, morgen und übermorgen: WARNUNG! N- Wind, 60 – 70 km/h. „Das ist Windstärke acht!" stelle ich erschrocken fest. Freddy sieht unbeeindruckt aus. Captain Michael erklärt uns, dass zwei Winde zusammenkommen werden. Freddy guckt uneinsichtig. Er möchte wissen, wann wir denn endlich fahren können. Am Samstag wird es ruhiger, sagt der Hafenkapitän. Er hat selbst einen großen Motorsegler hier zu liegen und hat sicherlich nicht umsonst seinen verantwortungsvollen Job. Mit dem Wetter kennt er sich hier aus, hat schon viele Jahre Lebenserfahrung auf dem Buckel. Sein Rat ist mir viel wert. Er zieht in Erwägung, dass wir vielleicht früh um sechs Uhr, falls es auf dem Meer ruhig sein sollte, bis nach Peniche segeln könnten. Vielleicht! Dann sagt er zu Freddy, er könne doch alleine fahren, er würde mich dann mit dem Auto dort hinbringen. Ich muss lachen. Dieser alte Seebär hat Verständnis für mich, obwohl er mich kaum kennt. Wir schauen bei Heinz und Sieglinde vorbei. Sie werden die nächsten zwei Tage auch nicht ablegen, beschließen sie.

Ganze drei Tage müssen wir nun im Hafen ausharren, wegen des starken Windes. Wir erledigen kleine Arbeiten. Freddy und Heinz bauen an unserer Toilette, können sie aber nicht reparieren. Ich bin einen Tag mit Sieglinde auf ihrer „Blue Marlin". Dort hat sie eine Nähmaschine, mit der wir einen Überzug für den Sitz in ihrem Cockpit nähen. Die Portugiesen spielen in der Fußballweltmeisterschaft gegen Holland. Auf einem Fischkutter sehen viele Männer im Fernsehen dem Spiel zu. Lautstark äußern sie ihre Begeisterung und drücken bei jedem Tor auf die Hupe. Als Portugal gewonnen hat, bricht in ganz Nazaré ein großes Hupkonzert aus. Auf den

Straßen wird gefeiert, gegrölt und gesungen. Ich freue mich mit den Spaniern. Sie haben schließlich die Endrunde erreicht.

Täglich gehen wir am Strand spazieren und können uns nicht satt sehen, an den über zwei Meter hohen Brandungswellen, und daran, wie das Meer schäumt und braust. Diese Naturgewalt flößt uns Ehrfurcht ein. Im Boot draußen zu sitzen, ist an keinem der Tage möglich. Der Wind pfeift zu stark. Selbst im Hafen sind Schaumkämme zu sehen. Am Freitag erreicht der Sturm seinen Höhepunkt. Es heult und pfeift gnadenlos ohne Unterbrechung. Auf der Blue Marlin feiern wir das zweite Mal Abschied. Heinz erzählt, dass sein Sohn in Deutschland den genauen Seewetterbericht für die portugiesische Küste bekommen konnte. Danach wird der Wind am Wochenende abklingen. „Und dann?" frage ich. Heinz zögert: „Na ja, dann wird an den Tagen danach der Wind nicht unter der Stärke sechs liegen."

Als es bereits dunkel ist, und Freddy und ich auf der ATLANTIS unseren Nachtschlaf vorbereiten, legt ein Segelboot im Huckepack bei uns an, denn der Hafen ist bereits überfüllt. Heinz und Sieglinde stöhnen schon seit einigen Tagen über die Unannehmlichkeiten dieser Anlegemethode. Sie haben bereits zwei Boote auf der Hucke. Diese Segelyacht neben uns, unter französischer Flagge, ist einige Meter länger als unsere Atlantis. Die Franzosen legen auf unübliche Weise zwei Taue über unser Boot, um das ihre sicher fest zu machen. Sie sind in warme Anoraks mit Kapuzen gehüllt und sprechen fast gar nicht miteinander. Die Gesichter, die ich erkennen kann, sind abgespannt und sehr ernst. Sie sind von Strapazen gezeichnet. Was mögen sie durchgemacht haben auf dem nachtschwarzen, tobenden Meer? Ich hätte nicht mit ihnen tauschen wollen. Wohlig kuschle ich mich in meine Koje und lobpreise den sicheren Hafen. Zu den üblichen Sturmgeräuschen kommt in dieser Nacht für uns das fürchterliche Reiben und Knietschen der Fender und der Festmacheseile der Franzosen dazu. Ich falle in einen unruhigen Schlaf.

Um sechs Uhr erwache ich. Es ist unheimlich still. Der Wind hat nachgelassen. Endlich! Der Sturm ist weg! „Komm Freddy! Lass uns losfahren", rüttle ich an meinem Mann. Wir können doch nicht", murmelt er, „vor neun ist keiner im Büro. Dort müssen wir doch noch bezahlen". Also dösen wir weiter. Ich höre die Franzosen auf ihrem Deck herumtrampeln. Plötzlich Captain Michaels Stimme. Er schimpft auf Englisch mit den Franzosen. Sie versuchen, sich zu verteidigen. Der Kapitän behält die Oberhand. Ich kann den Inhalt dieses Wortgefechts verstehen. Die Franzosen hätten nicht bei uns festmachen dürfen, jedenfalls nicht in der Art, zwei Seile quer über unser Cockpit zu spannen. Vielleicht auch, weil ihr Boot länger als unseres war. Mit dem Satz: „That`s my friend!!!" verlässt Captain Michel wütend den Anlegesteg. Das war gut von ihm, denke ich und fühle mich geschmeichelt.

Als Freddy später in der Rezeption bezahlt, werde ich ungeduldig. Warum dauert das nur so lange? Der Wind frischt wieder auf und heult bald in gewohnter Weise. Ich bin zermürbt und genervt. Was sollten wir tun? Noch mal hier schlafen wäre nicht auszuhalten. Auf das stürmische Meer möchte ich aber auch nicht. Mein Bauch ist voller Unruhe. Dreimal muss ich auf die Toilette. Freddy kommt und ruft mir zu: „Der Chef vom Marinehafen musste erst von zu Hause geholt werden!" Hinter ihm kommen Heinz und Sieglinde. Wir drücken uns zum Abschied herzlich. „Sag mal, hast du Angst?" flüstert mir Sieglinde ins Ohr. „Ja", antworte ich, „ich gebe es zu". Dabei empfinde ich, dass es ihr nicht anders ergeht. Aber sie sagt es nicht.

Windstärke acht

Wir legen ab und haben noch einige Komplikationen beim Tanken, weil das Wasser im Hafen so unruhig ist. Dann lenke ich die ATLANTIS auf das offene Meer hinaus. Freddy hisst die Segel. Die Wellen sind ziemlich hoch. Aber mit Genugtuung stelle ich fest, dass es nicht sonderlich unangenehm mit ihnen ist, denn wir sind auf der Rückreise und haben entgegen dem vorigen Sommer, die Wellen jetzt von hinten. Wenn der Wind dann wie jetzt von schräg – achtern kommt, kriegt man eine flotte Geschwindigkeit drauf. Weit hinter uns sehen wir noch die Segel von dem Katamaran unserer Bremer Freunde. Sie hatten kurz nach uns den Hafen verlassen. Freddy hantiert schon längere Zeit im Salon. „Was machst du denn so lange?" rufe ich nach unten. „Komm doch an Deck!" Freddy kommt mit einem Heftchen nach oben. Er hat Schweißperlen auf der Stirn. „Das GPS zeigt nicht an"; verkündet er mir, „ich muss mal in der Gebrauchsanleitung nachlesen". Ich kann es kaum fassen. Das GPS ist das wichtigste Instrument an Bord! Fangen denn die Probleme schon wieder an? Freddy schafft es tatsächlich, das Gerät in Gang zu setzen. Wie, weiß er sicherlich selbst nicht so genau. Egal. Wir machen flotte Fahrt und alles ist wie fast immer. Sonne, blauer Himmel, blaues Meer, Steilküste, nicht mehr allzu große Atlantikwellen. Ein Glücksgefühl stellt sich ein. Endlich leben wir unseren Traum – den wir einen ganzen deutschen Winter lang geträumt hatten! Über das Flachland von Peniche bläst der Wind heftiger. Trotzdem kommen wir komplikationslos in den Hafen. Wir kennen die Einfahrt noch. Der Tiefenmesser ist uns jetzt außerdem eine sehr wichtige Hilfe. Es macht Spaß, die jeweilige Tiefe des Meeresbodens abzulesen, ich kann es bequem am Steuerstand tun. Und die Angst vor Flachwasser ist wie weggeblasen! Hätten wir doch nur dieses Gerät schon vor dem Befahren des Atlantiks gehabt! Aber alles ist wieder gut. Das Boot hat durch die Kielreparatur zwar an Wert verloren, wurde von einem Ingenieur instand gesetzt, und kein einziges Tröpfchen

149

Wasser dringt mehr in den Salon.

Gern würde ich mit Freddy in Peniche spazieren gehen, aber es ist niemand da, der uns einen Chip für die Tür verkauft. Ohne diesen ist sie nur von innen zu öffnen. Freddy bleibt auf dem Boot und ich darf gehen. Ich sehe mir die alte Festung an, gehe an alten Seemannskneipen vorbei, schaue von der Steilküste ins Meer. In den Felsen der Steilküste sitzt turtelnd ein junges Liebespärchen. Ach, eigentlich fehlt mir mein alter Zausel, denke ich, breche meinen Spaziergang ab und gehe zurück aufs Boot.

Wieder mal steht uns die Umrundung eines gewaltigen Kaps bevor. Wir fahren darauf zu, bei mäßigem, achtern Wind, mit Motor und manchmal flatternder Fock. Wir haben große, breite Wellen, die immer chaotischer werden, je näher wir dem Kapp kommen. Inzwischen erkennt man die gewaltige Steilküste, am scheinbaren Ende des Küstenstreifens. Wie ein trotziger Riese bieten die harten Felsen dem wilden Meer die Stirn. Das ist das Cabo de Roca. Inzwischen schätzen wir die Höhe der Wellen auf drei Meter. Sie erreichen uns zuerst am Heck, heben uns und lassen uns sanft in ein Tal gleiten. Dicht am Kap sieht das Meer wie ein Hexenkessel aus. Die Wellen geraten wild durcheinander und schäumen. Von sanften Wellen ist nichts mehr zu spüren. Unser Boot fällt unerwartet in unberechenbare Schräglagen, hüpft, knallt hart auf, wird tüchtig gerüttelt. Wir bemühen uns, den Cabo de Roca zügig zu umrunden. Zu dem Wellenchaos heult und pfeift noch immer frischer Wind. Nur langsam wird das Fahren angenehmer, bis sich Wind und Wellen in der schützenden Bucht von Cascais beruhigen.

Cascais – der Hafen an den ich so schlechte Erinnerungen habe! Diesmal legen wir sicher und gut gelaunt an. Und bald kommt auch, wie verabredet, unser Freund Berni den Steg entlang. Neugierig und unternehmungslustig bezieht er im Salon unserer ATLANTIS Quartier. „Na, Berni, erst mal ein Bier?" frage ich ihn, denn ich weiß um seine Vorliebe. Er strahlt. „Dann müsst ihr zwei Männer erst mal welches kaufen", muss ich seine Freude dämpfen. Freddy und Bernhard ziehen los, Bier und Brot zu kaufen. Beim Verrichten meiner Hausarbeiten registriere ich, dass der Wind immer bedrohlicher zunimmt. Böen von gewaltigen Kräften rütteln am Boot. Und das im Hafen! Plötzlich höre ich ein Segel im Wind flattern, mit einem Höllenlärm. Ich stürze an Deck. Unsere Fock, die wahrscheinlich nicht sorgsam genug aufgerollt war, löste sich und flattert so stark, dass ich sie nicht zu halten bekomme. Hilflos hänge ich an dem weißen Tuch. Von unserem Nachbarboot kommt mir ein Mann zu Hilfe. Zu meiner Überraschung spricht er auch deutsch. Wir schnüren die Fock ein. Danach hält sie eine Weile Ruhe, wickelt sich dann aber wieder etwas ab. Die Fock schallt laut knallend durch den Hafen. Ich vertiefe mich in meine Arbeiten und will das äußerst unangenehme Geräusch ignorieren. Aber es ist nicht auszuhalten. Ich versichere mich, dass die Fock sich nicht noch weiter aufrollen kann, und verlasse genervt das Boot. Ich will es nicht abschließen, habe ohnehin wieder keine Chip – Karte für die Tür zum Hafen. So setze ich mich wieder wie damals resigniert auf einen Holzsteg, etwa dreißig Meter von der ATLANTIS entfernt und behalte sie im Auge. Erinnerungen gehen mir durch den Kopf. Hier hatte ich im Dunkeln gesessen und versucht, Freddy zu verstehen, der sich voller Hass, Enttäuschung und Selbstmitleid mit der Cognacflasche tröstete. Ich hatte die gesamte Fahrt verflucht und hätte die ATLANTIS am liebsten nicht mehr bestiegen. Und heute? Freddy will sich nicht mehr getrieben fühlen. Aber was soll werden, wenn es wieder jeden Tag stürmt? Unter welchen Druck wird er mich setzen? Zum Glück haben wir nun einen dritten Mann in unserer Crew, jedenfalls eine Woche lang. Er wird mich mal am Steuer ablösen können. Aber wir haben auch eine Verantwortung für ihn. Seine Frau hofft, dass er gesund nach Hause kommt.

Wo bleiben die Männer nur? Sicher werden sie das Bier erst kosten, bevor sie es kaufen. Noch immer knallt die Fock fürchterlich. Unser Nachbar sitzt mit seiner Frau essend an Deck. Sie wird das genauso nerven wie mich, und alle anderen im Hafen auch. Ich gehe zu ihm hin. Bereitwillig hilft er mir noch einmal, das äußerst widerspenstige, flatternde Stück Stoff zu bändigen. Endlich Ruhe! Da kommen meine Männer in bester Laune zurück. Eineinhalb Stunden haben sie für den „Einkauf" gebraucht. Ich zügele meinen Zorn, denn eigentlich gönne ich ihnen diesen entspannenden Landgang.

Es wird noch recht gemütlich an Bord. Wir planen die nächsten Tage, machen unsere Witze und lachen viel. Von Heinz und Sieglinde kommt per Handy noch folgende Nachricht: Beide Motoren haben nicht funktioniert – waren über Nacht gesegelt – Sieglinde seekrank – dann zu wenig Wind um in die Bucht von Cascais zu segeln – seit heute Mittag hier – Beiboot war weg geschwommen – von anderen aufgehalten worden. Meine Güte, denke ich, die haben ja was hinter sich! Arme Sieglinde! Nicht nur wir sind die Unglücksraben.

Als es am zeitigen Morgen wieder losgeht, lege ich drei Rettungswesten griffbereit in den Salon. Berni schaut mich fragend an, Freddy eher verächtlich. „Wer meint, dass er eine

brauchen könnte, kann sich hier schnell eine greifen", sage ich ihnen in bedeutungsvollem Ton. Berni probiert sie an und sucht sich eine aus. Draußen herrscht die typische Windstille. Ganz dicht fahren wir an der AIDA vorbei, dem Luxus – Passagierschiff mit den am Bug aufgemalten roten Lippen, den hübschen Augen und den wellenförmigen Augenbrauen.

Die Passagiere rekeln sich sicherlich noch faul in ihren Luxusbetten. Aber tauschen möchte ich mit ihnen dennoch nicht. Sie sind so weit hoch oben über dem Wasser, so naturfern und sorglos. Bernhard lernt das Steuern nach dem Kurs, den Freddy ihm vorgibt. Er ist ganz bei der Sache. Als wir das Kap Espichel mittels Fock und Motor umrunden, ist der portugiesische Norder wieder in Aktion. Berni ist seefest, registrieren wir zufrieden. Er verzieht keine Miene bei den zwei bis drei Meter hohen Wellen.

Am Abend in Sines bekommen wir leider kein Bier. Die Geschäfte sind schon geschlossen. Aber wir besichtigen eine Festung und ein Seefahrer-denkmal. „Das ist Vasco de Gama"! ruft Berni begeistert. „Über den hatte ich was in der Schule gelernt. Er hat den Seeweg nach Indien entdeckt!" Ganz aufgeregt ist unser neues Crewmitglied. Vor dem Schlafengehen geht Freddy noch zur Rezeption, um den Liegeplatz zu bezahlen, weil wir am Morgen früh los müssen. „Frage nach dem Wetter von Morgen! Vergiss es nicht!" gebe ich ihm mit auf den Weg. Er kommt zurück. „Und?" frage ich ihn. „Windstärke vier bis fünf", antwortet er mir und schaut dabei nach unten.

Unsere Strecke nach Lagos ist lang. Im vorigen Jahr brauchten wir für sie vierzehn Stunden. Nun haben wir zwar Wind und Wellen von hinten, aber das Umfahren des Cabo de Vicente kann schwierig werden. Ich bin dafür, mit Tagesanbruch loszufahren. Also nehme ich das Wecken in die Hand. Da ich nicht genau weiß, wann sich der Himmel erhellt, stelle ich meinen Wecker zu um fünf Uhr dreißig. Ich schlafe unruhig. Als er klingelt, sind meine Bullaugen noch rabenschwarz. Ich schleiche lautlos aufs Deck. Es ist tatsächlich noch stockdunkel. Deshalb drehe ich den Weckzeiger auf sechs Uhr dreißig. Des Öfteren sehe ich nach ihm. Noch bevor es klingelt, wecke ich die Männer. Zügig verlassen wir den Hafen. Das Meer ist nicht so ruhig wie sonst. Berni steuert, und ich darf mich noch einmal hinlegen. Ich genieße das zuerst, obwohl ich nicht einschlafen kann. Dann spüre ich große Wellen unter dem Bug. Ich nehme meinen Platz an Deck ein, um alles was hier oben zu sehen ist mitzubekommen. Lange Zeit fahren wir über noch angenehme Dreimeterwellen. Als das Kap erkennbar wird, ziehe ich mir die Rettungsweste über. Berni tut das Gleiche. Freddy will sich seemännisch abhärten. Er steht mit nacktem Oberkörper am Steuer. Die großen Wellen rollen von schräg hinten an uns heran. Man muss dagegen steuern, was mein Kräftevermögen übersteigt. Ich bin froh, dass Berni eine lange Zeit der Steuermann ist. Jetzt wird es immer schwieriger werden. Nun gibt Freddy das Steuer nicht mehr aus der Hand. Das imponiert mir. Er stellt sich voll seiner Verantwortung, denn ich bin körperlich etwas zu schwächlich für diese Aufgabe und Bernhard hat keinen Bootsführerschein für See. Nur, weshalb sichert er sich nicht mit einer Weste ab? Dieses

Cabo de Vicente wird heute die höchsten Anforderungen an uns stellen!

Obwohl Freddy einen großen Abstand zur Küste hatte, stellen wir besorgt fest, dass uns die Wellen immer mehr in Richtung der Felswand drücken. Er hat es schwer, den sicheren, gradlinigen Kurs parallel zur Küste einzuhalten. Die Wellen sind nun schätzungsweise vier Meter hoch. Manchmal rollt von schräg hinten eine noch höhere heran. Dann rufen Berni und ich unserem Steuermann zu: „Vorsicht! Monsterwelle!" Er schaut kurz nach hinten und zieht kräftig das Steuerrad herum, damit uns die Welle nicht so sehr seitlich, sondern mehr von hinten trifft. Sie hebt uns in die Höhe. Sind wir wieder im Tal, rollt wie eine bedrohliche, dunkle Wasserwand schon die nächste auf uns zu. Immer wieder schaue ich zum Kap, ob ein verringerter Abstand sichtbar wird. Die Zeit kriecht schleppend dahin. Zu langsam vergrößert sich die Silhouette des ersehnten Felsens am Kap. Das steile, felsige, graue Ufer zieht sich so unendlich dahin. Es ist nicht besiedelt. Wir sind sehr angespannt. Was werden die Turbulenzen am Kap mit unserem Boot machen? Trotz des aufgewühlten Wassers ist der Wind nicht sonderlich stärker geworden. Wir umfahren das Cabo de Vicente bei Windstärke fünf. Endlich kann Freddy, der am Steuer zu frieren scheint und ziemlich mitgenommen aussieht, den Kurs mehr nach Backbord ausrichten. Hinter dem Cabo de Vicente wird es ruhiger werden, hoffen wir. So steht es auch in unserem Hafenführer. In einen großen Bogen müssen wir noch zwei kleinere Kaps bewältigen. „Wir haben es geschafft!!!" jubeln wir. Die Stimmung wird lockerer. Wir fotografieren und filmen uns vor den hohen Felswänden mit den Leuchttürmen. Wir sind wirklich sehr stolz, denn die schwierige Umrundung haben wir gut gemeistert, hat vor allem Freddy gut gemeistert. Und nun ist uns richtig feierlich zumute.

Als wir das letzte kleine Kap umfahren haben, liegt backbord eine ausgedehnte, flache Landschaft, über die der Sturm ungebremst hinwegfegen kann. Just in dem Moment, als Freddy wie beiläufig bemerkt: „Naja, der Hafenmeister in Sines hatte noch gesagt, dass es später Windstärke acht geben könnte..." bricht der Sturm über uns herein. Von einer Minute zur anderen befinden wir uns in einem wahren Hexenkessel aufgepeitschter Wellen mit einer Höhe von anderthalb Meter. Aber die Wellen folgen so dicht aufeinander, dass sich weder das Boot, noch dass wir uns von den harten Wellenschlägen erholen können. Freddy hält krampfhaft das Steuerrad fest. Berni klammert sich an die Reling. Ich kann mich nicht mehr so recht auf den Beinen halten, will vor den sich über uns ergießenden Wassermassen in den Salon flüchten. Vorher werfe ich dem Skipper noch einen wütenden Blick zu und brülle in den Sturm: „Jetzt hast du deine Stärke acht! Nun sieh mal zu, wie du damit klar kommst!" Vor Zorn und Furcht bebend und maßlos von Freddy enttäuscht, stolpere ich die Treppe zum

Salon hinunter. Ich komme ins Rutschen und liege plötzlich auf dem Boden. Egal! Mir ist alles egal. Ich raffe mich auf, setze mich auf das Sofa und hocke die Beine an, um mich so zwischen Sofa und Tisch festzuklemmen. Hinter den Bullaugen der gegenüberliegenden Seite sehe ich nur Wasser, wie in einem U – Boot. Die ATLANTIS hat eine so starke Schlagseite, wie ich es auf ihr noch nicht erlebt hatte. Sie wird kentern, befürchte ich. Wir haben ja nicht mal das Segel hochgezogen! Auch die Fock hatten wir eingerollt. Ich bin wie gelähmt vor Angst. Wenn ich zum Cockpit hoch schaue, sehe ich Freddy verbissen am Steuer stehen, mit freiem Oberkörper. Berni sitzt wie versteinert auf der Sitzbank, wenigstens mit Rettungsweste. Die Katastrophenstimmung steht ihnen ins Gesicht geschrieben. Immer wieder stürzen Wasserfluten über sie hinweg. Noch nie waren wir in unserem Boot auf solch eine Weise von Wind und Meer attackiert worden. Es ist mir unbegreiflich, wie das Wasser so von oben auf die beiden herabstürzt. Ich habe kein Empfinden dafür, wie viel Zeit vergeht, ich habe nur Angst und einen unbändigen Zorn. Ich muss zuschauen, wie im Boot alles, was nicht befestigt ist, umher fliegt. Es knackt und kracht. Die Türen der Kleiderschränke springen auf. Die Wäschestapel fliegen heraus. Das Geschirr klirrt. Irgendwann tut mir der halb nackte Freddy auch wieder leid. Er sieht aus, als stände er im Krieg. Seine Augen sind gerötet, sein Gesicht ist faltig und sonderbar fleckig. Hat er nicht auch Blut im Gesicht? Seine Griebe an der Lippe ist wohl aufgeplatzt. Ich löse mich aus meiner Erstarrung und gebe ihm eine Jacke hoch. Mit Bernis Hilfe zieht er sie dankbar an. Ich verändere jetzt meine Sitzhaltung und schaue aus dem Bullauge der hoch liegenden Backbordseite. Hinter wilden, sehr aggressiven Wellen und viel Schaum kann ich manchmal die Küste sehen. Wann werden wir wohl in Lagos sein? Dann rufe ich den Männern zu: „Wie geht es?" „Es geht", antworten sie mir kurz. „Wird der Wind stärker?" „Nein", kommt die Antwort. „Wird er schwächer?" „Nein". Ich mache mir meine Gedanken. Es geht! Wir werden wahrscheinlich nicht kentern. Irgendwie geht es voran.

Ich hangle mich zu unserer Kamera, halte sie an das hohe Bullauge auf das schäumende Wasser und dann zum Cockpit hoch. Eine Erinnerung an Freddys unvernünftige Seefahrt, denke ich, das werden sowieso nur Wackelbilder. Freddy gibt jetzt Bernhard das Steuerrad in die Hand und wartet kurz, bis dieser die ATLANTIS im Gefühl hat. Dann kommt er die Treppe hinunter geschlittert. Er will navigieren, und ich gebe ihm das GPS, das ich auf dem Sofa mit Kissen gesichert habe. Der Navigationstisch, der eigentlich hohe Kanten hat, ist wie leergefegt. Mühsam, mit dem Oberkörper schmerzhaft gegen Kanten und Ecken stoßend, sammelt er die Seekarte, die Dreiecke und den Bleistift von der Erde auf. Als er die Navigationsmittel auf den Tisch legt, fliegen sie blitzschnell wieder hinunter. Beim zweiten

Versuch beschwert er mit dem Arm die Karte auf dem Tisch und will ein Dreieck darauf legen. Seine Hände zittern stark. Dann kommt wieder eine besonders starke Bö. Er braucht beide Hände, um sich festzuhalten. Der Tisch ist wieder blank. Ich halte nun die Karte fest, aber inzwischen hat er begriffen, dass ein Navigieren unmöglich ist. Er hangelt sich wortlos nach oben ans Steuer. Dann höre ich Berni: „An der Küste, wo sich der Hafen befindet, muss ein Kastell sein. Das hatte ich auf einem Bild gesehen. Ich werde die Küste beobachten. Sieh mal da! Da ist das Kastell! Das müsste es sein!" Freddy zeigt keine Reaktion. Auf so eine Vermutung hin, kann er nicht auf die Küste zu fahren, das weiß er. Dennoch mache ich mir Sorgen, wie wir die Einfahrt finden sollen. Blitzartig kommt mir die Idee! Auf dem Boden liegt das Hafenhandbuch „Atlantikküste". Ich greife es und blättere die Seite auf, die mit einer großen, farbigen Luftaufnahme die Einfahrt in den Hafen ganz leicht macht – bei schönem Wetter und guter Sicht! Mir fehlt also die Positionsangabe. Nur die kann uns helfen. Ich überfliege den Text, was bei unserem Geschaukel harte Arbeit ist. Aha! Sogar dick gedruckt: „Lagos (37° 06`N 008° 40`W)" steht dort. Ich schaue auf das GPS und rufe: „Fahrt bloß nicht an Land! Wir sind noch lange nicht da! Ich sage euch, wann wir bei der Hafeneinfahrt sind. Ich kann euch jetzt lotsen!" Dann schildere ich ihnen, wie die Einfahrt aussieht, und welche Bedingungen dort herrschen. Sie ist erst dicht unter Land zu erkennen. Es befindet sich dort wirklich ein Kastell, ein auffälliges, quadratisches. Damit hatte Berni Recht. Aber wir müssen hinter der Landzunge in den Hafen kommen, nicht davor.

Während ich auf das Zählwerk des GPS starre, vergeht die Zeit wie im Schneckentempo. Aber immerhin kommen wir der Zielposition stetig langsam näher. Aber was nun? Das Zählwerk läuft rückwärts! Mir wird noch übler, als mir eigentlich schon ist. Dann bleibt es stehen. Dann geht es wieder voran. Bald verstehe ich. Ich dirigiere sie aus der Ecke der Bucht heraus, um die Landzunge herum, indem ich genau die Nord-West-Veränderungen auf dem GPS verfolge und diese mit den Koordinaten im Buch vergleiche. Und das scheint zu klappen. Während Freddy draußen verbissen gegen das Toben von Wind und Meer ankämpft, den aggressiven Wellen auszuweichen versucht, bin ich diesmal der Navigator. Allmählich verfliegt auch meine Angst. In dem Moment, als ich die genaue Hafenposition ablese, rufen die Männer: „Wir sehen die Hafeneinfahrt! Wir sind da!"

Es geht die lange Einfahrt entlang. Der Sturm heult, die großen Palmen biegen sich stark. Festmachen vor der Klappbrücke! Am Tankstellensteg rutscht Berni vom nassen Boot ins Wasser, hat aber genug Kraft, sich an der Reling festzuhalten und sich wieder hochzuziehen.

Doch seine Beine baumelten im Wasser und er musste sich die amüsierten Blicke Schaulustiger gefallen lassen. Dann stehen wir uns alle drei im Salon gegenüber. Ich umarme Berni und drücke ihm einen leichten Kuss auf die Wange. Das ist mein Dankeschön. So wie heute hatte er sich seinen Urlaubstag sicher nicht vorgestellt. Trotzdem hat er so tapfer, geduldig und hilfsbereit alles mitgemacht. Ich würde am liebsten auch Freddy umarmen. Er steht vor mir, vor Kälte und Nässe bibbernd, abgekämpft, scheinbar um vieles gealtert. Schuldvoll sieht er mich an. „Habe ich mich als Wikinger bewährt?" fragt er reumütig grienend. „Ja, das hast du", sage ich ihm mit weicher Stimme, um dann strenger zu verkünden: „Bist kein Skipper mehr!". „Du bist als Kapitän abgesetzt!" ergänzt Berni, aber ohne Groll.

Ich gehe mit Freddy in die Rezeption. Er bibbert noch immer und sieht so richtig runtergekommen aus. Eine deutschsprachige Mitarbeiterin nimmt unsere Personalien auf. Mir liegt auf der Zunge zu fragen: Haben sie hier auch einen Bootshandel? Ich verkneife es mir. Als wir im Sturm auf dem Meer waren, war ich mir ganz sicher. Ich will dieses Boot nicht mehr! Auf Freddy kann ich mich nicht mehr verlassen. Wir werden es sowieso irgendwann verkaufen müssen. Also hat er es mir jetzt leicht gemacht.

Wir drei müssen essen, um zu Kräften zu kommen und gehen in ein Restaurant. Trotz aller Abgekämpftheit kommt bei uns ein bisschen Siegerlaune auf. Ich erzähle Freddy, was ich beinahe in der Rezeption getan hätte, und wie ich mich von ihm hintergangen fühle. „Wir wollten es möglichst vermeiden, in einen Sturm zu geraten, das war unsere Abmachung", sage ich ihm, „du bist darüber unverantwortlich hinweg gegangen". Nachdenklich schaut er mich an. „Was sollten wir denn tun? Ewig im Hafen rum sitzen? Ich dachte, vielleicht kommt der Sturm erst am Abend, wenn wir schon in Lagos sind, hätte ja sein können. Und außerdem hast du mich nicht gefragt, ob wir die Windstärke acht kriegen werden. Also habe ich nicht gelogen, sondern nur was verschwiegen." Ich muss wohl sehr entsetzt gucken, dass er sich ein Lächeln wegen seiner Frechheit nicht verkneift. Ich bleibe sachlich: „Wir hätten gut erst noch in Sines bleiben können. Die Hafenkosten waren gering, der Ort war reizvoll". „Nun sind wir doch wenigstens hier. Ich gebe zu, ich war in Katastrophenstimmung, habe dann aber das Beste daraus gemacht", entgegnet mir Freddy. Ich stimme ihm zu: „Das hast du. Aber du musst dir gefallen lassen, dass ich zu Hause erzählen werde, dass es wirklich ein verdammt großes Risiko war. Und außerdem musst du meinen Wunsch respektieren, dass wir jetzt zwei Tage hier im Hafen bleiben. Ganz egal, ob der Wind heult oder nicht. Und wenn es so stürmisch bleibt, eben noch länger. Den Tag morgen werde ich brauchen, um die salzige Kleidung zu waschen und zu trocknen. Und ich weiß genau, dass ich dann noch einen Tag benötige, um wieder richtig fit zu sein. Mir sitzt der Schock noch in den Gliedern. Dir tut es auch gut, richtig auszuschlafen. Erst wenn wir wieder richtig bei Kräften sind, fahren wir weiter. Und belüge mich nie wieder!" „Einverstanden", murmelt Freddy vor sich hin.

Ich mache am nächsten Tag meine große Wäsche. In meinem Bauch grummelt es ständig, habe auch keinen Appetit, fühle mich schlapp und elend. Gedanklich beginne ich, den Sturmtag aufzuarbeiten. Berni hält sich seine Backe. „Was hast du denn?" fragen wir ihn. Er hat Zahnschmerzen, so stark, dass er einen Zahnarzt aufsuchen muss. Freddy und ich sind allein. Wir gönnen uns eine körperliche Versöhnung, das tut gut. „Du hast ja den ganzen Körper voller blauer Flecke", stellt Freddy mitleidsvoll fest. Ach ja, ich war die Treppe zum Salon runter gefallen, habe sie noch gar nicht registriert. Berni kommt zurück, mit der Hand an der Backe. „Habe einen deutschsprachigen Zahnarzt gefunden", nuschelt er uns zu, „der hat mir den Zahn gezogen". Armer Berni! Ich gebe ihm einen feuchten Waschlappen zum Kühlen. Inzwischen stelle ich fest, dass ich schon längst etwas gegessen haben sollte, denn es stellen sich neben den Bauchschmerzen noch Kopfschmerzen bei mir ein. Ich mache uns eine Pizza, die Berni genüsslich lutscht. Dann lege ich mich hin. Freddy breitet die Seekarten aus und plant mit Bernhard die Weiterfahrt. Ich kann nicht abschalten. Mein Kopf brummt fürchterlich. Es ärgert mich, dass sie mich schon wieder mit der Weiterfahrt quälen. Ich werde meine Spannungen nicht los. Also bitte ich die Männer um einen gemeinsamen Spaziergang. Ich schleppe mich eher dahin, denn meine Beine sind schwer wie Blei. Ich bin dicht daran zu heulen. Freddy sieht mir das an. Er versucht, in meine Gedanken und Gefühle einzudringen. Kann er das überhaupt? frage ich mich. Er lebt in seiner männlichen Gefühlswelt und kann mich nicht verstehen, befürchte ich. So ist es dann auch. „Ich wollte zwei Tage Abstand zu unserem nächsten Törn haben", sage ich ihm, „um mich zu erholen, gut auszuschlafen. Da fängst du schon wieder an mit der Weiterfahrt. Hörst du nicht, wie der Wind noch heult? Da willst du doch nicht etwa los fahren! Man kann ja gar nicht mal auf andere Gedanken kommen." Dann gibt es einen kurzen, heftigen Wortwechsel, wer denn das Boot eigentlich wollte...

Wir kehren zurück. Die Männer gehen wegen unserer kaputten Toilette zum Bootshandel und ich bin endlich allein, kuschle mich in mein Kissen, verliere ein paar Tränen und versinke in einen schlafähnlichen Zustand. Da poltert es auf dem Deck. Freddy schaut freudig in meine Kajüte. Oh, er hat wohl jetzt gute Laune, hoffe ich. Freddy hat mir etwas mitzuteilen: „Wir haben einen netten, deutschsprachigen Bootshändler getroffen. Er könnte unser Boot verkaufen. Wenn wir wollen, wenn du willst, kommt er her, schaut es sich an und fotografiert es." „Ich will", sage ich lethargisch und versenke meinen Kopf wieder in die Kissen. Später kommt ein sympathischer, junger Mann auf unser Boot. An seinem Hals hängt der Fotoapparat. „Tom Pfenner", stellt er sich vor. Er sieht mich eindringlich an, will herausbekommen, ob unser Verkaufswunsch nur einer vorübergehenden Ehekrise oder einem moralischen Kollaps entspringt. Wir führen ein nettes Gespräch. Freddy erzählt von unserem Sturmtag. „Hatten sie wenigstens ein Sicherheitsbelt angelegt? Eine Rettungsweste getragen? Wenigstens die Fock ein Stück aufgezogen?" Herr je, was wir alles noch lernen müssen! Tom fotografiert. Ein Engländer möchte ein Boot kaufen, erzählt er uns. Er wird sich mit diesem Kaufinteressenten demnächst bei uns vorstellen, verspricht er. Damit verlässt er uns wieder.

Wir spazieren mit Bernhard zur Küste, zu einer romantischen Badebucht. Sie ist umgeben von Felsmassiven, in Form von Türmchen und Bögen. In normalem Gemütszustand hätte ich mich dafür begeistern können. Berni klettert fröhlich darin herum. Freddy und ich sind in gedrückter Stimmung. Ich fühle mich schwach und traurig. Freddy erzählt mir: „Ich habe unseren Tom noch einmal getroffen. Er sagte, der kaufinteressierte Engländer würde in vierzehn Tagen kommen. Da habe ich mir gedacht, wir fahren erst mal weiter, dann kann Tom uns anrufen, wenn sein Kunde es wünscht. Außerdem können wir uns in Ruhe überlegen, ob wir wirklich verkaufen wollen." Ich nicke mit dem Kopf, habe aber weiterhin diesen unangenehmen Gedanken: Wir brauchen unsere Kraft für den Kampf mit den starken Winden. Wie wird es für uns sein, wenn wir am Sinn unseres Unternehmens zweifeln?

Wir essen gemütlich zu Abend. Ich trinke etwas Rotwein und fühle mich besser und kräftiger. Als ich am Morgen nach einem erholsamen Schlaf erwache, bin ich zuversichtlich. Es wird wieder schön werden auf dem Boot, wenn wir morgen weiterfahren, sage ich mir. Es wird so sein wie immer. Der Wind hat nachgelassen. Den Gedanken, das Boot zu verkaufen, werden wir noch einmal verwerfen. Ich fühle mich wieder richtig gut und überlege, zu Freddy in die Kajüte zu gehen, um ihm das mitzuteilen. Da kommt er gerade heraus. Der Anblick seines Gesichts lässt mich wieder erstarren. Es sieht übernächtigt aus, verärgert und steinhart. „Ich habe in dieser Nacht eine Entscheidung getroffen", sagt er. „Wir werden das Boot zum Verkauf hier in Lagos lassen. Hier haben wir die Chance, auf deutsch zu verhandeln und vielleicht schnell zu verkaufen. Wenn es nicht so schnell geht, wird Tom das Boot auf Böcke stellen lassen, wo es kostengünstig steht. Für dich und Berni besorgen wir den nächstmöglichen Flug nach Hause, und ich bleibe noch hier und kümmere mich um alles". Ich weiß, dass er sich zu diesem Entschluss schweren Herzens durchgerungen hat. Ich bin zwar geschockt über diese konsequente Ankündigung und enttäuscht, meine Träume begraben zu müssen, aber ich will ihn nicht umstimmen. Dann ist es eben unser Schicksal, denke ich, dass unser Segeltraum hier ein Ende findet. Ein Ende haben damit auch die finanziellen Einschränkungen und die vielfältigen Sorgen um das Boot. Es gibt eben Situationen im Leben, wo es darauf ankommt, vernünftig zu sein, wo man seinen Gefühlen keine Chance geben sollte. Ich gebe ihm mein Einverständnis. Dann gehe ich an Deck. Ich brauche frische Luft.

Die ATLANTIS strahlt in ihrem herrlichen Weiß im sonnigen Morgenlicht. Schon ist es mit meiner Vernunft vorbei. Die Tränen schießen mir in die Augen. Verschwommen nehme ich die Yachten wahr, die auslaufen, die wieder auslaufen können, zu einem wunderbaren, abenteuerlichen Törn. Dann verkrieche ich mich in meine Koje. Ich mag keine Sonne mehr sehen. Irgendwann nehme ich mir mein Tagebuch und schreibe: „Mein letzter Eintrag!" Es dauert lange, die letzten Zeilen über unser großes Seeabenteuer zu Papier zu bringen. Immer wieder wische ich die Tränen aus dem Gesicht. Zum Schluss setze ich unter den Text: „Adios meine ATLANTIS – für immer!"